文春文庫

おれたちに偏差値はない

堂南高校ゲッキョク部

福澤徹三

文藝春秋

contents

イラスト　3rdeye

単行本『俺たちに偏差値はない。　ガチバカ高校リターンズ』
二〇一二年十二月　徳間書店刊

※文庫化にあたり、改題のうえ大幅な加筆・修正を施しました。

おれたちに偏差値はない

1

大倉(おおくら)駅のホームにおりると、製鉄所の赤茶けた建物が見えた。

製鉄所は海に囲まれ、紅白の横縞がある高い煙突から煙がたなびいている。夕陽に染まった海のむこうに低い山が連なっているのは本州だろうか。

三月の下旬にしては肌寒く、気温は東京とほとんど変わらない。北九州は本州寄りだが、いちおうは九州だけに、こっちにくるまでは暖かいと思っていた。

ホームの時計は五時をまわっている。東京駅から新幹線に乗ったのは十二時頃だから、大倉に着くまで五時間近くもかかった。

ぼくはホームの階段をおりながら、母の圭子(けいこ)に訊いた。

「こっちにきたのは何年ぶり？」

「とうさんの一周忌のときだから、十二年ぶりね。悠（ゆう）ちゃんも一緒にきたじゃない」

「ぜんぜんおぼえてないよ。まだ三歳だもん」

「法事の最中にゲームしてたのも？」

「おぼえてない」

「いいご身分ね。おかげで肩身がせまかったんだから」

「三回忌とか七回忌とか、やらなかったの」

「案内はきたけど、こっちにくるの大変だから」

「すっぽかしたんだ」

「悠ちゃんだって法事なんか面倒でしょう」

「法事じゃなくても面倒だよ。北九州なんて興味ないし」

「おばあちゃんに、そんなこといっちゃだめよ」

父の百鬼（ももき）剛志郎（ごうしろう）が死んだのは、ぼくが二歳のときだった。

それ以来、父の実家とは疎遠になっていたが、一週間ほど前に祖母が胃ガンの手術で入院した。その見舞いと父の墓参りを兼ねての里帰りである。

祖母といっても面識はないに等しいから、見舞いにいくのは面倒だった。高校の入学式までは遊ぶのに忙しい。あれこれ理由をつけて東京に残ろうとしたが、

「入学式は四月なんだから、どうせひまでしょう。おばあちゃんにもしものことがあっ

たら、二度と逢えないのよ」

母にそういわれて従うしかなかった。

そもそも北九州といえば、ネット上では「修羅の国」とか「リアル北斗の拳」とか呼ばれている。噂では住民の大半がアウトローだったり、成人式が超絶にド派手だったり、田んぼに手榴弾が落ちていたりするらしい。

駅に着くなり、モヒカン刈りで釘バットを手にした男がバイクで乗りつけて、

「ヒャッハー、ここは通さないぜッ」

そんなイメージが湧いて緊張したが、駅を行き交うひとびとはごくふつうだった。大倉駅は意外に大きく、デザインも洗練されていた。コンコースには高い吹き抜けがあり、駅の構内にモノレールが乗り入れている。

駅ビルにはセレクトショップやレストランがあって、それなりににぎわっている。が、これといって特色はない。東京なら、どこの駅ビルももっと華やかだ。

駅前からタクシーに乗って、父の墓がある郊外の霊園にいった。

タクシーを駐車場で待たせて、園内の参道を歩いた。

小高い山の斜面に沿って墓石がならび、カラスが空を舞っている。夕方のせいか園内は閑散として、墓参りにきている者はいない。

父の墓は霊園の隅っこに、ぽつんとあった。

ありふれた御影石の墓石に百鬼家之墓と彫ってある。東京から持ってきた線香と駅の売店で買った缶コーヒーを供え、母とならんで手をあわせた。

父の一周忌のとき、一緒に墓参りにきたと母はいったが、まったくおぼえていない。物心ついてから父の墓前に立つのは、これがはじめてだった。といって特に感慨はない。

「次はいつくるかわかりませんが、ひとり息子のぼくに幸運を与えてください」

そう念じながら合掌していると、母から肘でこづかれた。

「いつまで拝んでるの。もういきましょ」

母はそっけなくいって歩きだした。

霊園の出口にむかっていたら、背の低い中年男とすれちがった。

頭はハゲあがり、皺だらけの猿みたいな顔にぶつぶつとニキビの痕がある。男はコンビニのレジ袋をさげて、父の墓のほうへ歩いていく。

気になって振りかえると、男は父の墓前にカップ入りの日本酒を供えて合掌した。

「あのひと、誰だろう」

「さあ。命日でもないのに律儀なひとね」

ふたたびタクシーに乗って国立病院にいった。

祖母の病室は八人部屋で、患者は老人ばかりだった。病室には貼り薬と加齢臭と消毒液が混じったような臭いがこもり、蒸し暑いほど暖房が効いていた。

老人たちは、みな疲れた表情でベッドに横たわっているが、ひとりだけ半身を起こして週刊誌を読んでいる老婆がいて、それが祖母の利江（としえ）だった。

母とベッドのそばに立っても、祖母は熱心に「週刊文春」という週刊誌を読んでいる。記事の見出しに「ゲス川谷　懺悔告白　第2弾　『ベッキーさんと長崎の実家に行った時、奥さんの顔が頭をよぎった。でも…』」とある。

「おかあさん、おひさしぶりです」

母が遠慮がちに声をかけた。

祖母はようやくこちらに気づくと、週刊誌を放りだして、

「まあ、すっかり大きくなって――」

孫の自分を見るなり、お決まりの台詞を口にするだろうと思ったら、

「おまえは悠太（ゆうた）か」

しわがれた声でいって鋭い目をむけてきた。ぼくは予想がはずれたのに動揺しつつ、

「は、はい」

「ふうん。顔は剛志郎のこまいときにそっくりやけど、痩せっぽちやのう。ちゃんと飯食いよるんか」

いきなりの上から目線にとまどっていたら、

「野菜類はよく食べるんです。草食系っていうんでしょうか」

母がよけいな口をはさんだ。

「草食系ちゃ、なんか。牛とかヤギとか、そんなもんかね」

「そういうのとはちがうんですけど、偏食なもので」

「男のくせに偏食はつぁーらん。なんが好かんと？」

「肉類がだめなんです。特に肉の赤いところが」

「男なら好き嫌いいわんで、なんでん食べな。百鬼家の男は、あたしの亭主も剛志郎もみんな大食いやったのに――」

百鬼家といわれて厭な気がした。百鬼なんて妖怪じみた苗字のせいで、小学校でも中学校でも同級生にからかわれた。母方の村上（むらかみ）という平凡な姓がいいけれど、母が籍を抜かない限り、苗字は変わらない。

「おかあさんからもいってください。もっとお肉を食べるように――」

母がまたよけいなことをいった。ようし、と祖母が大声をあげて、

「あたしが退院したら、焼肉にモツ鍋にレバ刺ば食わしちゃろう」

レバ刺と聞いて、めまいがした。あんな血なまぐさい臓物を食べるのは、けだものかゾンビだ。それにレバーの生食（こ）は法律で禁止された気がする。恐る恐るそれをいうと、

「なんが禁止か。肉屋で買うて、生で食うたらよかろうもん」

ひさしぶりに逢った孫に、まとめてお年玉でもくれるかと期待していたのに、レバ刺なんか食わされたら最悪だ。祖母が退院しませんように、と胸のなかで祈った。

「これ、お気に召していただけるかどうか、わかりませんけど――」

母がプリンの詰合せとパジャマの入った紙袋を差しだした。

祖母は中身を見ようともせずに、それをベッドの脇に置いて、

「遠くまできてもろたうえに、気ィ遣わして悪いね。ちゅうても、こんなときくらいしか、逢うことないけの」

「お元気そうで安心しました。でも手術は大変だったでしょう」

母がそう訊くと、祖母はパジャマをめくりあげて、

「ちいと腹切っただけちゃ。もう飯も食えるばい」

皮膚のたるんだ腹にファスナーみたいな縫い目が走っている。

思わず顔をそむけたら、わはは、と祖母は笑って、

「どうか。気色悪かろうが」

「いえ、そんな――」

ぼくは返事に困りつつ、

「あの、退院はいつ頃なんですか」

「あたしはもう退院するちいうとるのに、ヤブ医者の奴がだめちいいよる。こんなとこおったら、あいつらみたいに薬漬けにされるわ」

祖母は病室の老人たちを顎でしゃくった。でも、と母がいって、

「まだ手術からまもないですし、お医者さまのいうとおりにされたほうが――」

「医者がなんちいうたちゃ、もう七十七やけね。いつお迎えがきてもよか」

「そんな縁起でもないことを——」

「もう、なんも未練はないけ。剛志郎のバカとおなじ墓に入るんは癪やけど」

「そういえばお墓参りにいったとき、男のひとを見ました。剛志郎さんのお墓にお供えものをして、熱心に手をあわせてましたけど」

「どげな奴やった?」

「ええと、背が低くて頭がハゲてて——」

「猿みたいな顔で、ニキビの痕がありました」

ぼくがつけ加えると、ああ、と祖母は声をあげて、

「そいつはピッコロじゃ」

「ピッコロ?」

「剛志郎の友だちたい。ここにも、よう顔ばだす」

「いいお友だちに恵まれてたんですね」

と母がいった。バカばっかりじゃがの、と祖母は笑って、

「あたしが死んだら、うちの家に住みゃあいい。せまいけど街に近いけ便利やで」

そんな——と母はいったが、まんざらでもない顔をしている。ほんとうはホテルに泊まりたかったのに、母は祖母から実家の鍵を受けとった。

考えてみると、母はいま住んでいる荻窪(おぎくぼ)のマンションから一戸建てに移りたがっていた。いくら一戸建てでも、こんな田舎には住みたくない。

祖母が退院しないで、しかも死にませんように、と胸のなかで祈った。

父の実家は、大倉駅から徒歩で十分ほどの路地にあった。

周囲がオフィス街のせいか、街中のわりにひっそりして人通りがない。介護用品のレンタル会社とデイケアセンターの建物にはさまれた木造二階建てが父の実家だった。

築何十年なのか、屋根瓦はあちこちが崩れかけ、灰色にくすんだ壁にはヒビが入っている。玄関のドアは色褪せて、以前はどんな色だったのかわからない。せまい庭は枯れた雑草が生い茂って、ぱっと見には廃屋のようだった。

「マジで、こんなとこ泊まるの」

ドン引きしつついうと、母は真っ赤に錆ついた門扉を開けながら、

「泊まるったって、たった二日じゃない。家はボロだけど土地代は結構するのよ。いずれは悠ちゃんのものになるんだから、ちゃんと見ときなさい」

祖母の前とは打って変わって打算的なことをいう。

ぼくのものになる前に、母のものになるからだろう。こんな家で寝泊まりするのは一日でも厭だったが、すこし前から大きいほうを催していた。

母がドアの鍵を開けると、急いで玄関に駆けこんだ。室内は思いきりレトロで、昔の映画かドラマにでてくる家みたいだった。

玄関にはむだに大きな下駄箱があり、三和土（たたき）は丸い小石をいくつもセメントに埋めこ

んである。正面に階段、左手にキッチン、右手にトイレと洗面所と浴室があった。

さっそくトイレに入ったとたん、和式の便器にぎょっとした。

小学校も中学校も便器は洋式だったが、よほどの緊急時をのぞいて個室を使う者はいない。同級生にばれたら、たちまちいじられる。

小三のとき、個室で用を足したのがばれた草井(くさい)くんは、もともとクサオだったあだ名がバージョンアップして「ウンコマン」になった。

最近の小中学校では、生徒の心理に配慮してトイレをすべて個室にした地域もあるらしい。いうまでもなく、個室に入るのが恥ずかしいからだ。

個室に入るだけでも危険なのに、便器が和式だったら最悪である。したがって和式を使ったのは人生で一度しかない。

あれは、たしか小四の遠足のときだった。

昼食の弁当で腹をくだして、やむなく公衆トイレに駆けこんだ。汚れた和式便器にしゃがんでいると、足は痺れてくるし、あちこち虫はいるし、トイレットペーパーは残りすくないしで、生きた心地がしなかった。

あのときの苦痛を思いだして憂鬱になったものの、括約筋は決壊寸前になっている。

思いきってズボンとパンツをおろして便器をまたいだ。たちまち足の筋肉が痛んで、体が前後にふらつく。青い錆が浮いた水洗のレバーをつかんで体を支えた。

小学校によっては生徒に和式の使いかたを教えているらしいが、こんな不便なものが、いまだに存在しているほうがおかしい。

不便なうえに屈辱的な姿勢をとらざるを得ないのも変態めいている。どれほど偉大な人物であっても、和式便器をまたいでいるときにドアを開けられたら、いままで築きあげてきたものが崩壊してしまうだろう。

やっとの思いで用を足して、洗面所にいった。

洗面所の隅には、二槽式の古い洗濯機があった。安っぽい板張りの洗面台で手を洗ってから隣の浴室を覗いた。浴室の壁と床はモザイクみたいなタイル貼りで、品のないピンクの浴槽は水垢で汚れている。

母はキッチンで洗いものをしていた。木製の開きがついた古めかしい流し台はシンクが低くて、いかにも使いづらそうだった。カセットコンロよりちゃちなガスコンロでは、黒ずんだヤカンが湯気をあげている。

「コーヒーと紅茶があったけど、悠ちゃんはどっちがいい?」

「どっか自販機ないかな。がぶ飲みメロン飲みたいんですけど」

キッチンの奥はリビングで、革の剝げかけたソファと黄ばんだレースのクロスをかけたテーブルがある。床はフローリングだが、蛾みたいな模様のカーペットが敷かれて、雰囲気が台なしだ。

いちばん驚いたのは、テレビが液晶ではなく二十二型のブラウン管だったことだ。地デジのチューナーがないから電源を入れても映らない。

テレビの上には、やはり黄ばんだレースのクロスがかかっていて、その上で体が白くて耳だけ黒い犬の置物が首をかしげている。

リビングの隣は和室で、ささくれだった畳は歩くとべこべこへこむ。四隅と取っ手に黒い金具のついた洋服ダンスの上にガラスのケースが置かれ、なかには木彫りの熊やら金色の東京タワーやらバカでかい将棋の駒やらボウリングのピンみたいなコケシやら、くだらないものがぎっしりならんでいる。

最低なセンスにうんざりしていると、タンスのむこうに仏壇があった。

金箔の剝げた黒い仏壇には、誰のものともしれない位牌がぎっしりならんでいる。それだけでも不気味なのに、長押には額に入ったモノクロ写真がいくつも飾ってある。写っているのはみんな老人で、幽霊みたいにぼやけた顔が恐ろしい。

このなかに自分の先祖がいるのだろうか。

恐る恐る写真を覗きこんだとき、目の前に黒いものがスーッとさがってきた。なにかと思ったら足の長いクモで、嫌悪感に身震いがした。

「チョー最悪」

こんな家で二泊もするのかと思ったら、パソコンがフリーズしたみたいにテンションがさがる。いや、フリーズしたってパソコンがあるだけましで、この家には近代的なものがなにひとつない。

こんなことなら、重くてもノートパソコンを持ってくるべきだった。ソファに寝転が

ってスマホでパズドラをやっていると、母が紅茶のカップを持ってきて、

「飲んだら？　せっかくいれたのに」

「いらない。この家のって、まずそうだから」

「大丈夫よ。ちょっと湿気てるみたいだけど」

「おばあちゃんって、なんであんなに感じ悪いの」

「そんなこといわないの。ああ見えて、ほんとはやさしいのよ」

「だったら、孫にもやさしくすればいいじゃん」

「おばあちゃんは苦労してるのよ。おじいちゃんを早くに亡くして、ひとり息子を——」

悠ちゃんのとうさんを女手ひとつで育てたんだから」

「かあさんだって、ぼくを女手ひとつで育てたじゃない」

「そりゃまあ、そうだけど」

「ねえ、ホテルに泊まらない？」

「お金がもったいないでしょ。おばあちゃんにも、ここに泊まるっていったんだから」

「退屈だよ。早く東京に帰ろうよ」

「うちにいたってゲームばかりしてるじゃない。そんなに退屈なら一緒にでかける？

せっかく北九州にきたんだから、いろいろ見物したいでしょ」

「したくないよ。なんにもなさそうだもん」

「あたしは買物いくけど、どうするの」

「つきあったら、パズドラ課金してもいい？」

「課金って、このあいだ五千円もやったでしょ。もうちょっと我慢しなさい」

「じゃあ、いかない」

「いかないで、なにするの」

「なにもしない」

「ゲームばっかりやってないで、二階見てきたら？」

「二階になにがあんの」

「とうさんの部屋。とうさんが高校生のときまで使ってたけど、そのままになってるって、おばあちゃんがいってた。なにかおもしろいものがあるかもよ」

一瞬パズドラの手を止めたが、父に興味がないのに部屋を見たってしょうがない。

母は紅茶を飲むと、さっさと買物にでかけていった。こんな家でひとりになるのは厭だったが、仕方なくパズドラを続けた。

それに飽きるとフォロワーが四人しかいないツイッターを更新して、帰省なう、と書いた。そのあと着エロをちょっと見て下着をおろしかけたが、環境の悪さに萎えて、ふたたびパズドラをはじめた。

その日の夕食は、母がデパ地下で買ってきた海鮮ちらしとサラダ生春巻と塩バターキャラメルのカップケーキだった。

よくわからない取合せだけれど、母の献立はいつもそうだ。いつだったか、シーフードカレーの付合せにシメ鯖をだしてきた。あまりのミスマッチに文句をいうと、

「おんなじシーフードじゃない。悠ちゃんが偏食だから気を遣ってるのよ」

母はそうごまかしたが、要するに大ざっぱなのだ。すべてに大ざっぱだから再婚もせずにいられるのだろう。もっとも再婚しない理由はほかにもある。

大酒呑みだった父は肝臓を壊して寿命を縮めたが、商才はあったようで飲食店を何軒も経営していた。荻窪のマンションも父がキャッシュで買ったと母から聞いた。

父の死後、母はほとんど働いていない。ときおりママ友のカフェを手伝うくらいだから、収入もないに等しい。

それでもやっていけるのは、父が残した財産があるからだ。おかげで母子家庭のわりに生活の苦労はしないですんだ。父の財産がどれだけ残っているのか知らないが、このままの生活がずっと続けばいい。

深夜になって、和室に布団を敷いた。

客用の布団だと母はいったが、なんとなくカビ臭くて湿り気がある。風呂に入らなかったせいで、体もベタベタして不快だった。なかなか眠れずに天井を見つめていたら、天井板の木目がひとの顔に見えてきた。

それが不気味で寝返りを打ったら仏壇が視界に入って、よけいに怖くなった。布団に入るまで意識していなかったが、枕元に仏壇がある。長押(なげし)に目をやると、モノクロ写真

の老人たちがこちらを見おろしている。

母に場所をかわってもらおうにも、隣の布団からはいびきが聞こえてくる。怖さをまぎらわすために、四月からはじまる高校生活のことを考えた。

進学を決めた清流学園は私立の共学で、都内の高校ではそこそこ偏差値が高い。校舎は新しくて冷暖房完備、修学旅行はヨーロッパ、もちろんトイレは洋式でウォシュレットもついている。

制服はブレザーにネクタイで、茶髪、ピアス、パーマ、バイトは禁止。おぼっちゃんのいくボンボン高校だと陰口を叩く奴もいるが、そんな中傷は気にならない。もっとも重要なのはヒップホップ系とか悪羅悪羅系とか、うざい奴らがいないことだ。

コバとヨッシーはふたりともド底辺高校の鶯谷工業に進学するから、もう逢うこともない。コバとヨッシー――小林と吉田には中学に入って以来、ずっといじられてきた。

コバはギャル男で日サロ焼けしているが、顔が扁平だから東南アジアの出身に見える。ヨッシーはDJ志望で、ジャイアンみたいにデブっている。ヨッシーにとって、だぶだぶのB系ファッションは肥満した腹と短足を隠すために都合がいい。

ぼくのあだ名を「モモちゃん」にしたのも「ふだんはひっこみ思案なのに、突如としてひょうきんになる」というキャラ設定を作ったのもコバとヨッシーだ。

あいつらにはギャグや一発芸をさんざんやらされた。

ウケが悪いと罰ゲーで、意味もなく廊下を走らされたり、女子の前で変な顔をさせられたり、学校帰りのコンビニでチョコや肉まんをおごらされたりする。

なかでも最悪だったのは、修学旅行で奈良公園にいったときだ。「鹿に鹿せんべいを食われない競争」に負けた罰として、亀畑(かめはた)さんに告白(コク)らされた。

亀畑さんはゾウガメみたいな顔をして、クラスの女子でいちばんイケてない。携帯も容姿にふさわしく古くさいガラケーだったから、あだ名は「ガラパゴス」だった。

彼女に告白るだけでも地獄だったのに、ほんとうの悪夢はそのあとだった。

「あの、あのあのあの――」

カミカミで告白りはじめたとたん、亀畑さんはテレビの告白タイムみたいに「ごめんなさい」しやがったのだ。しかも亀畑さんは、そのことをクラスじゅうにいい触らしたから、ぼくに近づこうとする女子は皆無になった。

コバとヨッシーはいじめっ子以外の何者でもないが、あいつらは友だちのふりをする。

コバはガングロ顔でニタニタして、

「モモはさあ、おれたちみたいな親友(スパトモ)がいるからリア充なんだぜ。もし、おれとヨッシーがいなかったら、いま頃は非リア充でキモヲタになってるぞ」

「そうそう。おれたちはブラザーなんだから、なかよくしなきゃYO!」

ヨッシーはラッパーみたいに拳を突きだしてくる。しぶしぶ拳をあわせると、

「それじゃ、おれたちに感謝の気持をこめて、オヤジギャグいってみよーか」

「はい、みんな聞いてー。モモちゃんギャグ入りましたー」

コバがはやしたてると、クラスメートたちが手拍子を打ちはじめる。

いきなり振られても、オヤジギャグなんか思いつかない。パニくったあげく、自分でも寒いと思うギャグを口にする。

「えー、恐怖の味噌汁。きょう、ふの味噌汁」

「さむッ！」

「氷点下十度」

コバとヨッシーが叫ぶ。

「じゃ、じゃあ、誰も電話にでんわ。布団がふっとんだ」

「さむさむさむッ。氷点下五十度」

「だって、オヤジギャグっていったじゃん」

「だめ、寒すぎる。罰ゲー決定！」

こんな状況が毎日のように続く。

しかし周囲にいじられていると思われるのが悔しくて、

「なんだよ。また罰ゲーってか」

と強がって、あいつらに従ってきたのがいけなかった。いっそヲタグループの宮本(みやもと)みたいに、ちょっといじられると、べそをかきながら教室を飛びだしていったり、いまにも自殺しそうな顔で窓辺に佇んでいたりすれば、無事にすんだのかもしれない。

もしデスノートがあれば、コバとヨッシーの名前を書くのに。いじられた日の夜は、ベッドのなかで黒い考えに耽った。

　担任の室井（むろい）は生徒に無関心で、チャイムが鳴ると同時に教室をでていくから「ピンポンダッシュ」というあだ名だった。

　ピンポンダッシュは、むろんＨＥＬＰのサインには気づかなかった。

　もっとも清流学園に合格してからは、一転して気持が楽になった。コバとヨッシーは反対に元気がなくなって、いじられる頻度は減った。

　卒業式のあと、ふたりはお別れ会と称して、ぼくをファミレスに連れていった。そこでコーラやパフェをおごらされたが、手切れ金だと思えば苦にならなかった。

「高校はべつべつだけど、モモとおれたちは親友（ズットモ）だからな」

「これからも寒いギャグ聞かせろよ。ちょくちょく遊びに誘うからＹＯ！」

　コバとヨッシーは、まだ縁は切れていないと念を押した。

　けれども、もう彼らとつきあう気はない。スマホは着信拒否（チャッキョ）にしたし、自宅にきても居留守を使えばいい。長かったいじめの日々は終わったのだ。

　コバとヨッシーが進学する鶯谷工業は、脳味噌が筋肉でできたような不良（ドキュン）がうじゃうじゃいる。今度はあいつらがいじられる番だと思うと愉快だった。

　高校生になったら、いままでとはキャラ設定を変えて、友だちと恋愛話（コイバナ）のひとつもできるようになりたいし、部活だってやりたい。

　清流学園は文化系女子がたくさんいて漫研や文芸部があるから、そういう部に入ってマンガや小説にチャレンジするのもいい。どっちも未経験だが、美術と現国の成績はよかったから、なんとかなるだろう。

母からは草食系といわれるけれど、それは食べものの嗜好であって、精神的には淡白ではない。部活をきっかけに彼女でもできれば、今度こそリア充の仲間入りだ。

高校生活への期待に胸を膨らませていると、急に腹の具合がおかしくなった。

こんな夜更けに和式便器は使いたくないし、そもそもトイレにいくまでが怖い。といって母を起こすのも恥ずかしい。迫りくる波に歯を食いしばって耐えていたが、波はどんどん激しくなる。とうとう我慢できなくなって布団から這いだした。

深呼吸をして立ちあがったとき、見おぼえのあるクモがスーッと目の前にさがってきた。ぎょっとして飛びのいたはずみに尻餅をついた。

次の瞬間、がたんと音がして、老婆の写真が膝の上に落ちてきた。

「うわッ」

思わず悲鳴をあげた瞬間、なまあたたかい感触が尻に広がった。

窓のカーテンを透かして、やわらかな陽光が射しこんでくる。

外はいい天気だが、リビングのソファに寝転がって、きょうもパズドラを続けている。もっと課金できれば強くなれるのに、母が小遣いをくれないから時間と体力でおぎなうしかない。母はさっき祖母の見舞いにいった。

母からは一緒にきてといわれたが、病院にいくのは面倒だから、

「なんか調子悪いんだよ」

と断った。事実、ゆうべは想定外の災難に見舞われたせいで寝不足だった。

ぼくの悲鳴で母は飛び起きたが、ただの寝言だと嘘をついてトイレにいった。恐る恐るパンツを覗くと、思ったよりも被害は甚大で、脱いだパンツはゴミ箱の底に隠した。

そのせいで下腹がすうすうするノーパン生活を強いられた。母がでかけたのを見計らって、ようやく着替えにありついたが、こんな家で粗相をしたのは生涯の汚点だ。

スマホのバッテリーがすくなくなって、いったんパズドラをやめた。

時刻は二時をまわっている。

スマホを充電しているあいだ、退屈して室内を歩きまわったが、見るべきものはない。散歩でもしようかと思って玄関にいったとき、正面にある階段が目にとまった。

父の部屋が二階にあると母はいった。

父が死んだのは二歳のときだから、ほとんど記憶はない。父に抱っこされると髭がちくちくしてタバコの匂いがした気がするが、それもおぼろげだ。

したがって父の顔は写真でしか知らない。父は写真が嫌いだったのか、荻窪の自宅にあるのは二枚だけだ。一枚はまだ若い父と母が写ったもので、もう一枚は生まれてまもないぼくを父が抱いている。

二枚の写真を見る限り、父とぼくは親子とは思えない。父はごつい体格で、肩から太

ももが生えたように腕が太い。顔の作りは似ているものの、目つきは鋭く、陽に焼けた顔の肉は厚ぼったい。針金のような濃い髭が、顎から頬にかけてびっしり生えている。

母によれば父は豪快な性格で、毎晩のように若い連中を連れて呑み歩いていたという。ぼくが生まれたときも宴会の最中で、病院に顔もださなかったと母がこぼしていた。

そんな父だったから、結婚しても長いあいだ子どもができなかったのかもしれない。しかしようやく授かったひとり息子が、自分と正反対の地味な性格になるとは父も思わなかっただろう。

父に関する知識が乏しいせいか、父の部屋にも興味が湧かなかった。けれどもいまは、とにかくひまだった。父が高校生の頃に使っていた部屋なら、値打ちもののマンガ本やおもちゃがあるかもしれない。

そんな淡い期待を抱いて、急な階段をのぼった。階段をのぼりきると、古ぼけた引戸がある。引戸を開けると八畳ほどの和室があって、そこが父の部屋だった。

父は高校を卒業すると同時に上京したという。それから三十年以上も使われていないだけに埃だらけかと思ったら、祖母が掃除しているのか、さほど汚れていなかった。とはいえ畳は陽に焼けているし、天井の隅にはクモの巣がある。

壁や天井には映画のポスターがべたべた貼られている。

邦画では、高倉健が主演の「昭和残俠伝　唐獅子仁義」や「昭和残俠伝　死んで貰います」、菅原文太が主演の「仁義なき戦い」、松田優作が主演の「最も危険な遊戯」、梶芽衣子が主演の「女囚さそり　けもの部屋」。

　洋画ではスティーブ・マックイーンとユル・ブリンナーが主演の「荒野の七人」、スティーブ・マックイーンが主演の「大脱走」と「パピヨン」、アラン・ドロンとチャールズ・ブロンソンが主演の「さらば友よ」、クリント・イーストウッドが主演の「荒野の用心棒」、フランコ・ネロが主演の「続・荒野の用心棒」。

　どれも観たことはないが、父はアクション映画が好きだったらしい。

　一点だけ洋画か邦画かよくわからない、ビキニ姿の女性のポスターがあって「太陽の恋人　アグネス・ラム」と書かれている。

　どのポスターも色褪せているから、ヤフオクにだしても売れないだろう。

　ポスターにまじって、横長の三角形の旗があって「阿蘇」とか「別府」とか刺繍がある。猿の絵の横に「高崎山」と刺繍されたのもあるが、こんなものを貼って、なにがおもしろかったのだろう。

　部屋のまんなかにコタツがある。台だけで布団や毛布はかかっていないから、テーブルがわりに使っていたらしい。窓際に勉強机があって、その横に本棚がある。室内の家具はそれだけだった。

　床の間に妙なデザインのラジカセがある。

　どこのメーカーかと思ったら「ナショナルＭＡＣ」と書いてあった。なんのために使うのかワイヤレスマイクがついていたが、指が埃まみれになるから触るのはやめた。

本棚はスカスカで、期待したようなマンガ本はどこにもない。「週刊プレイボーイ」と「平凡パンチ」という古雑誌、あとは「ゴルゴ13」が何冊かあるだけだった。

勉強机はやけにきれいで、あまり使った形跡がない。勉強机の横に「6・3・3で12年コイズミ学習机」とステッカーが貼ってある。

いちばん上の引出しを開けると、いきなりタバコと百円ライターがでてきて肝を潰した。タバコの銘柄はショートホープで、引出しの奥には灰皿まであった。

陶器の灰皿には「SUNTORY TORYS WHISKY」の文字がある。ほかには鉛筆が一本しか入っていない。高校時代の父は、とんでもない不良だったらしい。

続いて、机の右横にある引出しを開けた。

いちばん上の引出しには、カセットテープが何本かと肥後守と刻印のある小型のナイフ、フレームが斜めに傾いたサングラス、英文字でタクティクスと書かれた白い瓶が入っていた。蓋を開けると柑橘系の香りがするからコロンらしいが、父の趣味がよくわからない。

二番目の引出しには、喫茶店のマッチとか麻雀牌のキーホルダーとか「幸福ゆき」と書かれた切符とか、「EXPO75 OKINAWA」と書かれた百円玉とか、金色のシャープペンシルの芯とか、がらくたがいっぱい詰まっていた。

三番目の引出しはいちばん大きくて、なかにはノートが何冊も積み重なっていた。ノートの表紙には3年1組、百鬼剛志郎とある。

ようやく高校生らしいものがでてきたと思いつつページをめくると、授業中に黒板を写したらしい下手な字がならんでいる。

筆圧が強い筆跡はぼくの字に似ているが、ノートの内容はひどかった。最初のページは数学なのに次のページは英語、その次のページは国語、あとは延々と白紙が続いている。ほかのノートは最初のページからデッサンがゆがんだ車の絵があったり、誰かの似顔絵があったり、まるで勉強した形跡がない。

たちまち見る気が失せて、積み重なったノートをどけていくと、ぐしゃぐしゃに丸めた紙が大量にでてきた。広げてみたら、それらはすべてテストの答案だった。

数学や英語や国語や、いろいろな教科の答案があるが、ひとつ残らずひどい点数だった。採点した教師の怒りが伝わってくるような赤ペンの殴り書きで、十点とか五点とか書かれている。おおかた祖母に叱られるのが厭で、引出しのなかに隠したのだろう。

それにしても十点や五点とはひどすぎる。どれだけむずかしいテストなのかと問題を見ると、高校三年とは思えないレベルだった。

たとえば数学のテストに「三角形の面積の公式を書きなさい」という問題があった。いうまでもなく小学校の問題だが、父の答えは「底辺かける高さ丸み」だった。

「割る2」ではなく「丸み」とは、どういうことなのか。

三角形に丸みなどあるはずがないし、そもそも計算式にすらなっていない。もしかすると「割る2」を「丸み」と聞きちがえておぼえたのか。

父は店を経営していたというから、それなりに頭はよかったのかと思っていたが、まったく見込みちがいのようだった。

「とうさんは――バカだったのかもしれない」

いくら父に関心がないといっても、血をわけた肉親である。それがここまで出来が悪かったとは情けなかった。激しい脱力感をおぼえつつ、テストの答案を引出しから放りだした。答案は地層のように積み重なっていた。

引出しの底にいくほど年代が古くなって、高二や高一のときの答案がでてくる。それらもすべて十点以下の点数だった。

「どんだけ赤点とってんだよ」

思わずひとりごちたが、赤点の答案は次から次にでてきてきりがない。

いいかげんに作業をやめようかと思ったとき、不意に答案が途切れて、ビニールに包まれた本が何冊もあらわれた。本の表紙には、いかがわしい雰囲気の女性の写真がある。とたんに、恐竜の化石を掘りあてた考古学者のように胸が高鳴った。急いでビニールから本をだして、片っぱしからページをめくった。

どの本にも裸の女性たちがさまざまなポーズで写っている。けれども股間はまったく反応しなかった。見慣れない髪型やどぎついメイクに萎えたのもあるが、最大の原因はモデルがどれも絶望的にイケてないことだ。これなら着エロのほうが百倍ましだ。

しかも肝心なところは黒くスミで塗ってある。こんなエロ本では、いまどき小学生でも興奮しないだろう。しかし父はそうでもなかったようで、ページの隙間にところどころ消しゴムのカスがはさまっている。どうやらスミを消そうとしたらしい。むなしい努力の跡に情けなくなって、見るのをやめた。エロ本をまとめてどけると、透明な瓶が何本も転がっていた。

中身は空っぽだが、ラベルには有機溶剤と書いてある。つまりシンナーだ。どうしてシンナーがこれほど大量に必要だったのか。理由は想像できるが、父がそこまですさんでいたとは考えたくなかった。プラモデルでも作っていたのだと思うことにした。

シンナーの瓶をぜんぶ取りだしたら、引出しの底に一冊のノートがあった。なかは白紙だったが、いちばん最後のページに手書きの地図があった。

この付近の地図のようだが、父が描いたにしては詳細で、道路や建物が細かく記されている。地図の端っこに赤い丸印があって、その下に「金」と書いてある。

ぼくは首をかしげて地図を見つめた。「金」とは、いったいなんなのか。通貨の「金」なのか、それとも貴金属の「金」なのか。いずれにせよ、父にとって重要な「金」がそこにあるらしい。

ひょっとして埋蔵金でもあるのか。

一瞬そんな期待をしたが、勉強机の中身を見る限り、あてにならない。仮に貴重なものがあったにしても、すでになくなっている可能性が高い。

ノートを引出しにしまいかけたとき、ふと気が変わった。

ふたたびノートを開いて地図を眺めた。駅や町名からすると、それほど遠くではなさそうだった。このままこの家にいたって、どうせひまだ。

天気もいいから、散歩がてらにお宝を探すのも悪くない。もし金目のものがでてきたら儲けものだし、なにも見つからなかったとしても時間潰しになる。

ノートから地図のページを破って、ジーンズのポケットに突っこんだ。

それからエロ本やテストの答案やシンナーの瓶といったがらくたを引出しにもどして、父の部屋をでた。

大倉駅から電車に乗って門字（もんじ）という駅でおり、徒歩で目的地にむかった。

家をでたときは一時間もあれば着くだろうと思っていたが、三十年以上も前の地図だけに当時とは道路や建物が変わっていて、何度も道に迷った。

運動不足のせいで足は痛むし、腹も減った。よほど途中でひきかえそうかと思ったが、ここまで歩いたのをむだにしたくない。

陽が傾く頃になって、ようやくゴールに近づいた。あたりは一面の田畑で民家はまばらだった。田畑のむこうに小高い山があって、地図の目印はその麓を示している。

ようやく目的地を発見した喜びに、足の痛みも忘れて駆けだした。山の麓に着いてみると、背の高い松が生えていたり、池を埋めたらしい跡があったり、庭石のような大きい石が転がっていたり、かつては人家があったとおぼしい。

目印の場所には、石を円筒形に積みあげた古井戸があった。子どもが誤って落ちないようにか、井戸にはコンクリートの蓋がしてあって、すぐそばに風化した石像がある。お地蔵様かと思ったが、長い鼻が突きでているから天狗だろう。この井戸自体に価値があるとは思えないから、父はここになにかを隠したのかもしれない。

しかし体はくたくたで、井戸のなかまで調べるほどの気力はなかった。

「あーあ、きて損した」

嘆息しつつ井戸の蓋を押したら、それは意外にあっさり動いた。さらに力をこめていくと、蓋は井戸からはずれて地面に落ちた。

思わぬ展開に興奮しつつ、井戸を覗いた。

井戸はかなり深いらしく、ごつごつした石の壁がずっと下まで続いている。井戸の底になにがあるのか、暗くてよくわからない。苔のような湿った匂いが鼻につく。

なんとかして底を見ようと井戸のなかに頭を突っこんだとき、シャツの胸ポケットからスマホがすべり落ちた。

「やベッ」

思わずまぶたを閉じたが、すこし経っても水音はしなかった。

井戸に目を凝らすと、スマホはうまい具合に石の出っぱりに乗っかっていた。すぐさまスマホに手を伸ばしたが、あとすこしのところで届かない。

左手で井戸の縁をつかんで身を乗りだすと、ようやくスマホに指先が届いた。と思ったら、左手がずるりとすべって井戸の縁から離れた。

スマホが石から落ちるのと同時に、

「あーッ」

思わず悲鳴をあげて頭から落下した。井戸を落ちていくほんの一瞬に、

「もし空井戸だったら、頭を打って死ぬぞ」

そんな恐怖が胸をよぎったが、すさまじい水音とともに真っ暗な水中に沈んだ。氷のように冷たい水が全身を包んで、心臓が止まりそうになった。

あわてて水面に浮かびあがったが、井戸は思ったよりも深く、足が底につかない。立ち泳ぎをしながら見あげると、夕暮れの空が満月のようにちいさく見える。

これはやばい。罰ゲーで女装させられそうになったときよりも、センター街でイラン人にからまれたときよりも、給食で食べ残したパンを机に入れたまま、半年経って思いだしたときよりもやばい。

母に助けを求めたかったが、スマホは井戸の底に沈んでいる。水中にもぐって見つけたとしても、防水機能がない機種だから使えないだろう。

となると助けを呼ぶ手段は、ひとつしかない。

「助けてーッ」

恥も外聞もなく叫んだが、井戸が深いだけに声は外まで届きそうにない。届いたところで、あたりは山と田畑だから、めったにひとは通らない。だからといって黙っている

わけにはいかなかった。陽が暮れれば、誰かに発見される可能性はますます低くなる。

助けを呼ぶなら、いましかないと声が嗄れるまで叫んだ。

しかしなんの応答もない。そのうち立ち泳ぎに疲れてきた。井戸の壁にしがみついて体を支えたが、時間が経つにつれて指が痺れてきた。

まだ十五歳なのに井戸なんかで死にたくない。こんな事態に陥ったのは、あの地図を見つけたせいだと思ったら父が怨めしい。悔しさと悲しさで涙があふれてきたが、体力はもう限界だった。

「もうだめだ――」

脳裏に自分の声が響いて、井戸の壁から指先が離れた。

ずるずると体が沈んだ瞬間、冷たい水が鼻と口から流れこんできた。あまりの苦しさに咳きこむと頭のなかが火がついたように熱くなって、意識が遠のいた。

暗闇のなかで、けたたましいベルが鳴っていた。

ベルの音は遠くから近づいてきて、頭の芯に響くほど大きくなった。

我慢できずにまぶたを開けると、天井が見えた。カーテンを開け放った窓のむこうは明るくなっている。頭の下には枕があり、体には布団がかかっている。

身につけているのはオヤジっぽい縦縞のパジャマだ。なにがなんだかわからないまま枕元を見たら、目覚まし時計が鳴っていた。金属のベルがふたつ上にくっついた古くさいデザインの目覚まし時計だ。時刻は六時半をさしている。

目覚まし時計を止めて、あたりを見まわした。

そこは見おぼえのある部屋だった。八畳ほどの和室で、窓際に勉強机があり、その横に本棚がある。いったいどうやって父の実家にもどってきたのか。ぼくを井戸から助けてくれたのは誰なのか。次々と疑問が湧いてくる。

いや、それ以前に、ぼくはほんとうに生きているのか。

実は井戸の底で冷たくなっているのに夢を見ているとか、成仏できずに父の実家をさまよっているとか、心霊現象をわが身で体験しているのかもしれない。

そんな不安に駆られて布団をでると、やはり異変が起きていた。ぼくがいるのは、たしかに父の部屋だったが、室内の雰囲気がちがっていた。

赤茶けていた畳はきれいになっていて、天井の隅にあったクモの巣もない、壁や天井のポスターは色褪せていたのに、本来の色合いが蘇っている。

畳の上のラジカセはすっかり埃がとれ、本棚は新品のように新しくなっていた。ならべてある本も週刊誌や「ゴルゴ13」ではなく、百科事典や国語辞典だった。

勉強机はあいかわらずきれいだったが、前よりもぴかぴかだった。いちばん上の引出しを開けてみると、タバコやライターはなく、鉛筆とシャープペンと定規があった。

ほかの引出しも同様で、テストの答案もエロ本もシンナーの瓶もなにもなかった。

むろん、あの井戸の場所を書いたノートもない。引出しの中身は三つとも、新品のノートや鉛筆削りや参考書といった学生らしい品物に変わっていた。

これは、いったいどういうことなのか。

寝起きの頭で考えても、さっぱり意味がわからない。それはそうと母はどこにいるのだろう。母がいれば一階で寝ているはずだが、なぜ二階に布団を敷いたのか。

ふと誰かが階段をあがってくる足音がした。

母ならいいけれど、死神かモンスターでもあらわれそうな気がする。そんな恐怖に身を固くしていたら、引戸が開いて中年の女が顔をだした。

どこかで見たことがあると思ったら、女は祖母だった。だが病院で見た祖母にくらべて、はるかに若くて皺もない。信じられない変化に驚いていると、

「いつまで寝とんかね。きょうから学校やろが」

祖母は険しい表情でいった。

「――が、学校？」

とっさに意味がわからず、目をしばたたいて、

「ていうか、おばあちゃんは病院にいたんじゃ――」

「誰がおばあちゃんじゃ。寝とぼけとるんやないか」

「ど、どうしてそんなに若返ったんですか」

「アホか。朝からお世辞いうたちゃ、小遣いやらんばい」

いやお世辞じゃなくて、といおうとしたが、どうも様子がちがう。

「は、母はどこにいるんでしょう」

「母はどこて、ここにおるやん。自分のかあちゃんにむかって、なんいいよると」

「自分のかあちゃん？」

あっけにとられていると、祖母はぼくに詰め寄ってきて、

「剛志郎ッ、おまえ、またシンナー吸いよったやろ」

「ご、剛志郎は父です」

「なんちゃッ」

祖母はすさまじい剣幕で怒鳴った。

「ぼぼ、ぼくはその息子の悠太なんですけど――」

舌をもつれさせていったとき、いきなり平手が飛んできた。よけるまもなく頬が鳴って、大きくよろめいた。頬がじんじん痺れて耳鳴りがする。いきなり暴力をふるうとは最低だが、祖母は詫びるどころか、ますます激昂して、

「なん、わけのわからんこと抜かしよんか。あれだけシンナーばやめるち約束したとに、こんバカたれがッ」

「そんな――シンナーなんか吸ってないです」

「嘘つけッ。きょうは入学式ちゅうのに、ほんなごつ情けない」

「にゅ、入学式？」

祖母は鬼のような形相でこっちをにらむと、階段を駆けおりていった。

思わず溜息をついて壁にもたれかかった。病院にいたはずの祖母がなぜ若返ったのか、さっぱりわからない。しかも祖母は、ぼくを父の剛志郎だと思いこんでいる。ボケがはじまったにしては若返っているのが変だ。

祖母こそシンナーでもやっているのかと思ったが、ちがう気がする。ボケがはじまったにしては若返っているのが変だ。

なんにせよ誤解を解かなければ、またビンタを食らうのがオチだ。とりあえず一階におりようと思ったとき、階段を駆けあがる足音がして、祖母がもどってきた。

祖母はさっきとちがって無表情で、出刃包丁を手にしていた。刃を上にむけた包丁を両手で握って、じりじりと迫ってくる。ぼくは恐怖にあとずさって、

「な、なんなんですか、いったい」

「殺す」

祖母は低い声でいった。おどしではないらしく、完全に目が据わっている。

「ちょ、ちょっと待って。話を聞いてください」

「もう話やらせんでええちゃ。おまえがこげな出来損ないになったんも、かあちゃんの責任じゃ。おまえ殺して、あたしも死ぬばい」

「な、なんで、ぼくを殺すんですか」

「学校にもいかんで、シンナーんじょう吸いよるけじゃ」

祖母は両手で構えた出刃包丁を腰にひきつけた。いまにも体当たりしてきそうな殺気がみなぎっている。祖母はあきらかに狂っている。これ以上逆らうのは危険だった。

「わ、わかりました。学校にいきます」

「嘘をいうなちゃ」

「う、嘘じゃありません」

祖母はしばらくこっちをにらみつけてから、おもむろに出刃包丁をおろして、

「なら、今回だけは許しちゃろう。ほんとに学校いくんやの」

「い、いきます」

「たいがいで、その東京弁はやめれちゃ。気色の悪いけん」

「や、やめろといわれても――」

「いまでは遅すぎたァ、か」

祖母は歌謡曲のような節をつけていうと、急に出刃包丁を振りあげて、

「はよ下おりて飯食わんかッ。ちょっと甘い顔したら調子に乗りくさって」

ぼくはあわてて階段を駆けおりた。


キッチンにいくと、テーブルの上に朝食があった。

おかずは納豆と味付海苔と白菜の漬物、それに味噌汁だ。納豆は苦手だし食欲もないが、祖母を怒らせるのが怖いから食べるしかない。

箸を動かしながらキッチンを見まわすと、きのうにくらべてテーブルも流し台もガスコンロも新しい。不思議でたまらないけれど、わけを訊いても叱られるだけだ。

祖母はテーブルのむこうで黙々と茶碗の飯をかきこんでいる。メインのおかずが納豆とは、なんとも貧しい朝食だ。ただ炊きたての飯は旨かった。

食事を終えて席を立とうとしたら、祖母はぼくの茶碗を顎でしゃくって、

「おかわりは？」

言葉遣いをなじられるのを警戒して、かぶりを振った。

祖母は上目遣いでこっちをにらんで、

「いつも三杯食うとに、なしいらんと？　やっぱり、きょうはどうかしとるの」

ぼくは曖昧に微笑してリビングにいった。

リビングもきのう見たのとおなじだったが、カーペットもソファもテーブルもすべてが新しくなっている。テレビは新品のように光沢があり、その上にかけてあるレースのクロスは黄ばみがとれている。代り映えしないのは、首をかしげる犬の置物だけだ。

ぼくはその犬よりも首をかしげて、テレビの電源を入れた。

映るはずがないと思ったのに、画面が明るくなって驚いた。七時のワイドショーがはじまったようで、見たことのある司会者が映っていたが、やけに顔が若い。

「四月二日、月曜日の朝です。みなさんおはようございます。ズームイン朝、司会の徳光和夫です。それではまいりましょう。日本全国、月曜の朝にズームイン！」

思わず耳を疑った。まだ三月のはずなのに、四月二日とはどういうことだろう。

そのとき、恐ろしい想像が閃いて背筋がひやりとした。

まさか、そんなことがあり得るとは思えない。

しかし、いまの状況を説明するには、それしかない気がする。救いを求めるようにあたりを見まわすと、テーブルの上に新聞があった。

震える手で新聞をとって日付を見たとたん、全身の毛が逆立った。

そこには１９７９年（昭和54年）４月２日（月）とあった。

2

CHIN CHIN DENSHA

新聞の日付を見つめたまま、しばらく立ちすくんでいた。

いまは二〇一六年だから、一九七九年といえば三十七年前である。

そんな昔の新聞がどうしてここにあるのか。たまたま古新聞が置いてあったのだと思いたかったが、新聞紙は真新しくてインクの匂いがする。仮に新聞が昔のものだったにしろ、いま自分の身に起きている奇怪な現象を説明できるわけではない。

反対にこの日付が正しいと考えたほうが、すべてに説明がつく。父の部屋が変化したのも、キッチンやリビングが新しくなったのも、祖母が若返ったのもそうだ。あまりにバカバカしくて信じられないが、時間が逆行したのかもしれない。

つまりタイムスリップだ。

そんな「ドラえもん」みたいなことが——と思いつつテレビ欄に目をむけると、まさにドラえもんの文字があった。いまのドラえもんはたしか金曜の夜七時の放送だが、この新聞では六時五十分からのうえに新番組となっている。

「第一回のドラえもんが見たい」

一瞬そう思ったが、のんびりしている場合ではない。もし三十七年前にタイムスリップしたとしたら、ぼく自身の姿はどうなっているのか。未来からきた猫型ロボットにでもなっていたらどうしよう。そんな不安に駆られて洗面所に駆けこんだ。

洗面所も当然のように新しくなっていたが、洗面台の鏡に映ったのは、いつものぼくだった。オヤジくさい縦縞のパジャマを着ている以外、変化はない。

それなのに祖母はなぜ、ぼくを自分の息子、つまりぼくの父の剛志郎だと思いこんでいるのか。そういえば病院へ見舞いにいったとき、祖母はぼくを見て剛志郎のちいさい頃にそっくりだといっていたから、そのせいかもしれない。

なんとかして誤解を解きたいけれど、どうすればわかってもらえるのか。

いや、わかってもらうより、もとの世界にもどったほうが早い。中途半端なテレビドラマやマンガなら、このへんで夢オチだと気づいてもいい。

だが頰をつねっても痛いだけで、なにも起きない。それほど安易な展開ではなさそうだから、さらに刺敷を与えようと洗面台の蛇口をひねった。

顔を洗ってすっきりすれば、この悪夢から覚めるかもしれない。じゃぶじゃぶと冷たい水で顔を洗っていたら頭が冴えて、二十一世紀にもどれそうな気がしてきた。一、二の三で顔をあげれば荻窪のマンションで、のんびりゲーム三昧の一日がはじまるのだ。

「イチ、ニイのサン」

掛け声とともに洗面台から顔をあげたとたん、

「なんがイチ、ニイのサンかちゃ」

いきなり尖った声がして動悸が速くなった。洗面台の鏡に、しかめっ面の祖母が映っている。あいかわらず顔が若いのに落胆していたら、

「いつまいでん、だらだらせんと。はよ着替えな遅刻しょうが」

祖母に急かされてリビングにもどった。

壁のハンガーに白シャツと新品の学生服がかかっていた。洗面所にいっているあいだに祖母が用意したらしい。いまさら詰襟に金ボタンの学生服なんか着たくなかったが、祖母に逆らうのは怖い。

仕方なく袖を通すと、白シャツも学生服も不思議なくらいぴったりだった。

「ほら、これとこれも」

祖母は学生帽と肩ひものついたカバンを押しつけてきた。帽子には金属の校章と白線がついていて、カバンはズックみたいな布製だった。どちらもダサすぎて身につける気

がしなかったが、また包丁を突きつけられるのはごめんだった。

学生帽をかぶりカバンを肩にかけると、祖母は学生服のポケットにハンカチをねじこんだ。そのあと、ぼくの体をじろじろ見てから、

「ようし」

工事現場の安全確認みたいな声をあげると、ビニール製の黒いパスケースと一枚の札を差しだした。札は黄色っぽい紙に薄いグリーンの模様が入っている。

とまどいつつそれらを受けとって、

「これって、いったい——」

「まあた、とぼけよるんね。定期と昼ごはん代やないの」

パスケースには、なるほど定期券らしいものが入っている。しかしこれを使ってどこにいくのか。札にもまったく見おぼえがない。

札はまんなかに千円という文字があり、その横に長い髭を生やした老人の肖像がある。教科書で見たような気がして目を凝らすと、肖像の下に伊藤博文と書いてあった。

なんだ伊藤博文か、と思ったが、なにをした人物なのか思いだせない。それよりも、この千円札がほんとうに使えるのか疑問だった。

しげしげと千円札に見入っていたら、祖母が舌打ちをして、

「なんね。なんか文句あるんね」

「べ、べつにないです」

「むだ遣いしたら、つぁーらんよ。一週間ぶんやけね」

いまが過去の時代だとしても一週間で千円はすくない気がしたが、文句をいってもむだだろう。カバンのなかには、いつのまにかノートと筆箱と生徒手帳が入っていた。祖母にうながされるまま、玄関で安っぽいスニーカーを履いていると、

「あたしは一緒にいかんけど、きょうは入学式やけ、しゃんとせないかんよ」

「にゅ、入学式はいったいどこで――」

やばいと思いつつ、つい訊いてしまった。とたんに祖母は目を吊りあげて、

「学校いく道も忘れたんね。もうシンナーでぼけてしもて」

「いや、そういうことじゃ――」

「雑魚町の電停からチンチン電車乗って、堂南高校前でおりたら目の前やろ」

はよいかんかッ、と祖母は怒鳴って、ぼくを玄関から押しだした。

「あの、チンチン電車って――」

といいかけたとき、背後でドアが閉まった。

　雑魚町の電停を探して、とぼとぼと駅前を歩いた。

　異変が起きているのは父の実家だけで、それ以外は正常かもしれない。あるいは外にでた瞬間、夢から覚めるのではないか。家をでるまではそんな期待もあったが、外を歩いてみると、やはり違和感がある。

駅前にあったはずのデパートがまるごと消えて、雑草が茂る空き地に変わっていた。マクドナルドや松屋があったあたりは喫茶店や食堂に変わり、ぼろぼろだった雑居ビルが息を吹きかえしたように店舗で埋まっている。

道路を走っている車は見たこともないデザインで、フェンダーミラーをつけているのが多い。通行人もあきらかに雰囲気がちがう。

スーツ姿のサラリーマンは、ぱっと見に違和感がないものの、よく見るとネクタイが太かったり、三つ揃いを着ていたり、二十一世紀とは着こなしが異なる。髪型は七三分けやオールバックが多くて、すれちがうと整髪料の匂いが鼻につく。

若い男たちはリーゼントというのか、まんなかに寄せた髪を逆立てていたり、長髪を肩まで伸ばしていたり、もみあげを剃って襟足を刈りあげていたり、変な髪型が多い。

全員に共通するのは、パンツでもジーンズでもシャツをなかに入れていることだ。シャツをインするのは二十一世紀ではオヤジの象徴だが、この時代はふつうらしい。

若い女性は茶髪がいないかわりに、もこもこしたパーマが目立つ。付け睫毛のギャル系もいないし、巻き髪のお姉系もいない。現代――二〇一六年の女性にくらべて、みんな体型が太くて小柄な感じがする。

大通りに面した映画館には、手描きの看板で「ディア・ハンター」とある。

主演のロバート・デ・ニーロは知っているけれど、ぼくが知っているデ・ニーロは看板のように若くない。映画館の一階にある自販機にはチェリオとかミリンダとか、見たことのない清涼飲料水が瓶ごと入っていた。

これだけ証拠がそろうと、さすがにタイムスリップしたのを認めるしかなかった。

といって、これからどうすればいいのか。信じられない体験に興奮してもよさそうなのに、不安ばかりが先にたった。映画やドラマの主人公なら、この時代を探検してみようと思うのだろうが、未来にもどる方法がわからない以上、そんな気分になれない。

このまま三十七年前の高校生として生きていくなんて、最悪にもほどがある。

一刻も早く二〇一六年にもどりたいが、どこにも相談できる相手はいない。母を頼ろうにも、いまが一九七九年なら、母はまだ十四歳の中学生で東京に住んでいるだろう。

つまりぼくより年下だし、父はぼく自身なのだから話にならない。

知らない高校の入学式なんかいきたくなかったが、祖母を怒らせたら住むところがなくなる。未来にもどる方法がわかるまでは、ここで生活するしかなさそうだった。

「こうなったら、この時代を見物してやるか」

自分にそういい聞かせるように、ひとりごちた。

通行人に道を訊ねて、なんとか雑魚町の電停に着いた。あたりは繁華街でデパートやファッションビルや銀行が建ちならび、目抜き通りに「金天街（きんてんがい）」というアーケード商店街がある。

電停とはどんなものかと思ったら、道路のまんなかに四角いコンクリートが一段高く盛りあがっていて、その上にひとびとが佇んでいる。これがホームのようだが、屋根がないのが原始的で、雨の日は不便にちがいない。

電車を待っているひとびとのなかには、ぼくと同年代の男たちも何人かいる。やはり入学式なのか新品の学生服を着ているが、みな母親らしい女性が一緒だった。祖母もぼくを息子だと思いこんでいるのなら、入学式についてきてくれてもよさそうなものだ。母なら、きっときてくれただろう。

やがて路面電車が電停に着いた。上半分が肌色で下半分は茶色に塗ってある。二両編成の電車に恐る恐る乗りこむと、車内は混んでいて座席の空きがない。こんな古びた電車でも通勤ラッシュがあるのが意外だった。

乗客のなかにはセーラー服の女子たちもいたが、スマホがない時代だけに、みな友だちと喋るか本を読んでいる。祖母がチンチン電車といったとおり、電車は動きだすと同時にチンチンとベルを鳴らした。

吊革を握って外を眺めていると、見慣れない街並がすぎていく。

全体的にビルがすくなく、瓦葺きの屋根が多い。個人商店や民家がならぶ古めかしい通りを眺めていたら、異世界に迷いこんだような気持になった。実際のところ異世界に迷いこんでいるのだから当然だけれど、それにしてはテンションが低い。

そもそもタイムスリップというのは、もうすこし派手な気がする。

中世のヨーロッパで王女と恋に落ちたりとか、戦国時代で武将たちと歴史を変えたりとか、未来で宇宙人やロボットと戦ったりとか、それなりに見せ場がありそうなのに、ひとりでチンチン電車に乗っているのは地味すぎる。

「ぼくは二十一世紀の未来からきたんだ」

と主張しようにも、それを証明するものがない。スマホかノートパソコンでもあればともかく、口だけでは誰も信じてくれないだろう。


電車は二十分ほどで堂南高校前に着いた。

電停におりると、道路のむこうになだらかな丘があり、コンクリートの塀と校舎が見える。学校へ続く道沿いには桜並木が淡いピンクの花を咲かせている。風に舞い散る花びらがきれいだったが、それを眺める余裕はない。

急ぎ足で丘をのぼった。丘のてっぺんにレンガ造りの大きな校門があって「昭和五十四年度　入学式　堂南高等学校」と看板が立っていた。私立のようだが、父の成績からいって工業高校をイメージしていたから、普通科らしいのにほっとした。

入学式のわりに学生の姿がないと思いつつ、校門を通り抜けた。

とたんにスーツ姿の中年男が駆け寄ってきた。整髪料でテカテカした髪を七三に撫でつけて、腕に生徒指導の腕章をつけている。男はぼくの肩に手を置いて、

「きみ、きみは新入生か」

「はあまあ」

「もう入学式ははじまってるぞ。クラスは何組だ」

答えようがなくて目をしばたたいていると、

「遅刻したくせに自分のクラスもわからんのか。こっちにこいッ」

男に腕をひっぱられて体育館へいった。遅刻だといわれても、ぴんとこない。教師に目をつけられたのは痛いが、自分の学校だという実感がない。

体育館に入ると、校長らしい老人が壇上で喋っている。新入生がずらりとパイプ椅子にかけているのを見て、いきなり落胆した。

生徒は女子がひとりもおらず、男ばかりだった。男子校ではおもしろくもなんともないが、どうせ自分の学校ではない。男子校のせいか保護者の数は驚くほどすくなくて、新入生のうしろに数人が座っているだけだ。

生徒指導の教師は、ぼくを体育館の隅に連れていって、

「きみ、名前は？」

「も、百鬼悠太です」

男は新入生の名簿らしい書類を繰りながら首をかしげて、

「ももき？　そんな名字はひとりしかおらんぞ。百鬼剛志郎って生徒ならおるが——」

「ああ、それです」

「なんだと。さっきはちがう名前だったじゃないか」

「す、すみません。つい緊張して——」

教師は眉間に皺を寄せて、ぼくをにらむと、

「わたしは生徒指導の会田だ。きょうは大目に見てやるが、今後ふざけたまねをしたら、ただじゃすまさんぞ。わかったか」

「わかりました」

会田は空いているパイプ椅子にぼくを座らせて、

「きみは一年二組だ。式が終わったら教室にいけ」

校長の話はまだ続いている。ハゲ頭で白いヒゲを長く伸ばした姿は仙人みたいだった。話がようやく終盤に差しかかると、校長は声を張りあげて、

「――というわけで本校で学ぶうえで大切なのは、以上の三点である。この三つを肝に銘じて学業に励んでもらいたい。いいですか、もういっぺん繰りかえしますよ。まずひとつ目は記憶力、そして、ふたつ目は――」

校長は口を開けたまま周囲を見渡した。みな静かに次の言葉を待っている。

「ふたつ目は――」

校長はそれきり絶句した。

教師たちが壇上に駆けあがり、校長を舞台の袖にひっぱっていった。司会役の教師がこわばった表情でマイクの前に立って、

「以上、校長あいさつでした。続きまして――」

校長本人が記憶力ねえじゃん、とつっこみたかったが、全体の雰囲気は中学のときと大差ない。ただ生徒たちが、やけに大人びている。

新入生にしてはみな老け顔で、体がごつい。壇上で式辞を読んだ三年生の生徒会長に至っては、中年でも通りそうなほど老けていた。

これも時代がちがうせいかと思ったが、よくわからない。

新入生の式辞に祝電披露にＰＴＡ会長の祝辞と眠気を催す話が続いた。そのあと教頭が閉式の辞を述べた。やっと終わったと思ったら、校歌斉唱がはじまった。

みな生徒手帳を片手に起立したので、あわててまねをした。

校歌は生徒手帳に載っていたが、歌詞はとんでもない時代錯誤で、日本男児だの大和魂だの武士道だの軍歌みたいなフレーズがてんこ盛りだった。

壇上では、やたらと丈の長い学生服を着た応援団の連中が野獣のような声を張りあげている。全員が脂ぎったいかつい顔で、とても高校生には見えない。

うつむいて口パクでごまかしていると、会田が近寄ってきて耳元で怒鳴った。

「しっかり声をださんかッ」

野蛮な校風に早くもうんざりしたが、いまさら帰るわけにもいかない。

入学式が終わって、新入生たちはぞろぞろと体育館をでた。

教室にむかう渡り廊下を歩きながら、あらためて周囲を眺めると、やはりどの生徒も老けている。老けているうえに強面で、髪型と学生服が変だ。

街の若者とおなじくリーゼントが目立つが、ちりちりにパーマをかけていたり、曲げたら折れそうな直毛だったり、生徒指導の会田みたいに整髪料で髪をテカテカにしていたり、おなじリーゼントでもバリエーションがある。

学生服は応援団の連中のように丈が長いのもいれば、反対に丈が短いのもいる。上着の裾は腹のところまでしかなくて、幅の広いズボンの裾を足首で絞っている。道路工事でもしているみたいな格好だが、これが一九七九年の流行なのだろうか。

当然ながらヒップホップ系や悪羅悪羅系やギャル男はまったくいない。その点はうれしいけれど、全員がヤンキーなのはもっと悪いかもしれない。

異星人に遭遇したような気分で眺めていたら、うしろに倒れそうなほどそっくりかえって歩いている男と目があった。

「きさん、なんガンたれようそか」

甲高い声ですごまれて、大急ぎでその場を離れた。

一年二組の教室は校舎の一階にあった。扉を開けて教室に入ると、何人かが鋭い目をむけてきて足がすくんだ。中学時代の知りあいでもいるらしく、クラスの半分くらいはがやがや騒いでいる。あとの半分は静かだが、ぽかんと口を開けて宙を見ていたり、机に突っ伏して眠っていたり、新入生らしくない。

教室のなかは暖房が入っておらず、外にいるように寒い。エアコンはないうえに窓ガラスはあちこちヒビが入っていた。窓からはコンクリートの塀が見える。

しかしいちばんの問題は、どの席に座るかだ。誰とも視線をあわさないよう、注意深くあたりを見まわした。

なるべく目立たない席に座りたかったが、どこをむいても暴走族かヤクザみたいな奴ばかりだった。強いていえば、席がうしろになるほど凶暴そうな面構えが多い。

仕方なくいちばん前の席に腰をおろすと、

「おい」

隣の声に、ぎくりとして顔をむけた。とたんに、またぎくりとした。いままで気づかなかったが、お決まりのリーゼントでニキビだらけの男が隣にいた。背は低く体もちいさいが、上目遣いの目が怖い。

「きさん、どこの中学か」

「えッ」

ニキビ男は歴史の教科書で見た「お公家さん」みたいな眉を寄せて、

「聞こえんのかちゃ。どこの中学かち訊いちょるんよ」

いきなりの上から目線と方言にとまどいつつ、東京の中学の名前を口にした。

「そんな中学知らんの。おまえ、生まれはどこか」

「と、東京だけど」

「東京だけど？　なんツヤつけとんか」

「ツヤ？」

「東京からきたちゅうて、ええかっこすんなちいいよるんよ」

「べ、べつにかっこなんかつけてないけど――」

「くらしあげるど、きさんッ」

ニキビ男はいきなり立ちあがって拳を振りあげた。いまにも殴られそうな勢いに思わずのけぞった。はずみで椅子から転げ落ちて、床に尻餅をついた。

「東京もんはつぁーらんのう。こんくらいで、なんビビりようそか」

ニキビ男がそういったとたん、どっと笑い声が起きた。

いつのまにか教室の大半がこっちを見ていた。この展開はまずい。

このままではいじめフラグ確定だと思ったが、怖くてなにもいえない。ニキビ男はなおもウケを狙っているらしく、両手をズボンのポケットに突っこんで近づいてくると、

「なんかその目は。なんか文句あるんか」

ぼくを挑発するようにトサカ頭を振った。

そのとき、ニキビ男より数段りっぱなトサカの男がふたり、教室に入ってきた。

ひとりは逆三角形に盛りあがったリーゼントの先端が鼻の先まで垂れて、前から見ると牛の舌でも乗せているみたいだった。学生服は丈が長く、ズボンの裾は袴のように広がっている。

もうひとりはストレートパーマみたいな直毛のリーゼントで、髪が針金のように逆立っている。こっちの学生服は極端に丈が短く、ズボンはまんなかが膨らんで裾を絞った提灯みたいなシルエットだ。

ふたりはかわるがわるニキビ男の頭をはたいて、

「誰かと思うたらヒデマルやんか。そんな頭しちょうけ、わからんかったぞ」

「ヒデマルゥ、またかわいがっちゃるけのう」

どうやらニキビ男はヒデマルという名前らしい。あらためて顔を見ていると、前にも逢ったような気がしたが、むろんそんなはずはない。

「スドーもナルミも、このクラスなん？」

ヒデマルがおびえた表情で訊いた。牛タン男は、ふたたびヒデマルの頭をはたいて、

「なんがスドーか。いつのまに偉なっとるんかちゃ」

「ご、ごめんちゃ。スドーくん」

「おれは呼び捨てでええんか、お」

針金リーゼントの男もそういって、ヒデマルの頭をはたいた。

「ナルミくん、かんべんしてちゃ」

ヒデマルはひとが変わったようにぺこぺこ頭をさげている。

会話からして三人は「おな中」らしいが、ヒデマルはかなりの強面だ。それをザコキャラあつかいするとは、スドーとナルミは相当に怖い奴らしい。

ヒデマルはふたりの機嫌をとろうとしてか、愛想笑いを浮かべて、

「スドーくん、長ランかっこいいね」

「これか。特注やけの」

牛タン頭のスドーは得意げな表情で学生服のボタンをはずして、前をはだけた。紫色をしたサテンの裏地に「天上天下唯我独尊」とか「仏恥義理」とか「一億玉砕」とか「因果応報」とか、頭の悪そうな刺繍がある。

針金リーゼントのナルミは糸みたいな眉を寄せて、

「ヒデマルゥ、おれの短ランはどうなんかちゃ」

学生服の前をはだけた。裏地は真っ赤なサテン生地で、金色の龍の刺繍がある。ヒデマルは揉み手をしながら、かっこいいね、とおべんちゃらをいった。

その隙に席へもどって、こっちに矛先がむかないよう念じながら下をむいた。

そのとき、誰かが教室に入ってきた気配があって、

「いてててッ」

悲痛な叫び声に顔をあげると、黒いスーツの男がスドーとナルミの髪を両手でつかんでいる。男は五十がらみで、髪を短く刈って銀縁の丸いメガネをかけている。メガネの奥の目は鋭くて、ここが教室でなかったら教師には見えない。

「こら先公、はよ放さんかッ」

「なんしよんか、きさんッ」

スドーとナルミがもがきながら怒鳴った。

メガネ男はふたりの髪から手を放した。と思った瞬間、ばちんばちんと音がしてスドーとナルミの体が横に吹っ飛んだ。いままで見たこともないような強烈なビンタだった。

メガネ男は掌を軽くはたいて、席につけ、といった。

ヒデマルが椅子取りゲームのようなすばやさで席にもどった。スドーとナルミは男をにらんでから無言で歩きだした。

メガネ男は静まりかえった教室を見渡してから、おごそかに出席をとり、チョークを手にして黒板にむかった。男は「南雲巌」と黒板に大書して、

「わたしが諸君の担任だ」

教師とは思えないドスのきいた声でいった。

こんな怖い奴が担任とは、この学校がますます厭になった。メガネ男は続けて、

「本校へ入学する学生は、最初から頭のできが悪いか、まったくやる気がないかのどちらかだ。したがって諸君の学業には期待しておらん。諸君に望むことは、ただひとつ」

メガネ男はそこでいったん口をつぐんでから、

「男になれッ」

教室を震わすような声でいった。

一瞬の静寂のあと、くすくすと背後で笑い声がした。

振りかえると、いちばんうしろの席でゾウアザラシが学生服を着たような大男が肉まんを食べながら口元をゆるめている。メガネ男は無表情にゾウアザラシを見ると、

「おかしいか。では、わたしの名をいってみろ」

北斗の拳のケンシロウみたいな台詞を口にした。ゾウアザラシは太い首をかしげて、

「──読めません」

「このくらいも読めんくせに、へらへら笑うなッ」

メガネ男は低い声でいうと、ものすごい速さでチョークを投げつけた。ゾウアザラシは肉まんを落とし、両手で口を押さえた。チョークはゾウアザラシの口元で白い煙をあげて砕け散った。

「ひとは男に生まれるのではない。男になるのだ」

メガネ男は腕組みをして教室を見渡すと、

「わたしの名前は、なぐもいわお、だ」

南雲は伝達事項を事務的に告げて教室をでていった。

とたんに教室がざわつきはじめた。緊張が解けたせいかと思ったが、どうも様子がちがう。おな中だったらしい生徒たちが深刻な顔を突きあわせて、

「そろそろくるど」

「逃げようや。はよせな捕まるちゃ」

「断っても、つぁーらんかの」

「つぁーらんつぁーらん。おれの兄ちゃんやら、めった打ち遭(お)うたけの」

口々にささやきあっている。

いったいなにがくるのだろう。不穏な気配におびえていると、遠くから地響きのよう

な音が聞こえてきた。それが近づくにつれて教室の床や窓ガラスが震えだした。

「きたあッ」

誰かが叫んで、何人かが教室から駆けだしていった。

思わず腰を浮かせた瞬間、屈強な男たちがなだれこんできた。みな成人にしか見えないが、学生服を着ているから上級生らしい。

男たちはなにかを探すように血走った目で教室を見まわしている。丸坊主の肥った男がいきなり一年生に飛びかかって羽交い締めにすると、

「ええ体しとるの。ようし、おまえ柔道部の」

犯人を捕まえた刑事のように叫んだ。「ぬらりひょん」みたいに顔のひしゃげた男がそばにいた一年生をヘッドロックして、

「おまえはボクシングじゃ」

そこに竹刀を持った男が割って入ると、

「待たんかちゃ。そいつはうちによこせ」

あん？　とぬらりひょんが男をにらみつけた。

竹刀を持った男はヘッドロックされている一年生にむかって、

「ボクシングより剣道やりたかろうが。お？」

「なんいうちょるそか。こいつはボクシングがやりたいんちゃ」

「なんちゃ、きさんッ」

ぬらりひょんと竹刀の男は一年生をあいだにはさんで、罵りあいをはじめた。どうやら部活の勧誘のようだが、勧誘というより拉致に近い。上級生たちは逃げまどう一年生を捕まえては教室からひきずりだしていく。

ぼくは大急ぎで机の下に隠れた。タイムスリップなんかしなければ、清流学園の漫研か文芸部に入って、文化系女子となかよくなる予定だった。それなのに、こんなむさ苦しい男子校で運動部に入れられたらおしまいだ。

机の下で息をひそめていると、リーゼントの男がこっちを覗きこんで、

「見ィつけたあ」

嬉々とした声に心臓が凍りついた。M字型の剃りこみが青々した男はエリマキトカゲのようなバカでかいカラーの学生服を着て、その下は上半身裸だった。

「怖がらんでええちゃ。ぼく、こっちおいで」

剃りこみ男は腰をかがめて手招きした。ぼくといわれてむかついたが、むろん逆らえるはずがない。男は続けて、

「ぼく、名前なんちゅうと？」

「も、百鬼ですけど」

「ほう、変わった名字やの。よういわれるやろ」

「ええまあ」

「百鬼くん、エンダン入り」

縁談でも斡旋する部があるのかと思ったが、そんなはずがない。

剃りこみ男は眉毛のない顔を不気味にほころばせて、

「応援団よ。みんなやさしいけん、ほかの部より楽しいど」

「で、でも部活は特にやりたくないんで」

「なしてか。うちの学校はワルソ多いけ、ひとりでふらふらしちょったら、くらされるど。エンダン入っちょったら、おれだんが守っちゃるけ」

「そういわれても――」

「なんちかんちいいないな。男やったら、ぴしゃっと決めれちゃ」

「じゃ、じゃあ、お断りします」

「断る？　ちょうこっちこいや。部室で話ししょう」

剃りこみ男は、ぼくの胸ぐらに手を伸ばしてきた。つい反射的にその手を払いのけた。

おッ、と男はつぶやくと形相を一変させて、

「舐めとんか、きさんッ」

怒声とともにつかみかかってきた。

大あわてで机から這いだして、つんのめりながら教室を飛びだした。

「待たんか、こらあッ」

剃りこみ男は罵声をあげて追ってきたが、死にもの狂いで廊下を走った。

校舎を抜け校門をでると、電停に停まっていた路面電車に飛び乗った。同時にドアが閉まって電車は動きだした。

窓の外に目をやると、もう男の姿は見えなかった。その頃になって学生帽とカバンを忘れてきたのに気づいたが、ひきかえせば剃りこみ男に捕まってしまう。

座席にへたりこんで、大きく息を吐いた。

父の母校だからと思って我慢していたが、もう限界だった。一年生でもじゅうぶん恐ろしいのに、上級生はそれに輪をかけて狂っている。

しかも担任の南雲まで暴力的だ。いくら偏差値の低い学校にせよ、諸君の学業には期待しておらんというのは新入生に対して失礼だ。

もっとも、あんな生徒ばかりでは教師が粗暴になるのも無理もない。猛獣を飼いならすようにきびしくするしかないのだろう。

なんにせよ、もう学校にいくつもりはないから彼らとは無関係だ。タイムスリップしたついでに、大昔の男子校を見学したと思えばいい。

だが学校から逃げだしたのがばれたら、祖母はきっと怒り狂うだろう。場合によっては、また包丁を持ちだしてくるかもしれない。祖母と心中するのはごめんだが、あの家をでたら住むところがない。誰かを頼ろうにも一九七九年のいま、ぼくを知っている人間はどこにもいないのだ。

どうするべきか悩んでいたら、不意に根本的な解決法が閃いた。

朝から驚きの連続で、冷静に考えるひまがなかったが、過去にタイムスリップしたということは、未来にもいけるはずだ。そのためには、こっちの世界にきたのと逆の手順を踏めばいい。タイムスリップが起きたのは、父の地図にあった井戸に落ちたのがきっかけだった。ということは、あの井戸にふたたび落ちれば、二〇一六年の未来へもどれるのではないか。

急に力が湧くのを感じながら、窓の外を見た。電車に乗ったときは上りも下りも考えていなかったが、うまい具合に雑魚町のほうへむかっている。

ほっとして井戸に落ちたときの記憶をたどった。

あのときはたしか大倉駅から電車に乗って、門字という駅でおりた。それからしばらく歩いた山の麓で、あの井戸を見つけたのだった。地図がないから場所ははっきりしないが、なんとかたどり着けるだろう。

雑魚町の電停で電車をおりると、まっすぐ大倉駅にむかった。

大倉駅はきのう見たときより駅舎がちいさくなって、建物はすっかり古びている。モノレールも歩行者用のデッキもなくなって、駅前にはロータリーがある。

大倉駅から電車に乗って門字でおりた。電車はＪＲではなく国鉄と表示があった。改札口も自動ではなく、駅員がハサミで切符を切っているのが珍しい。

駅前にあった駄菓子屋の店先には、横に「コスモス」と書かれた赤や緑のボックスがならんでいる。透明な窓のむこうに玩具が入ったカプセルがぎっしり詰まり、正面に十円玉の投入口とハンドルがある。

　カプセルを覗いてみると、ゴム製らしいカラフルな色の「スーパーボール」、「ふしぎな物体　ネバネバベトベト冷たーい」と書かれた緑色の「スライム」、赤やオレンジの毛虫みたいな「モーラー」など、遊びかたがよくわからない玩具が入っている。

「これは、ガチャガチャだ」

　未来にもガチャはあるけれど、その元祖を見たのははじめてだった。

　未来にもどる前にもっと見物したい気もしたが、陽が暮れたら井戸を見つけられなくなる。そう思って井戸のあった場所に急いだ。ところが地図がないうえに景色が変わっているせいで、たちまち道に迷った。

　あの井戸があったのは田畑に囲まれた小高い山の麓で、井戸のそばには天狗の石像があった。駅をでたときは、山を目印にすればたどり着けると考えていた。

　だが目的地とおぼしいあたりには、似たような山がいくつもある。

　きのう見たときは住宅地だった丘陵が山林になっていたり、田畑があった場所に民家が建っていたりして、まるで見当がつかない。通りかかった老人に訊ねても、井戸など知らないと、そっけない答えがかえってくる。

　こんなときスマホがあれば地図を見られるし、GPSで現在の位置を確認できるのに三十七年前の郊外には電話ボックスすらない。こんな不便な時代に生まれた若者たちが気の毒になった。

道路沿いの民家には着物姿の男が殺虫剤をかまえた「ハイアース」とか、下着姿の女性が太ももを見せている「アース渦巻」とか、メガネが鼻にずり落ちた男が茶色の瓶を手にした「オロナミンC」とか、妙な看板がべたべた貼ってある。

オロナミンCはいまでもあるし、アース渦巻の女性には見おぼえがあるが、こんなところに看板を貼って宣伝効果があったのだろうか。

途方に暮れつつ見知らぬ土地をさまよっていると、しだいに暗くなってきた。朝食を食べたきり、なにも口にしていないから、空腹でめまいがする。きょうじゅうに井戸を見つけるのはあきらめるしかなさそうだった。

といって、あらためてでなおしても井戸を見つける自信はない。このまま井戸が見つからなかったら、どうなるのか。学校にはいけないし、祖母とも住めない。こんな時代のホームレスになった自分を想像すると身震いがした。


なんの収穫もないまま電車に乗って、大倉駅にもどった。

駅の時計は六時半をさしている。どこもいくあてがない以上、父の実家に帰るしかないが、腹が減りすぎて歩くのもつらかった。家に帰っても、どうせろくな食べものはないから、コンビニでパンでも買おうと思った。

けれどもコンビニがどこにもない。一九七九年は、まだコンビニがなかったのか。あるいは北九州まで普及していないのか。

ハンバーガーや牛丼でもいいと思ったが、ファストフード店すら見あたらない。あるのは喫茶店ばかりだ。それでもサンドイッチくらいは食べられるだろう。

だが、どの店も重々しい店構えで、学生服で入るのは気がひける。

若者むけの店を物色していると、駅前の路地に「紫留美亜」と看板のでている喫茶店があった。なんと読むのか深く考えずにショーウィンドーから店内を覗いたら、カウンターの席に女子高生らしいセーラー服が見えた。

女子高生がいる店なら、ぼくが入っても違和感はなさそうだった。

思いきってドアを開けると、カランカランとドアベルが鳴って、カウンターにいた女子高生がこちらをむいた、とたんに、ぎょっとした。

髪は赤くてちりちりで眉毛は糸のように細く、腫れぼったい一重まぶたに青いアイシャドーを塗っている。セーラー服の胸元ははだけて、スカートの丈が地面に着きそうなほど長い。女はぼくをじろりとにらむと、

「ちょっとお」

うしろをむいて叫んだ。次の瞬間、店の奥から三人の男がどやどやとやってきた。

三人ともリーゼントで、昼間に学校で見たような丈が短い学生服と裾を絞ったズボンを穿いている。ひとりの男が下からしゃくりあげるように、こっちをにらみつけると、ぼくの制服のボタンを指さして、

「きさん、堂南のもんやないか。こげなとこで、なんしよんか」

「な、なんにもしてませんけど」

「しちょるやないか。うちのシマにツラだして、ただですむと思うちょうそか」

「そいつ生け捕って、堂南の奴ら呼びだそうや」

べつの男がそういったのを合図に、三人はこっちにむかってきた。

あわてて踵をかえすと一目散に駆けだした。

どうして一日に何度も全力疾走しなければならないのか。そもそも、この時代の高校生は頭がどうかしている。こんな思いをするくらいなら二〇一六年にもどって、コバとヨッシーにいじられていたほうがましだ。

胸のなかでそう愚痴りながら、息を切らして走った。

父の実家にたどり着くと、隣のビルに赤と紫のけばけばしいネオンが灯っていた。

きのう——いや、三十七年後の未来で見たときは介護用品のレンタル会社だったのに、いま見ると「ホテル　ニューエンペラー」と看板がある。

けさ家をでたときには気づかなかったが、これはラブホにちがいない。家の隣がラブホとは最悪の立地条件だ。

父の実家をはさんだ反対側はデイケアセンターだったが、こっちは潰れた店舗に変わっている。錆びついたブリキの看板に「スマートボール　青い鳥」とあるが、スマートボールとはなんなのかわからない。

もっとも、いまは両隣に気をとられている場合ではない。いままでなにをしていたのかと祖母に訊かれたら、なんと答えよう。

音をたてないよう慎重に門を開けて、玄関にむかった。

びくびくしつつチャイムを鳴らすと、ドアを開いて祖母が顔をだした。

とたんに息を飲んだ。祖母はなぜか厚化粧をして、ヒョウ柄のワンピースを着ていた。香水の匂いがぷんぷんする。祖母は濃い口紅を塗った唇をゆがめて、

「なんしよったとね。こんな時間まで」

おばあちゃんこそ、なんでそんな格好をしているのか。そう訊きたかったが、うかつな質問をすれば祖母が怒るのは学習済みだ。

ここは息子のふりをすることにして、寄り道だと答えた。

「学校に忘れもんしとって、なんが寄り道ね」

忘れもんといわれて、学生帽とカバンを学校に置いてきたのを思いだした。

「な、なんでそれを――」

「なんでやないちゃ。お友だちがわざわざ持ってきてくれたとよ」

「お友だち？」

「待たせたねえ。やっと剛志郎が帰ってきたばい」

祖母が振りかえって声をかけると、見おぼえのある男が玄関にでてきた。リーゼント

の髪に公家みたいな眉でニキビだらけの男はにやつきながら、おかえり、といった。

その夜の夕食はレトルトカレーだった。

ボンカレーという名前は知っているが、着物姿の女性が微笑んでいるパッケージは見たことがない。これは誰かと祖母に訊くと、松山容子だと答えた。祖母はリビングのテーブルに福神漬とラッキョウを運んでくると、自分もスプーンを握って、

「ごめんね。あたしが忙しいけ、インスタントしか作れんで」

「いやあ、これ大好物やけ、でたん旨いっす」

ヒデマルはまんざらお世辞でもなさそうで、せっせとスプーンを動かしている。

ぼくも空腹だったせいか、カレーは驚くほど旨かった。だがヒデマルがいるせいで落ちつかない。祖母によれば、ヒデマルは学生帽とカバンを持ってきてくれたという。

よけいなお世話だと思いながらも、いちおう礼をいったが、家にあがりこんで食事までするとは図々しい。祖母との会話でヒデマルは秀丸、名前は豊(ゆたか)だとわかった。

「剛志郎となかようしてやってね。秀丸くん」

「はい」

「よかったやん。入学早々、よかお友だちができて」

祖母にそういわれて曖昧にうなずいた。

「この子は小学校ンときから手ェつけられんワルソでねえ。こっちにおられんようなっ

て、東京のとうちゃんとこに預けとったんやけど、去年とうちゃんが死んで、うちに帰ってきたと。やけん、こっちには友だちがおらんとよ」

「そうやったんですか」

秀丸はもっともらしく相槌を打ちながら、ちらりとこっちをにらんだ。父がそんなに悪かったとは初耳だし、祖父と東京に住んでいたのも知らなかった。

テレビの画面では大平正芳（おおひらまさよし）という四角い顔の総理大臣が、あーうー、とうなっている。ちょうど「ドラえもん」の第一回がはじまっている時間だからチャンネルを変えたかったが、秀丸からバカにされそうで、じっとしていた。

食事が終わると、祖母はあわただしくテーブルの上を片づけて、

「ほんなら、あたしはそろそろいくけんね」

「いくって、どこに——」

思わずそう訊くと、祖母は怪訝な顔をして、

「店に決まっとるやないね。きょうは予約が入っとうけ忙しいと」

「店？」

「なんとぼけとるん。あたしがしよるスナックたい」

祖母はばたばたと化粧を直すと、玄関で真っ赤なハイヒールを履いている。このまま家に残されるのが不安だったが、秀丸は帰る様子もなく祖母を見送りにきて、

「どうも、ごちそうさまでした」

「こっちこそ、ありがとうね。ふたりでゆっくりしとき」

祖母はコツコツとヒールを鳴らして家をでていった。

とたんに秀丸は、ぼくを肘でこづいて、

「おまえのかあちゃん、美人やのう」

「そ、そうかな」

「どこでスナックやっとんか。今度連れてけちゃ」

「そういわれても、ぼくもよく知らないし」

「嘘いうな。自分の親やろが」

「まあ、そんなようなものだけど」

「なんかそのいいかたは。しかし、おまえほんとにワルソやったんか。そげなふうには、ぜんぜん見えんけどのう」

べつに悪くないよ、とぼくはいって、

「どうして、うちがわかったの」

「おまえが忘れもんしちょるって、誰かがいらんこと職員室でいうたったい。そしたら近所の奴が持っていけちいわれて――」

うちの住所を聞いて、学生帽とカバンを持ってきたという。

「てことは、このへんに住んでるの」

「おう、すぐ近くよ。それより、おまえの部屋はどこか」

二階だと答えると、秀丸はにやりと笑って階段を駆けあがった。早く帰って欲しいのにと思いつつ、あとをついていった。秀丸は壁や天井のポスターを見て、

「おッ、荒野の七人やんか。おまえ、七人ぜんぶいえるか」

「いえないよ」

「つぁーらんのう。おれあいえるぞ」

秀丸はそういって指を折りながら、

「ユル・ブリンナーやろ、スティーブ・マックイーンやろ、ジェームズ・コバーンやろ、チャールズ・ブロンソンやろ、ロバート・ヴォーンやろ――」

「わかったから、もういいよ」

「なら大脱走で、誰が最後まで生き残ったかいえるか」

「ううん」

「つぁーらんのう。おれあいえるぞ」

「もういいって」

秀丸は不満げに鼻を鳴らすと、壁に貼られた三角形の旗を指さして、

「ペナントもええのあるやん。おれのかあちゃん、高崎山で猿に弁当とられたけの」

三角形の旗はペナントというらしい。ところで、と秀丸はいって、

「あれは、どこ隠しちょんか」

「あれって？」

「あれたい。ビニ本とか自販機で売っとう本を持っちょろうが」

ビニ本とは、たぶん父の勉強机にあったエロ本のことだろう。が、けさ見たときには消えていた。そんな本はないと答えたら、秀丸は股間の前で拳を上下して、

「なら、これはどうしよんか。もしかして、まだ知らんそか」

「そのくらい知ってるけど、あんなの見ても興奮しないよ」

おまえ、と秀丸は目をまるくして、

「おとなしそうな顔のわりに、ませとうのう」

この男に二十一世紀の着エロやネットの無修整動画を見せたら、どうなるのだろう。

そう思ったら、急に笑いがこみあげてきた。なんがおかしいんか、と秀丸は怒鳴って、

「くらすぞ、きさんッ」

けさ逢ったときほど怖くなかったが、ひとまず笑いをひっこめて、

「その、くらすっていうのは、どういう意味なの」

「おまえ、ほんとに大倉の出身なんか。東京おったけ忘れたんか」

「ま、まあ、そうかも」

「くらすちゅうたら、これのことたい」

秀丸は拳を振りあげて、ぼくを殴るまねをすると、

「こっちのことは、おれがなんでも教えちゃるけん。ちゃんと学校こいよ」

「でも――」

「こなつぁーらんぞ。サボったら迎えにくるけんの」

　秀丸は学生服のポケットからタバコをとりだして、一本やるか、といった。セブンスターという銘柄だ。ぼくはかぶりを振って、

「やばいよ。おばあちゃんに、いや、かあさんに見つかったら叱られるよ」

「しゃーしいちゃ。いっちょまえの男やったら、タバコくらい吸わな」

　秀丸は百円ライターでタバコに火をつけると、渋い表情で煙を吸いこんだ。しかし次の瞬間、げほげほ咳きこんでタバコを消す手つきをした。

「どうしたの、もう消したいの」

　秀丸は咳きこみながらうなずいたが、部屋に灰皿がわりになるものはない。一階を探してみたら、和室の隅にガラス製のでかい灰皿があった。

　二階にそれを持っていくと、秀丸はぜえぜえいいながらタバコを揉み消して、

「ひとが苦しんどうそに、にやにやすんなちゃ。友だち甲斐のないやっちゃの」

「友だち？」

「おう。おまえのかあちゃんに頼まれたけん、友だちになっちゃるわ」

　気の弱い奴は好かんのやけどの、と秀丸は恩着せがましくつけ加えた。

　友だちになってくれなくていいから、早く帰って欲しいんですけど。胸のなかでそうつぶやいたとき、隣のラブホから、あんあんあん、と女の声が響いてきた。

3

目が覚めたらすべては夢で、もとの世界にいるのではないか。

毎晩布団に入るたび、そんな思いにとらわれる。

いや、思いではなく切実な願いだ。井戸に落ちて気を失ってタイムスリップするのなら、寝てるあいだにおなじことが起きたっていい。けれども朝になってまぶたを開けると、そこはきのうとおなじ父の部屋だ。

またかと落胆していたら祖母が階段を駆けあがってきて、ぼくの布団をひっぺがすのも、きのうとおなじである。

「はよ起きんかね。このねぼすけがッ」

朝は必ず祖母が起こしにくるから、まだ目覚ましをかけたことがない。

入学式から十日がすぎたが、祖母はあいかわらず、ぼくを息子の剛志郎だと信じきっている。ぼくは孫の悠太で、二〇一六年の未来からきたのを理解して欲しかった。だがそんなことを口にしたとたん、祖母は烈火のごとく怒る。

「なん寝とぼけたこというとんかね。またシンナー吸うたんかッ」

いまにも出刃包丁を持ってきそうな勢いに、真相を話すのはやめにした。

祖母は夜の商売なのに、毎朝ぼくより早く起きて朝食の支度をする。ふつうの親子なら感謝すべきだが、そんな気持になれない。

祖母に叩き起こされてから顔を洗い歯を磨き、キッチンで朝食を食べる。朝食はパンがいいのに、いつもごはんと味噌汁だった。

おかずは焼魚や納豆がおもで、たまに玉子焼がでる。付合せは漬物と味付海苔、味付海苔はときどき桃屋の「ごはんですよ！」に変わる。

けさのおかずも焼魚で、特に苦手なタチウオだった。小骨がうじゃうじゃあるのも厭だが、ジュラルミン製みたいな銀色の皮も気味が悪い。

箸で小骨をむしっていると祖母は怒って、

「そんな骨くらい食べんかね。カルシウムがあるとに」

骨を残したくらいで怒るから、ごはんも味噌汁も残せない。しかもごはんが一膳だけだと食が細いといって、勝手におかわりをする。カロリーを気にする二十一世紀の主婦とは大ちがいで、ぼくを相撲取りにでもするつもりかもしれない。

朝食を終えたあたりで、決まってトイレにいきたくなる。学校では小しかできないから、この機会を逃すと危険だが、和式の便器にはまだ慣れない。

うさぎ飛びの特訓でも受けているような姿勢でいきむのは、ほとんど羞恥プレイだ。いつだったか野良犬が草むらで用を足しているのを見たら、なんともいえない哀しげな表情をしていたけれど、ぼくもあんな顔つきになっている気がする。

四苦八苦しながら用を足してトイレをでると、学生服に着替える。

いよいよ学校にいくのかと思ったら、ライフも装備もなしでゾンビの大群にむかっていくような心地がする。

いっそ登校拒否してひきこもりたいが、学校をサボれば祖母の出刃包丁が待っているし、ネットもスマホもゲームもない部屋にひきこもっても仕方がない。

のろのろと準備を終えてリビングにいき「ズームイン!! 朝!」を観ている祖母に昼食代をもらう。祖母は古めかしいガマグチから小銭をだして、

「ほんとは弁当作ってやりたいけど、あたしも時間がないけね」

昼食までタチウオが進出してくるのはごめんだから、弁当でないのは大歓迎だ。ただ昼食代は二百十円しかくれない。どうしてそんな中途半端な金額かといえば、

「学校の食堂で、いちばん高いのはなんかね」

祖母に訊かれて学食のメニューを見たら、カツ丼が二百十円でいちばん高価だった。

「やったら、二百十円あれば不自由せんね」

その場は理にかなっているように思えたが、うっかりカツ丼を食べたら、その日の小遣いはゼロでジュースも飲めない。学校で必要だといえば、いつでも小遣いをくれた母とは大ちがいだ。

昼食代をもらって玄関で靴を履く。その頃になると、さっきまでとは打って変わって、急いで家をでたくなる。なぜかといえば、あいつがくるからだ。

祖母は玄関まで見送りにきて、

「もうくるやろ。待っといてあげんね」

「だって遅刻するから」

いってきます、とドアを開けたとたん、

「モモキくうん」

間延びした声が外から聞こえて、溜息が漏れた。

家をでると、秀丸豊がにやつきながら門の前に立っている。ぼくとちがって学生帽はかぶっておらず、リーゼントの髪にはフケが目立つ。学生服は上着の丈が極端に短く、幅広のズボンの裾を絞った、いつもの格好だ。カバンはぺちゃんこで、スニーカーの踵をスリッパみたいに履き潰している。

秀丸は家が近いのを理由に、毎朝ぼくを迎えにくる。学校に着いてからが死ぬほど憂鬱だから、通学のあいだくらいはひとりでいたい。けれども秀丸は教室に入るまでべったりくっついてきて、あれこれ話しかけてくる。

その日もぼくの顔を見るなり、公家みたいな眉毛を寄せて、

「おまえ、ゆうべのベストテン観たか」

「ベストテンってなに？」

「ザ・ベストテンちゅうたら歌番組やんか。おまえテレビ観らんそか」

「そんなことないけど、ゆうべは早く寝たから」

というのは嘘で、ゆうべは隣のラブホの声がうるさくて、遅くまで寝られなかった。

もっとも二〇一六年にいた頃もネットとゲームばかりで、テレビはあまり観ていない。

それだけに三十七年も前の歌番組など興味が湧かなかった。

「秀樹のヤングマン、五週連続一位ちゃ」

「ふうん」

「けど、おれはアリスのチャンピオンがええの」

「ふうん」

つゥかァみかァけたあ、と秀丸は変なガラガラ声で歌いながら、そっくりかえって歩いていく。祖母はいい友だちができてよかったというし、秀丸も口では友だちだというが、無視すると怒るからつきあっているだけだ。

雑魚町の電停で、秀丸とチンチン電車に乗った。

電車はいつも満員で、まだ座れたことがない。けだるい気分で吊革を握っていると、

「あの子ええの。そう思わんか」

秀丸は、ぼくの耳元で囁いて、前の座席の女子高生を顎でしゃくった。秀丸は街で女の子を見かけては、しょっちゅうおなじ台詞を口にするが、みんなダサくてどこがいいのかわからない。

目の前にいる女も赤茶けたチリチリ頭で、ヘビメタみたいなメイクをしている。例によってセーラー服の胸元をはだけ、スカートは床に届くほど長い。

二十一世紀にいたら、渋谷の黒ギャルもビビりそうな顔なのに、女は上目遣いでこっちをにらんでから、なぜか顔を赤らめてそっぽをむいた。おかしいのは服装だけではないらしい。

秀丸は彼女に興味を示さないのに不満なようで、

「きさん、どんなんが好みなんか」

「どんなのって、たとえば萌え系の──」

「モエケイ？」

秀丸は首をかしげた。この時代に「萌え」なんて言葉は存在していないのを思いだして、ふつうの子がいいと訂正した。秀丸は鼻を鳴らして、

「ふつうの子ちゃ、どんなんか。まあ、おまえもドンくさい格好しちょるけのう。おれみたいにリーゼント決めて短ランとボンタン着らな、ええ女にはモテテんど」

秀丸が着ている珍妙な学生服は短ランとボンタンというらしいが、彼がモテているのを見たことはない。というより彼女がいるのだろうか。

遠慮がちにそれを訊くと、秀丸は目を泳がせて、おるよ、とつぶやいた。

続いて、むきになったように強い口調で、

「おるに決まっとうやないか」

あきらかに嘘だと思ったが、追及すれば怒るに決まっている。


校門の前には会田が立っていた。七三分けの髪をテカテカさせた会田は刑事のような目つきで、登校する生徒たちをにらみつけている。

「あいつには気ィつけれ。『非情のライセンス』ちゅうあだ名で、ワルソいじめるんが生き甲斐ちゅう噂やけ」

非情のライセンスとは変なあだ名だが、ワルソとは方言で不良という意味らしい。

秀丸は、ぼくの上着のポケットにいきなりなにかを押しこむと、急ぎ足で校門を通り抜けようとした。ところが、たちまち会田に捕まった。

「ちょっと待て。身体検査だ」

会田は秀丸に両手をあげさせて体を調べている。まるで警察のボディチェックだ。

会田は次にカバンを調べてから、いまいましそうに、いけ、といった。秀丸はこっちを振りかえって、にやりと笑った。

不安になって上着のポケットを探ったら、セブンスターと百円ライターが入っていた。

やばい。どこかべつのところに隠そうかと思ったが、会田はじっとこっちを見ている。

どきどきしながら会田の横を通りすぎたとき、

「おいッ」

鋭い声で呼び止められて、血の気がひいた。会田は眉間に皺を寄せて近づいてくると、

「だらしない格好するな。社会の窓が開いとるぞ」

「社会の窓？」

会田はあきれたように首を横に振って、ぼくの股間を指さした。

そこへ目をやったとたん、ぎょっとした。

ズボンの前が全開になって、ティッシュペーパーみたいに下着がはみだしている。

道理で女子高生が顔をそむけるはずだ。大急ぎでファスナーをあげて、その場を離れた。社会の窓なんて言葉は知らなかったが、恐らく死語だろう。

校舎の入口で上履きに履き替えていると、秀丸が駆け寄ってきて、ぼくの上着のポケットからセブンスターと百円ライターを回収した。さすがにむっとして、

「ひどいよ。ぼくが捕まるところだった」

「心配すんなちゃ。そげな格好しとう限り、おまえは安全牌（アンパイ）や」

秀丸と一緒に一年二組の教室に入った。教室のなかはすでに混沌（カオス）の頂点で、生徒たちは火を発見した原始人みたいに騒ぎまくっている。

黒板消しやチョークや消しゴムが宙を飛びかうなかで、ある者は走りまわり、ある者は笑い転げ、ある者はいがみあい、ある者は居眠りし、ある者は弁当を食っている。

まるで人類創世だ。

事実、創世記にふさわしく、クラスのなかではしだいにヒエラルキーが形成されつつある。入学式から日が浅いだけに、まだボス的存在ははっきりしないが、秀丸の説では彼とおな中の須藤浩(すどうひろし)と鳴海徹(なるみとおる)が有力らしい。

「須藤と鳴海コンビは、むちゃくちゃ強ェえちゃ。うちの中学で上級生倒して、二年から番張っとったけの」

秀丸は自分のことのように自慢した。だが強そうな奴は、ほかにもたくさんいる。

名前をおぼえた範囲でいえば、まず屋守心平(やもりしんぺい)だ。

ヨーダを凶暴にしたような老け顔で、やたらと貫禄がある。髭の剃り跡が青々して目尻の皺が深い。髪は大仏のようなパンチパーマだ。とても高校生には見えないと思ったら、何度も留年していて、とっくに成人式を終えているらしい。

屋守とおなじくらい年齢不詳なのが大法耕作(だいほうこうさく)だ。ゾウアザラシのような巨漢で、後頭部が隠れるほど学生服のカラーが高い。常になにか食っていて、それ以外は机にうつ伏せて眠っている。

滝野竜(たきのりゅう)は頬がげっそりこけて目つきが異様に鋭い。不良っぽいわりに髪は七三分けで、いつも頬杖をついている。麻雀狂いで、中学の頃から雀荘に寝泊まりしているという噂だった。

多羅尾淳は髪型こそリーゼントだが、小学生のような童顔で背も極端に低い。見るからにいじられそうなタイプなのに、まわりはなぜかぺこぺこしている。まったく強そうに見えないけれど、中学時代は「地獄のタラちゃん」というあだ名だったらしい。強いとか弱いとかを通り越して、ひたすら怖かったのが石井十三だ。糸のように細い目は焦点が定まっておらず、半開きの口からよだれが垂れている。

授業の初日に女物のサンダル履きで教室に入ってくるなり、腕にゴムバンドを巻いて注射を打ちはじめた。すぐさま教師たちに連れ去られたきり、退学になったと聞いた。

強そうな奴はまだまだいるが、そういう連中はうしろの席に陣取っていて、前の席にいくほど弱そうな顔ぶれになる。つまりヒエラルキー順だ。

ぼくは当然のようにいちばん前で、左隣には秀丸がいる。秀丸は目が悪いからといいわけするが、そのわりにはメガネもかけていない。

「秀丸くんって、もしかして高校デビューなの」

恐る恐る訊ねたが、そんな言葉はまだないようで、秀丸は首をかしげただけだった。

担任の南雲が入ってくると、教室が急に静まりかえった。

むろん南雲が怖いせいだが、ぼくが卒業した中学では授業中も私語をやめない奴が大勢いたし、それを叱らない教師もふつうにいた。

それにくらべて、この時代は南雲をはじめ、怒る教師がほとんどだ。入学式からきょうまでのあいだだけで、教師が生徒を殴るのを何回も見た。未来なら、たちまち社会問題になりそうだが、不思議に誰も逆らわない。

秀丸によると、南雲は陸軍中野学校の出身で、元陸軍少尉だという。陸軍中野学校というのが、どういう学校なのかわからないが、元軍人が教師とは怖すぎる。

「起立ッ、礼ッ、着席ッ」

甲高い声で号令をかけているのは、ぼくの右隣にいる小暮勉（こぐれつとむ）だ。度の強い銀縁メガネをかけて、クラスで唯一まじめそうに見える。小暮は教室の入口のいちばん近くに座っていたというだけの理由で、南雲から学級委員に任命された。

南雲は出席をとったあと伝達事項を告げた。

驚いたのは連絡網と称して、クラス全員の住所と電話番号が配られたことだ。未来なら、そんな個人情報はぜったい明かさないが、犯罪に悪用されないのか不安だった。

南雲は連絡網を配ったあと、おもむろに周囲を見渡して、

「ホームルームをはじめる。なにかあるか」

生徒たちは下をむいて沈黙している。

「よし。ではホームルームを終わる」

だらだらと長話をしないのは助かるが、放任主義でもある。といって、ふざけると襲いかかってくるのだから、教室に虎がいるような感じがする。

南雲が教室をでていったとたん、人類創世が再開された。原始人たちの喧噪を背中で

聞きながら、一日が早く終わるよう神に祈った。

　授業が退屈なのはいつの時代もおなじのようで、さっぱり興味が湧かない。というか、あまりに偏差値が低いせいか、どの教科も内容が幼稚すぎる。

　数学は分数の掛け算と割り算、物理はテコの原理、化学は電池の直列と並列、生物は植物の光合成といった内容とあって、まったくやる気がでない。

　ぼくらはぎりぎりゆとり世代のはずだが、この堂南高校に関しては超ゆとり教育というべきだろう。といって授業が楽なわけではない。

　国語教師の徳田顕治は、黒縁メガネにボサボサ頭で見た目はダサいが、怒ると怖い。誰かが授業をサボったりすると全員を居残らせて、

「みんながちゃんとできなきゃ、だめなんだ。万国の労働者、団結せよッ」

　漢字の書き取りをさせたり反省文を書かせたりする。

　徳田は小林多喜二の「蟹工船」や葉山嘉樹の「セメント樽の中の手紙」といったプロレタリア文学を授業で紹介したり、マルクス・レーニン主義について語ったりするが、よくわからない。元軍人の南雲とは敵対しているようで、

「あいつは右翼だ。日の丸はだめだッ」

　似たような教師は未来にもいた気がするが、生徒が生徒だけにたいして影響はない。

　運動オンチのぼくとしては、体育がもっとも苦痛だった。

体育教師は牛島政彦(うしじままさひこ)という名前のとおり、牛のような体型の大男で、柔道の全国大会で何度も優勝したらしい。もっとも酒とギャンブル好きで、莫大な借金があるという噂だった。そのせいか授業はやる気がなくて、なにかというとランニングをさせられる。

「体力つける基本はランニングからや。はい校庭十周ッ」

牛島はそういうだけで、自分は木陰で競輪の予想紙を読んでいる。

先週も走りすぎて死にそうになったが、通常の体育に加えて剣道の授業があるのが、さらにわずらわしい。

堂南高校では武道が必修科目で、柔道か剣道を選ばねばならず、その選択は入学前に終えているそうだが、むろんそんな記憶はない。わけのわからないまま面や胴や小手をつけさせられて、竹刀で好き放題に叩かれているだけだ。

剣道の教師は伊東伝右衛門(いとうでんえもん)という武士みたいな名前で、外見も落ち武者のようだ。頭頂部がハゲてザンバラの髪を垂らし、体は骨と皮に痩せている。宮本武蔵が開祖の二天一流の伝承者だというが、ひまさえあれば剣道場で二本の真剣を振りまわし、

「肉を斬らせて皮を斬る。骨を斬らせて肉を断つ」

微妙にまちがった格言をつぶやいている。

こういう教師ばかりでは、生徒が逆らえないのも無理はない。校内暴力をなくしたかったら、教師を暴力的にするのがいちばんかもしれない。

昼休みになって学食にいこうと思ったら、秀丸がめざとく近寄ってきて、

「ちょう売店までつきあえちゃ」

「またパン？」

「ええやんか。いちいち文句いうな」

秀丸はしょっちゅう須藤に頼まれて、パンや飲みものの買出しにいく。つまりパシリである。部活の勧誘がようやくおさまって安堵したのに、秀丸と一緒にパシリにされてはたまらない。だが断る勇気もなく、しぶしぶ売店についていった。

秀丸は売店で「ヤキリンゴ」に「マンハッタン」に「ウエハースサンド」といったレトロな菓子パンや「スマック」という瓶入りのソーダを買った。「スマック」は緑色の瓶にクリームソーダと書いてあるが、試しに飲んでみたら、なんともいえない不思議な味だった。

「おまえパン買わんそか」

秀丸に訊かれて、首を横に振った。

教室でパンを食べようものなら、必ずクラスの誰かが寄ってきて「ひと口」と叫ぶ。仕方なくパンを差しだすと、そいつはひと口齧って去っていくが、その頃にはべつの奴があらわれて「おれもひと口」という。

そうなったらもうおしまいで、あちこちから「ひと口」男が集まってきて飢えた鯉の群れみたいにパンをたいらげてしまう。したがって昼食は学食でとるしかない。

秀丸が買出しを終えるのを待って、教室にもどった。

須藤と鳴海は周囲を威圧するように両足を机の上に投げだしている。秀丸が買ってきたパンを渡すと、ふたりはさっそく食べはじめた。

秀丸も自分のパンを食べているが、予想通り「ひと口」男たちにたかられている。「ひと口」男たちはヒエラルキーの低い生徒を狙ってくるから、須藤と鳴海には寄りつかない。やっと学食にいけると思って歩きだしたとき、

「どこいくんか」

鳴海に呼び止められて、ぎくりとした。

学食だと小声で答えると、鳴海はトサカ頭をかしげて、

「おまえ、秀丸のダチやろが。なし一緒にパン食わんそか」

「なんでって、いつもパンだから」

だから？　と今度は須藤が眉をひそめた。

「だからちゃ、なんか。誰にものいうとんか」

須藤の怒声に、まわりの視線がいっせいに集中した。ここで負けてはいけないと思いながらも、シベリアンハスキーみたいな三白眼でにらまれて、思わず下をむいた。秀丸はぼくをかばおうともせず、パンをむさぼり食っている。

須藤はヤキリンゴをふた口で食べ終わると、スマックをラッパ飲みして、

「おまえ東京おったらしいけど、調子こいとんやねえんか」

「おれだんを田舎者ち思うちょろうが」

と鳴海もいった。

「そ、そんなこと――」

ないよ、というべきか、ないです、というべきか迷った。

前者なら、きっと須藤と鳴海は怒るだろう。だが後者だと、みんなからますますバカにされる。運命の選択に脂汗をかいていると、

「もう、かんべんしちゃれ」

屋守がパンチパーマの頭を左右に振りながら、こっちに歩いてきた。

「東京もんやけ、言葉が変なんはしゃーなかろうが」

「あん？」

須藤は眉間に皺を寄せたが、年長の屋守とは揉めたくないらしく、いくぶん口調をやわらげて、

「ちゅうても、こいつ横着イちゃ」

「もうええやん。しかし百鬼剛志郎ちゃ、いかつい名前やのう」

そうっちゃ、と鳴海がいった。

「名前負けにも、ほどがあるちゃ」

「そ、そうかな」

「なんちゃ、きさんッ」

鳴海が腰を浮かせるのを屋守は掌で制して、

「もうええちゃ。ゲッキョクいって一服しょうや」

須藤はしぶしぶうなずいて腰をあげた。

ゲッキョクとはなんなのかわからないが、救世主の登場に胸をなでおろした。

ひとは見かけによらないというが、屋守は髪型や人相がおかしいだけで、ほんとうはいい奴かもしれない。それはともかく、これで学食へいける。

恐る恐る踵をかえしたら、秀丸が駆け寄ってきて、

「どこいきよんか。おまえもこいちゃ」

強引に腕をとられて教室をでた。

ゲッキョクというのは、学校の裏にあるちいさな空き地だった。

民家の陰で人目につかないから、彼らの溜まり場になっているらしい。それにしても
ゲッキョクとはなにかと考えていたら、空き地の前に「月極駐車場」と書いてあった。

須藤と鳴海と屋守は駐車場に入るなり、いわゆるウンコ座りをしてタバコを吸いはじめた。秀丸は三人の様子を窺ってからタバコに火をつけた。

鳴海は駐車場の入口を顎でしゃくって、

「おまえはそこで見張りしちょけ。先公がきたらいえよ」

秀丸はそういう目的で、ぼくを連れてきたのか。ぼくの昼食はどうなるのか。いきなりのパシリあつかいにむかついたが、内心と裏腹にうなずいた。

須藤と鳴海は屋守やぼくを意識してか、なんとか中学の誰それをシメたのはおれだとか、どこそこ町のなんたらさんを知っとうかとか、ローカルな話題で見栄を張りあっている。秀丸はときおり口をはさんでは、

「おまえはだーっとれ」

とふたりに怒鳴られている。

「ほしたら黒金町のセージ知っとうかちゃ。あいつ中一ンとき、チンピラ三人半殺しして鑑別所いっとうけの」

と鳴海がいった。須藤は地面に唾を吐いて、

「狂走連合の戸塚さんのほうがすげえっちゃ。アオってきたヤクザのベンツぶっ潰して、乗っとったヤクザ四人、山に埋めたち」

「山に埋めるちゅうたら、北州会の岩切さんちゃ。抗争ンとき、相手の組員を十人くらい土にいけて、ビル解体に使う鉄球でボウリングしたちゅうとったど」

「そんなん、まだまだっちゃ。焼肉シバラマの姜さんやら、ベトコンの一個中隊をひとりで全滅させたちゅうけの。元グリーンベレーで、歩く殺しの機械ちゅうあだ名やったんど」

もうたいがいにせちゃ、と屋守が苦笑した。

「このへんで誰が強いて、高校生なら門字のゴンドーやろが」

須藤と鳴海は顔を見あわせてから曖昧にうなずいた。

三人が認めるくらいだから、ゴンドーというのはよほど強い奴らしい。

ゲッキョクの入口から外を眺めていると、ゾウアザラシの大法と麻雀狂いの滝野が食後の一服を求めてやってきた。まるで砂漠のオアシスに集う猛獣だ。

「部活ないんは楽やのう」

と大法がいった。なぜか「ポン菓子」という米粒みたいな菓子を頬張りながらタバコを吸っている。おまえも部活しよらんのか、と鳴海が訊いた。

「相撲部に誘われたけど断ったちゃ。昼休みもパシリやらされるけ」

「ここにおるもんは、みんな部活しよらんやろう」

屋守がいうと全員がうなずいた。須藤が地面に唾を吐いて、

「強いていうならゲッキョク部やの。

「しゃーけど、ゲッキョク駐車場の経営者ちゅうのは、ものすごい金持ちやろの」

鳴海もそういって、負けじと地面に唾を吐いた。

「なし金持ちなんか」

「どこの街にもあるけよ。こないだ博多いったときも、あっちこっちゲッキョク駐車場て看板あったけの。たぶん全国チェーンやろう」

なにもいわないでおこうかと思ったが、つい口を開いた。

「ゲッキョクじゃなくて、ツキギメって読むんじゃないかな」

「ツキギメ？」

「うん。毎月決まった金額を払うっていう意味だよ」

「それがどうしたんか」

「どうしたって——つ、つまり読み方がちがうと思うんだけど」

なんちやッ、と鳴海が怒鳴った。須藤が秀丸に顎をしゃくって、

「どっちが正しいか、グレートのマスターに訊いてこい」

秀丸が駆けだしていったと思うと、すぐにもどってきて、

「やっぱりツキギメっていうらしいよ」

「ほう。百鬼は物知りやのう」

と屋守がいったが、鳴海は首を横に振って、

「ふつうの奴らにはツキギメでも、おれだんはゲッキョクちゃ」

「そうよ。ここは、おれだんのシマやけの」

須藤もそういって胸を張った。

厭な予感はしていたが、こいつらにはやはり常識が通じない。原始人みたいな屁理屈に呆れていると、秀丸がセブンスターの箱を差しだして、

「百鬼も一服するか」

「いらないよ」

「なし吸わんのか。秀丸が好かんのか」

須藤がいきなり口をはさんだ。

「そ、そんなんじゃないけど」

「なら吸うたらよかろうが」

「でも未成年だし、副流煙を厭がるひとも多いし——」

ぼくは緊張しつつ、二十一世紀の若者としての見解を述べた。

「フクリュウエン？」

「よ、要するに健康に悪いから——」

「おまえそれでも男か。いっぺんくらさないけんの」

須藤は地面に唾を吐くと、ウンコ座りのままにじり寄ってきた。

まあまあ、と屋守がいって、

「健康に気ィつけても、そんなに長生きできんちゃ。みんな、あと二十年の命じゃなして？」と大法が呑気な声で訊いた。

屋守は咳払いをすると眉間に皺を寄せて、

「ノストラダムスの大予言よ。一九九九年に人類は滅亡するちいうとろうが」

「せやったのう。忘れちょった」

「二十年後ちゅうたら、おれだんは三十六歳か。短い命やのう」

須藤と鳴海がそういって、また地面に唾を吐いた。ふッ、と滝野が嗤って、

「おれあ、そこまで生きてねえぜ」

「しゃーけど、大予言ちゅうのは、ほんとに当たるんかのう」

「当たるやろ。いままでぜんぶ的中しとるて、中一コースに書いとったちゃ」

もうなにもいうまいと思ったが、みんなの話を聞いていると我慢できなくなった。

「人類は滅亡しないよ。すくなくとも二〇一六年までは」

ついそう口にすると、全員がいっせいにこっちをむいた。なしか、と須藤がいった。

「なし滅亡せんのか。おまえ未来を見たんかちゃ」

「うん」

反射的に答えてから、自分の手で口をふさいだ。屋守が目を見開いて、こっちを見つめている。未来からきたといっても、こいつらが信用するはずがない。ぼくはあわてて、

「嘘、嘘。いまのはジョーク」

へらへらと作り笑いをしたが、もう遅かった。


放課後、ぼくは腫れた頰をさすりながら、夕陽に染まった道を歩いていた。

前には秀丸がいて、その先には須藤と鳴海と屋守と大法がいる。

滝野は雀荘にいくといって先に帰った。ぼくも帰りたかったが、須藤と鳴海につきあえといわれて断れなかった。

昼間の一件では、ふたりにさんざんボコられた。彼らは手加減したというけれど、ほっぺたはいまだにじんじんするし、頭にはいくつもコブができている。

あいつらのせいで昼食はとうとう食べられなかった。そのうえ、いっぺんに目をつけ

られた。入学式以来、ずっと目立たないよう生活してきたのが水の泡だ。このままではまちがいなく、いじられキャラにされてしまう。

「いまからどこいくの」

そう声をかけると、秀丸は振りかえって、

「サテンよ」

「帰っていいかな。金もないし」

「バカ。黙って帰ったら、またくらされるぞ」

「そんなのいじめじゃん」

「いじめ？　うちの学校にそんなんないちゃ。上下があるだけよ」

秀丸は平然としていった。

「運動部の連中なら一年は奴隷、二年は平民、三年は神やけの」

ぼくは肩を落として嘆息した。

一年が奴隷なら、そのなかで最下層に属する自分はなんなのか。高校に入っただけで上下関係を決められてしまうなんて、二十一世紀の格差社会よりも過酷である。弱肉強食とか適者生存といった四字熟語が脳裏をよぎった。

奴隷船の乗組員になったような気分で歩いていくと、薄汚れた喫茶店があった。看板には「愚滞人」と、わけのわからない文字が勘亭流で記されている。

「グレートて読むんよ」

秀丸がドヤ顔でいったが、店名などどうでもよかった。

ぞろぞろと店に入ると、カウンターのむこうでチョビ髭の中年男が、おう、といった。いかにも昔はワルだったという面構えで、タバコを吹かしている。

店内には五、六人掛けのカウンターとテーブル席がふたつある。薄暗い店内には、ひび割れた音で歌謡曲が流れている。

須藤たちは奥の席に固まって、ぼくと秀丸は入口のそばに座った。テーブルの上にはお椀型の灰皿があって、コインを入れると星占いができるようになっている。こんなもので占いをする奴がいるのかと思っていたら、

「おれレイコー」

「おれクリソー」

「おれレスカね」

みんな口々に注文をはじめたが、なんの意味だかわからない。秀丸に訊くと、レイコーはアイスコーヒーでクリソーはクリームソーダ、レスカはレモンスカッシュの略だとわかった。が、レモンスカッシュがどういう飲みものなのかわからなかった。

ふと大法が間延びした声で「ナポリタン大盛り」といった。昼食抜きだけに食欲をそそられたが、こんな店で金を遣う気はしなかった。

秀丸も金がないようで水を飲んでいる。ふたりでむかいあって水を飲むのはバカバカ

しいけれど「帰る」のひとことが切りだせない。大人たちがいうサービス残業とは、こんな感覚かと思っていると、奥のテーブルからピポピポと電子音が響いてきた。

「なにやってるの？」

「おまえ、インベーダー知っちょうそか」

「ゲームなら知ってるけど」

「嘘いうなちゃ。この前入ったばっかりの最新型ぞ」

おずおずと奥の席を覗くと、テーブルがゲーム機になっていて、ドット絵のインベーダーが動いている。最新型どころか超旧式のゲームだ。あまりに古くさいから、わざわざやったことはないが、シューティングゲームの元祖だというのは知っていた。

須藤たちはテーブルに百円玉を積みあげて、夢中になってやっている。二十一世紀ならネットやスマホで、はるかに高度なゲームが無料でできる。

それを思えば、この時代に一回百円というゲーム料金は法外に高い。しかも全員そろって超の字がつくほどド下手で、積みあげた百円玉が見る見る減っていく。

気の毒に思いつつ眺めていると、須藤が舌打ちをして、

「気が散るけ、素人はひっこんどけ」

逆らうのはやめようと思ったけれど、三十七年前の高校生にゲームで素人といわれてむかついた。ぼくはポケットから昼食代の百円玉をだして、

「一回でいいから、やらせてよ」

「おまえにゃまだ無理ちゃ。遠くから見て勉強せ」

と鳴海がいった。大法はスパゲティをずるずる啜りながら、

「金がもったいないけ、なんか食うたほうがええど」

パルメザンチーズをたっぷりかけたナポリタンは鮮やかなオレンジ色で、黒い鉄板のついたステーキ皿の上で湯気をあげている。麵の横には目玉焼がついていて、見ているだけで腹が鳴った。

じゃあいいよ、と踵をかえしかけたとき、

「まあ、やらせてみようや」

と屋守がいった。ちょうど須藤が一面目で秒殺されたところだった。

ぼくは屋守の温情に感謝しつつゲーム機の前に座った。なけなしの百円玉を投入口に入れて、ゲームを開始した。みんなは薄笑いを浮かべて見守っている。

ボタンが垂直についているせいで、とんでもなくやりづらいが、シューティングゲームなら幼稚園の頃からやりこんでいる。画面を見ただけで、まず縦のラインのインベーダーを消せば楽になるとわかった。

あッというまにハイスコアをだすと感嘆の声があがった。

「すげえ、すげえ」

「百鬼ち天才やん」

何面でもクリアできそうな気がしたものの、あまり上手すぎても不自然なようで、き

りのいいところでやめた。須藤もさすがに驚いたようで、うーんとうなって、

「インベーダーは東京で練習したんか」

「特に練習はしてないけど——」

おもにやっていたゲームの種類はMMORPGやFPSなどといってもわかるはずがない。こいつらはネトゲはおろか3Dのゲームすら想像もつかないのだ。

「練習もせんのに、なしそんなん上手なんか」

ほかの連中からもさんざん理由を訊かれたが、答えようがない。ブロック崩しをやってたからとか動体視力がいいからとか、適当にごまかしていると、またしても屋守が粘っこい目でこちらを見ていた。

四月も中旬をすぎて、一年二組の教室はますます騒がしくなった。

どこの学校でもそうだろうが、はじめは緊張していた新入生たちが打ち解けて、あちこちになかよしグループができる時期だ。

堂南高校の場合はなかよしグループではなく、不良グループというべきだろう。もっとも、まともな奴はほとんどいないから、いちいち不良という必要はないかもしれない。

そもそも、この時代にはヤンキーという言葉がない。

なぜならば、ヤンキーしかいないからだ。

インベーダーゲームで一目置かれたせいか、いまのところ、いじめがエスカレートす

る気配はない。だがヒエラルキーの最下層に変わりはなく、休み時間のたびに須藤と鳴海に買出しを頼まれる。最初は秀丸の買出しにつきあっていただけなのに、いつのまにかぼくまで巻き添えになっていた。

なんとかしてパシリ生活から抜けだしたいが、須藤や鳴海に腕力でかなうはずがない。インベーダーゲームのように腕力以外のジャンルで、彼らにぼくを認めさせるしかないだろう。

ふつうの学校ならば成績がいいだけで尊敬されるが、入学した時点でバカ確定の堂南高校にそれはない。となると、どんなジャンルなら彼らを沈黙させられるのか。

冷静に考えてみると、ぼくは未来からきただけに彼らよりも多くのことを知っている。一九九九年に人類が滅亡しないのを知っているように、これからの世界がどう変わるかがわかっているのだ。その知識をぜひとも活用すべきだろう。

未来を予言すれば必ず的中するのだから、超能力者としてあがめられるにちがいない。いや予言なんかしなくても、政治や経済や文化、あらゆる面でのアイデアを売りこむだけで億万長者だ。

ところが、ぼくの知識は二十一世紀のことに偏っている。一九七九年がどういう年だったのか、八〇年代や九〇年代になにがあったのか、役にたちそうなことはほとんどおぼえていない。

てっとり早くギャンブルで儲けようにも、一九七九年の競馬や競輪のレース結果なん

これから伸びる会社に投資しようにも、そんな金はないし、結果がでるのはずいぶん先である。

政治の未来を予言しようにも、いまの首相が大平正芳だとテレビで知ったくらいだから、それ以上の知識はない。天災や事故や事件についても同様である。

ファッションやサブカルや音楽を先取りしようにも、八〇年代になにが流行ったのかがわからない。パソコンやネット、スマホやゲームのアイデアをどこかへ売りこむには時期が早すぎる。

こんなことなら歴史や文化について、もっと勉強しておけばよかった。だが、そういう知識があったとしても、それを勝手に活用したらパラドックスが起きるかもしれない。たとえばスティーブ・ジョブズより先に、ぼくがｉＰｏｄやｉＰｈｏｎｅのアイデアをパクるのはまずいだろう。

仮にパラドックスが起きなかったにせよ、成功をおさめるまで、この時代にとどまっているのは厭だ。そんなにのんびりしていたら、もうひとつのパラドックスが起きる。

父の剛志郎は、やがて母の圭子と結婚して、ふたりのあいだにぼくが生まれることになる。ぼくはいま父の剛志郎として生きているのだから、このままいけばおなじ経過をたどるはずだ。

むろん母と結婚なんかしたくない。が、そうしないと、ぼくが生まれない。

しかしぼくが父親なのに、ぼくが生まれるはずはない。ぼくが生まれないのなら、いまのぼくもいないわけだから、父の剛志郎もいなくなる。

つまり、どう転んでもパラドックスが起きるのだ。

パラドックスの結果、なにが起こるのか想像もつかない。時間軸が狂って過去や未来が変わるのはまちがいないだろう。ぼくという存在が消えてしまうかもしれないし、下手をすれば世界が消滅するかもしれない。

そんな壮大かつややこしい問題を抱えている一方で、ヤンキー高校でのヒエラルキーの向上という低次元な悩みもある。それらをいっぺんに解決するには、未来にもどるしかないが、肝心の井戸の場所はわからないままだ。

あの井戸があるはずの門字には一度いったきりで、捜索は中断している。

学校が休みのときにいこうと思いつつ、日頃の疲れが溜まっているせいで、日曜はつい寝込んでしまう。土曜は半ドンといって中途半端に午前中だけ授業があるし、放課後は愚滞人でインベーダーゲームにつきあわされる。唯一の収穫といえば、愚滞人で思いきって注文したナポリタンがやたらと旨かったことだけだ。

その日の放課後、ゲッキョク部の面々は私服に着替えてアレンジボールをしにいった。アレンジボールとはパチンコの一種で、電動ではなく手動で玉を弾くらしい。あやうく連れていかれそうになったが、ぼくの顔が幼いといって須藤が拒んだ。秀丸はアレンジボールをやりたがっていたのに、やはり顔が幼いという理由で取り残された。

「百鬼は連れていこうや。アレンジもうまいかもしれんで」

と屋守がいった。屋守はぼくの能力を過大評価しているようだった。けれどもギャンブルなんかに興味はない。返事に困っていると須藤が割って入って、

「つぁーらんちゃ。ガキみたいな奴を連れてったら、店から断られるけの」

解放されてほっとしたが、秀丸は帰り道でさんざん毒づいた。

「くっそー、おれがガキに見えるはずねえやん。そう思わんかちゃ」

「そうだね」

「ガキなんちいわれて、あったまくるのう」

「ぼくは年相応でいいよ」

秀丸は、ぼくの話など聞いていない。肩を怒らせて歩きながら、商店のショーウィンドーに自分の顔を映しては首をひねっている。

「のう百鬼。おれて、なんぼに見えるか」

せいぜい十五、六にしか見えなかったが、機嫌を損ねたくなくて十八、九だと答えた。

秀丸はそれでも不満のようで、路上に唾を吐き散らして、

「そうかのう。二十一か二くらいに見えるんやないか」

「そんなに老けて見られたいの」

「よーし、こうなったら髭生やしちゃる」

秀丸は鼻息荒く叫んで、ニキビだらけの顔を撫でまわした。

二十一世紀の若者はみんな歳より若く見られたがるのに、秀丸が年上に見られたがるのが不思議だった。秀丸だけでなく、この時代の男子学生は年齢のわりに大人びて見えるから、やはり年上を意識しているのだろう。そのへんも時代のちがいかもしれない。

延々と愚痴る秀丸をなだめて、チンチン電車に乗った。

行きも帰りも秀丸と一緒なのはうんざりするが、方向がおなじだからやむをえない。

ベンチ型の長い座席に腰をおろすと、無意識にポケットへ手がいく。二〇一六年にいた頃は電車に乗ったら必ずスマホをいじっていたから、そのぶん手持ち無沙汰だった。

車内を見渡すと、乗客たちは外の景色や車内吊りのポスターを眺めていたり、マンガや文庫本を読んでいたり、それなりに時間を潰している。

中学生くらいに見える女の子のふたり連れは、屈託のない笑顔でお喋りをしている。隣に友だちがいてもスマホをいじっている未来の中学生とは雰囲気がちがう。

スマホがないならないで、なんとかなるものだと思ったが、二〇一六年の中高生からスマホをとりあげたら、かなりの割合で精神に異常をきたすだろう。むろん、ぼくだってスマホがある生活にもどりたい。そんなことを考えていると秀丸がにやにやしながら、

「さあ、きょうはおるかのう」

「おるって、なにが？」

「おれのアイドルよ」

まもなく電車が電停で停まって、ドアが開いた。

にぎやかな笑い声とともに高校生らしいセーラー服の一団が乗りこんできた。秀丸は彼女たちをじろじろ見まわすと、おったおった、とつぶやいて、前を歩いている女をこっそり指さした。

「あの子よ。ものすごかわいかろうが」

誰かと思ったら、朝の電車で見かけるチリチリ頭の女子高生である。

話をそらすつもりで、近くに学校があるのかと訊くと秀丸はうなずいて、

「おう、セイジョよ」

「聖女って、あのチリチリ頭が?」

うっかりそういうと頭をはたかれた。

「誰がチリチリ頭かちゃ。聖林女学院ちゅう女子校よ」

「ふうん」

「聖女の子はええどお。すぐさしてくれるちゅう話やけの」

「ふうん」

気のない返事をしていると、ぼくのむかいに女の子が座った。

次の瞬間、ずきん、と胸に衝撃があった。

それがなんなのか自分でもわからなかったが、心臓を鷲づかみにされたような感覚で、ぼくの目はその女の子に釘付けになっていた。

艶のあるまっすぐな黒髪に化粧っ気のない色白の顔、黒目がちの大きな瞳にピンク色

のちいさな唇。とびきりの美人というわけではなく、どちらかといえば地味な女の子だ。未来では好みだった萌え系でもない。それなのに彼女を見ているだけで息が苦しくなる。チリチリ頭とは対極的な印象だが、おなじ制服だから聖林女学院の生徒だろう。熱に浮かされたような気分でぼんやりしていると、秀丸がぼくを肘でつついて、

「どうしたんか。あの子に気があるそか」

とたんにわれにかえって、かぶりを振った。

その夜は遅くまで眠れなかった。

まぶたを閉じると、あの子の姿が浮かんでくる。まぶたを開けていても、あの子のことを考えて目が冴える。こんな気持になったのは、生まれてはじめてだった。いままでにも女の子を好きになったことはあるけれど、とりあえず友だちになりたいという程度の淡い思いだった。

しかしあの子に関しては、過去の経験とはくらべものにならないほど強烈な、体の底から湧きあがってくるものがある。あるいは、これがひと目惚れというやつだろうか。まわりから草食系といわれていた自分に、そんななまなましい感情があるとは、われながらとまどいを感じる。

どうしても眠れず一階におりてテレビをつけると「11PM（イレブンピーエム）」という番組が流れていた。大橋巨泉とかいう黒縁メガネで小肥りの司会者が「だんっつたってほんとにもう」

とか「ぐっしっし」とかダミ声で喋っている。

なんとなくむさ苦しくてチャンネルに手を伸ばしたら、妙な音楽とともに「裸の報告書」というコーナーがはじまった。レポーターがトルコ風呂とやらの取材にいって、女の子が接客の実演をしている。

深夜とはいえ、堂々と全裸の女性を映すとは昔のテレビは過激だ。

着エロやネットの無修整動画にくらべれば刺激はすくないのに、どういうわけか昂ってきた。同時にチンチン電車で逢った子のことが脳裏をよぎった。

我慢できずに股間へ手を伸ばしたとき、

「なあに観とるんかね。このスケベが」

背後からいきなり声をかけられて、床から飛びあがった。

振りかえると、いつものヒョウ柄ワンピースを着た祖母が立っていた。

「もう、この子は色気づいてから。いっつもそんなんばっかり観よるんやろ」

あわててテレビを消すと祖母はくすりと笑って、

「きょうはひまやったけ、はよ店を閉めたんよ。はい、おみやげ」

屋台で買ったというタコ焼の包みを差しだした。

タコ焼は冷めかけていたが、旨かった。仕事帰りの祖母は厚化粧のせいか、ふだんよりずっときれいに見える。祖母といっても、この時代の祖母はまだ四十歳だから当然かもしれない。

もう寝ようと思ったが、妙なことばかり考えていたせいか、頭のなかがもやもやしている。ふと、あの子はどうやって通学しているのかと考えた。

あの子は、ぼくたちとおなじ雑魚町で電車をおりた。

帰りがチンチン電車なら、行きも電車のはずである。いままで気がつかなかったが、朝も電車に乗っているのかもしれない。

ぼくは二階にあがると、はじめて目覚ましをかけて布団にもぐりこんだ。

大倉の街を歩いていると、毎日のように妙な人物を見かける。

ある日、秀丸と駅前を歩いていたら、

「うわ、GGBやん」

と秀丸がつぶやいた。一瞬AKB48を連想したが、秀丸の視線の先にいたのはアイドルとは似ても似つかない女だった。遮光器土偶が肥満したみたいな体型で、薄汚れた服を何枚も重ね着している。

女はのろのろ歩きながら、ひとりで怒鳴っている。

「だから、あたしがいうたやろう。終末が近いんじゃッ。そげなこつやけ、あんたは犬のしょんべん飲むはめになるんよッ」

　意味不明な台詞に肝を潰したが、それ以来たびたび彼女を目撃した。

　彼女はいつも怒鳴ったり、放送禁止用語を連発したりするが、あるときは、

「モウユルシテ、モウヤメテ。シリガイタインジャ」

　弱々しい声でつぶやいていた。

　秀丸によれば「GGB」とは「ガミガミババア」の略だという。「GGB」は秀丸が物心つく前から駅前にいて、もとは良家の子女だとか風俗嬢の成れの果てだとか、さまざまな説があるが、正体はわからないらしい。

　GGBとおなじくらいよく見かけるのが「ゴリラマン」という男だ。秀丸から名前を聞いただけで、この人物もそれ以上のことはわからない。べつの人種かと思うほど真っ黒に日焼けして、背も外国人なみに高く、筋骨隆々の体つきをしている。

　ゴリラマンはGGBとちがって行動範囲が広く、至るところにあらわれる。いつも白いTシャツに白い短パンで颯爽と街を歩いているが、不意に路上で体操をはじめる。ふつうの体操とは異なるオリジナル性の高い動きで、あるいはなにかの儀式かもしれない。

　秀丸が今年の正月に見たときは、駅前でミカン箱の上に立って、

「ゆえにアールなのでアール」

　と演説をしていたという。

GGBにしろゴリラマンにしろ、ほとんど妖怪のような存在だが、時代のせいか土地柄のせいか、街のひとびとはさして気にしていないのが、さらに不思議だった。

秀丸によれば、妙な人物はほかにもたくさんいるらしい。

ふだんはサラリーマン風の格好だが、道路が混雑していると見るや、急に白手袋をはめ笛を吹き鳴らして交通整理をはじめる「交通整理おじさん」とか、深夜のガード下に佇んで、五百円という価格破壊のプライスで客引きをする「五百円おばさん」とか、なぜか上から下まで緑ずくめの服を着た「みどりのおじさん」とか、希少性の高い人物はまだ目撃していない。

四月も後半になって、ゴールデンウイークが近づいてきた。

連休のあいだは門字にいって、あの井戸を捜すつもりだが、前ほど焦る気持がない。といって、この時代に慣れたわけではなく、未来に帰りたいのに変わりはない。ただ朝の電車に乗るのは楽しみになった。

理由はもちろん、あの子に逢えるからだ。

思ったとおり、あの子は毎朝、ぼくと秀丸が乗るチンチン電車で通学していた。車内で彼女が読んでいた教科書を見て、ぼくとおなじ一年生だというのもわかった。

学校帰りにも顔を見たいけれど、放課後は須藤たちからゲッキョクやインベーダーゲームにつきあわされて、なかなかタイミングがあわない。

あの子のおかげで通学は楽しくなった一方、学校生活は前にもまして混迷の度を深めている。一年生がそろそろ学校に慣れてきたのを見計らってか、上級生たちは集団で校内をのし歩いて、態度のでかい生徒や気に食わない生徒を吊るしあげている。

「なしか、その態度は」とか「なんガンたれちょんか」とか「なんへらへらしとんかちゃ」といった前振りからはじまって、獲物の一年生を取り囲むなり、あらん限りの罵声を浴びせる。

「くらしあげるぞ、きさんッ」という当地の定番から「ぼてくりこかすぞ」や「しまやかすぞ」といった、はじめて耳にするセリフもある。舌がまわらないのか「うがあッ。ぎゃーッ」と、ただ怪獣のように咆哮している者もいる。

いずれにせよ、ほとんどオヤジにしか見えない上級生たちに怒鳴られると、たいていの一年生は涙目になって平謝りにあやまっている。まれに反抗する強者もいるが、そういう生徒はそのままどこかへ連れ去られる。

しばらくして帰ってきたときには別人のように顔が変形し、脳味噌のどこかを手術したようにおとなしくなっている。一年二組の連中も何度か上級生にからまれたが、屋守がとりなしたおかげで被害に遭わずにすんだ。屋守は何度も留年しているだけに、三年生とも顔なじみとあって頼りになる。

しかし彼はどういう意図があるのか、ぼくにときどき妙な視線をむけてくる。なにか文句があるという様子ではないものの、凶悪化したヨーダが大仏のヅラをかぶったような顔で見つめられるのは不安だった。

その日は珍しく、昼休みにゲッキョク部の連中と学食にいった。

ゲッキョク部というのは須藤のネーミングだが、いつのまにか、みんなもそう呼ぶようになった。須藤や鳴海は上級生を警戒して、いままで学食に近寄らなかったが、屋守がいればトラブルにならないと計算しているらしかった。みんな自分がいちばん強いという顔をしているくせに、上には上がいるのだ。

学食は裏門のそばにあって、隣には売店がある。学食は広いわりに蛍光灯がすくなくて、いつも薄暗い。食券のかわりにプラスチックでできた小判型の板を窓口で買って、配膳用のカウンターに置くと、無愛想なおばさんが料理をだしてくる。

ひさしぶりにパシリから解放されたのはうれしかったが、食欲に負けてカツ丼を注文したのが失敗だった。たちまち「ひと口」の嵐が吹き荒れて、ぼくが食べる頃には丼の中身が三分の一ほどに減っていた。

これから学食にきたときは、誰も魅力を感じそうにない素うどんにするか、学食でいちばんまずいと評判のカレーを食べるしかない。そんな「ひと口」対策を考えながら、残りすくないカツ丼を食べていると、須藤が溜息をついて、

「ゆうべ11PM観よったら、かわいい女がでてきてのう。それ観てセンズリこきよったらよ。だすタイミングまちごうて、巨泉でイッてしもうたちゃ」

おれもそんなんあるちゃ、と鳴海がいった。

「ピンク・レディーでコキよったら、急にCMになってのう。チャールズ・ブロンソンでイッてしもうたけの」

「巨泉もきついけど、ブロンソンもきついのう」

　おれなんか、と屋守が口をはさんで、

「魔女っ子メグちゃんでコキよったら、かあちゃんに見つかってのう」

「それなんか変ちゃ」

「ふつー、あんなんでせんやろ」

　須藤と鳴海が口々にツッコミを入れたが、屋守は話をそらすように顎をしゃくった。

「おい、見てんあれ」

　学食の隅で、おなじクラスの多羅尾淳がひとりでラーメンを食べている。そのうしろに三年生らしいリーゼントの男がふたりいて、多羅尾にちょっかいをだしている。

「ぼく、ほんとに高校生？」

「学校まちがえたんとちがう？　小学生が高校きたらいかんよー」

　多羅尾は知らん顔で箸を動かしている。極端に背が低いうえに童顔だから、三年生からすれば恰好の標的なのだろう。

「おい、なんとかいうたらどうなん？」

「びびって口もきけんのか」

　三年生のふたりは多羅尾をこづきまわしている。

「かわいそうやん。誰か助けちゃれ」

と鳴海がいった。情けないのう、と須藤がいって、

「あいつは中坊ンとき、地獄のタラちゃんちゅうあだ名やったんやろ。いわれっぱなしやないで、ちっとはやりかえさな」

「しゃあないよ。三年が相手やけ」

と秀丸がいった。大法は無言で大盛りの野菜炒めをぱくついている。

ふと滝野が前髪をかきあげて、勢いよく立ちあがった。おッ、と須藤がいって、

「おまえが助けちゃるんか」

滝野は爪楊枝をせせりながら首を横に振ると、

「ちょっと打ちにいってくる」

背中をまるめて学食をでていった。

三年生はますますエスカレートして、多羅尾の肩をつかんで前後に揺さぶっている。弾みで丼が倒れて、ラーメンが半分ほどテーブルにこぼれた。

「あーあ、ぼくちゃんが返事せんけ、ラーメン台なしやん」

「もったいないけ、拾うて食べり、ね、ぼくちゃん」

多羅尾は悲しそうな顔をしているが、三年生たちは腹を抱えて笑っている。まわりの生徒たちはとばっちりを避けようとしてか、素知らぬ顔で学食からでていった。

「あんまりやの。加勢しちゃらんでええかの」

と須藤がいった。まあ待て、と屋守がいった。

三年生のふたりは多羅尾の反応がないのにいらついてきたようで、

「返事くらいせんか、きさんッ」

「こらチビ。なんかいうてみい」

口々にいって多羅尾の頭をはたいた。

そのとき、童顔の眉間に稲妻みたいな縦皺が走った。

次の瞬間、多羅尾は弾かれたように立ちあがると、テーブルにあった黄銅色のヤカンをつかんで、背後の三年生をぶん殴った。

「わちちちち」

ヤカンの衝撃と熱湯を浴びて、三年生のひとりが尻餅をついた。

もうひとりは突然の逆襲にひるんだが、多羅尾はその顔めがけてヤカンを投げつけ、股間に蹴りを入れ、かがみこんだところを上から丸椅子で殴りつけた。

熱湯を浴びた男は逃げ腰になったが、多羅尾はすばやく追いすがって、尻の割れ目に割箸を突き刺した。男は尻を抱えて怪鳥のような悲鳴をあげた。

うっわー、と須藤がつぶやいて、

「顔に似あわず、えげつないことするのう」

「タラちゃん、傷害致死でサザエさんクビになるぞ」

と鳴海がいった。大法はいまだに大盛りの野菜炒めをかきこんでいる。

三年生のふたりがよろめきながら逃げ去ると、多羅尾は悠然ともとの席に座って、ラーメンの残りを食べはじめた。眉間の皺は消えて、もとのあどけない顔にもどっている。

学食をでて教室にむかっていると、三年の校舎から六、七人の男たちがでてくるのが見えた。屋守が顋をしゃくって、さっきの奴らの仲間や、といった。

「仕返しにいくつもりやろ」

「おい秀丸。タラちゃんに逃げれちいうてこい」

と須藤がいった。おれが？　と秀丸はいって、ぼくの腕をつかんだ。どうしてぼくまでいく必要があるのかと思ったが、無理やり腕をひっぱられて学食にもどった。

多羅尾はまだラーメンを食べている。

「た、多羅尾くうん」

秀丸がおずおずと声をかけた。

あ？　と多羅尾が顔をあげた。また眉間に皺が寄りそうな気配に緊張が走った。

秀丸は、おまえがいえというように、ぼくを肘でつつく。ぼくは仕方なく、

「に、逃げたほうがいいよ。三年生が仕返しにくるから」

といったが、もう遅かった。表で見た三年生が学食に入ってきた。

パンチパーマで短ランの男たちはボンタンのポケットに両手を入れて近づいてくると、ぼくたちを取り囲んだ。男のひとりが、いきなり秀丸の胸ぐらをつかんで、

「おまえらか。一年のくせに礼儀を知らんのは」

秀丸はかぶりを振ったが、男は鼻を鳴らして、みぞおちに拳を入れた。秀丸は前屈みになってうめき声をあげた。続いてぼくも胸ぐらをつかまれた。思わず目をつぶったら、

「ハナコーがカチコミにきたどッ」

と誰かの叫び声がした。とたんに三年生たちがどよめいて、ぼくの胸ぐらをつかんでいた男は手を放した。ハナコーとはなんなのかと思っていると、乱れた足音とともに三人の男たちがなだれこんできた。

三人とも額に剃りこみを入れたパンチパーマで長ランを着ているが、異様な雰囲気からして堂南高校の生徒ではなさそうだった。

「こら、ハナコーのガキがなんの用かッ」

三年生のひとりが前に進みでて怒鳴った。同時に長ランの男が棒のようなものを振りかぶった。三年生は「うッ」と叫んだきり、床に崩れ落ちて白目を剝いた。

「次は誰じゃ」

長ランの男が鉄パイプで自分の肩を叩きながらいった。

三年生は狼狽した表情で、じりじりとあとずさった。ふと秀丸がぼくの腕をひいて、逃げるぞ、といった。いつのまにか多羅尾はいなくなっている。ぼくと秀丸はテーブルの陰に隠れて、這うように学食から脱出した。

放課後、教室のなかは一瞬のうちに空っぽになった。

あれからハナコーの奴らは三年生をボコボコにしたらしい。教師たちが駆けつけて姿を消したようだが、うちの生徒が下校するのを待ち伏せているという噂もあった。

クラスの不良連中はそれを警戒して、さっさと退散した。

屋守に聞いたところでは、ハナコーとは門字にある花畑(はなはた)工業高校の略で、この地域では最強最悪の高校らしい。堂南高校でもじゅうぶん最悪なのに、それより悪いとは、どうしようもない学校だ。偏差値は計測不能で、自分の名前を漢字で書ければ入学できる。卒業生の大半がヤクザか、それに近い職業に就くという。

「そのハナコーで番張っとるんが、ゴンドーちゅう奴よ」

と屋守はいった。どんな奴なのかと訊いたが、屋守は首を横に振ると、

「恐ろしい男よ」

劇画みたいなことをいっただけで口をつぐんだ。

ひとりで帰るのは心細かったが、秀丸は三年生に殴られたせいか、ふたたび襲われるのを恐れているのか、体調が悪いといって早退した。ふだんは一緒に帰りたがるくせに薄情な奴だ。

学校をでると、あたりを警戒しながら電停にむかった。

ハナコーの連中に襲われたらと思うと怖くてたまらなかったが、なにごともなくチンチン電車に乗れた。珍しく早めに帰れたとあって、あの子のことが気になった。

あの子が電車に乗ってくるのは白金町という電停だ。白金町に着いて、どきどきしながら窓の外を眺めていたら、聖林女学院の女子たちと一緒に彼女が乗ってきた。

「やったッ」

と胸のなかでつぶやいた。

あの子の動きを目で追っていると、しだいにこっちへ近づいてくる。

まさかと思ったら、彼女はあっさり隣に座った。

とたんに心臓がばくばくして、呼吸が苦しくなった。単に座席が混んでいたから隣にきただけだろうが、百万分の一くらいはそうでない可能性もある。

顔が火照るのを感じながら、こっそり隣を窺った。

彼女は学生カバンから新書サイズの本をだして読みはじめた。なんの本だか知りたかったが、書店のカバーがかかっているし、内容までは読めない。ぼくは横目で隣を見ては視線を前にむけるという、不審な動作を繰りかえした。

電車が揺れるたび、彼女の肩がぼくの肩に触れる。学生服越しに彼女の体温が伝わってくると、全身が燃えるように熱くなって頭がくらくらした。

われながら変質者じみている気もするけれど、こんな幸運はめったにない。家に帰ったら、まっさきに自分の肩を嗅ごうと思った。

やがて電車は雑魚町の電停に着いた。

きょうはもうお別れだ。なごり惜しい気分で隣を見ると目があいそうになった。

あわてて下をむいたが、顔をあげると彼女はもういなかった。溜息をついて腰を浮かせたとき、隣に本があるのに気がついた。書店のカバーからして彼女の本にちがいない。本を手にすると、大急ぎで電車をおりて雑踏のなかを見まわした。彼女の姿は、どこにも見あたらなかった。

翌朝はいつもの電車に乗らなかった。

秀丸が迎えにくるのを待たずに、一本早い電車で学校にいった。

なぜかといえば、あの子の本があるからだ。早くかえさねばならないと思いつつも、秀丸に冷やかされるのが厭だった。あとからかえせばいいようなものだが、彼女とおなじ電車に乗っているのに、知らん顔をしているのも変だ。

帰りの電車で、あの子に本をかえそうと思った。けれども、きのうみたいに早く帰れるかわからない。早く帰れたにせよ、秀丸がついてきたらどうしようもない。

仮に秀丸がいなかったとして、ただ本をかえすだけでいいのか。

彼女と話ができる千載一遇のチャンスである。勇気をだしてデートに誘ったら、彼女はなんと答えるだろう。まだ決心はつかなかったが、彼女がどんな反応を示すか想像すると胸が高鳴った。

ゆうべはそのことばかり考えて、遅くまで起きていた。

書店のカバーをそっとはずしてみると、本のタイトルは「セーラー服と機関銃」で、赤川次郎という作家の小説だった。どんな小説か読んでみたかったが、ページを汚してもしたら大変だから、目を通すのは我慢した。ただ学生服の肩と一緒に、たっぷり匂いを嗅いだ。

学生服は学生服の匂いしかしなかったし、本は本の匂いしかしなかったけれど、あの子が触れたところに自分も触れていると思うだけで興奮してきた。

タイミング悪く、隣のラブホから女のあえぎ声が聞こえてくる。

このままでは眠れないと思ってテレビをつけたら、うまい具合に「11PM」をやっていて、きれいな女の子が裸でヨガをしている。こういうコーナーはすぐに終わるし、このあいだみたいに祖母が帰ってきたらやばい。

さっそく作業にいそしんでクライマックスを迎えたとき、不意に画面が変わった。藤本義一という司会の男で漏らしそうになるのを必死でこらえてチャンネルを変えたら、西部劇の駅馬車が走っているシーンで放出してしまった。

駅馬車でそういうことをしたのは、人類史上ぼくしかいないかもしれない。これでは須藤の巨泉や鳴海のブロンソンよりも悲惨である。自己嫌悪に陥りながら、ネットやビデオのない時代の大変さが身に沁みた。

いつもより早く学校にいくと、あとからきた秀丸は怒りまくった。

「おれがせっかく迎えいったそに、なし先いくんか」

「ちょっと用があったんだよ」

「なんの用かちゃ。はよ学校きたって、することなかろうが」

「秀丸くんだって、きのうは早退したじゃん」

「おまえ、だんだん横着になりよらせんか。あんまり調子こいたら、ぶちくらっそ」

秀丸は拳を振りあげたが、あの子のことが頭にあるせいか、あまり恐怖を感じなかった。授業も上の空で、教師の言葉が耳に入らない。

彼女の本はカバンの底に入れてある。あらためて考えたら、本をかえすのはきょうがいいと思った。あしたの朝も秀丸をすっぽかすわけにはいかないし、日にちが経つほど彼女に声をかけにくくなる。

ところが休み時間にゲッキョクへいくと、鳴海が張りきった声で、

「さーあ、きょうも愚滞人いくか」

「おう。インベーダーで勝負しょうや。指導を頼むぞ、百鬼センセイ」

須藤がぼくの肩を勢いよく叩いた。

「いや、でもきょうは――」

「なんか。まさか帰るちゅうんやなかろうの」

「でも金がないし――」

「おまえのぶんくらい、おごっちゃる。百鬼は上手やけ、金かからんけの」

「それはありがたいけど、やっぱりきょうは帰るよ」

「なしか。理由いうてみい」

「理由っていわれても――」

突然こんな展開になったせいで、適当な口実を思いつかない。

須藤はタバコをはさんだ指で、ぼくの額をこづいて、

「理由もないのに帰るんか。お？」

「ごめん。とにかく帰りたいんだ」

須藤は地面に唾を吐いて、ああん？　といった。秀丸までが険しい顔になって、

「そらないやろ。ちょっとインベーダーして、おれと一緒帰ったらええやん」

返答に窮して空を見あげた。薄曇りの空にカラスが一羽舞っている。

はよ返事せんかッ、と須藤が怒鳴った。

「ひとがこんだけいいよるそに、空ばっか見やがって。空にでも帰るんか」

そのとき屋守がなぜか、はっとした表情でこちらを見た。

「百鬼は帰しちゃろうや」

屋守は、ぼくの目を見て重々しくうなずくと、

「なしか。なし理由もいわんのに帰すんか」

須藤が食ってかかったが、屋守は首を横に振って、

「ひとにはいえん事情があるんよ。のう百鬼」

わけがわからないまま、おどおどとうなずいた。

放課後、きのうとおなじ時刻を選んでチンチン電車に乗った。

屋守のおかげで無事に帰れたが、どうして彼はぼくをかばってくれたのだろう。年長者だけに器が大きいにしても、ときおりぼくにむけてくる粘っこい視線といい、きょうの不可解な言動といい、屋守の意図がわからなかった。

ともあれ、いまはそれどころではない。あの子に本をかえすという大事業が待っている。車内で話しかける度胸はないから、本を渡すのは雑魚町の電停で電車をおりてからだ。ぼくはカバンを覗きこんで、彼女の本があるのを何度もたしかめた。

電車が白金町の電停に着いた。

ここまで気を揉んでおきながら、あの子が姿を見せなかったら話にならない。祈るような気持でいると願いが通じたのか、彼女は電車に乗ってきた。

ひそかにガッツポーズを決めて、彼女のゆくえを見守った。きのうみたいに隣に座ってくれたらベストだが、あいにく車内は混んでいる。彼女は前を通りすぎると、こちらに背をむけて吊革をつかんだ。

いよいよ決行だと思ったら、いつにもまして鼓動が激しい。彼女に本を渡すシーンを頭のなかで何度もシミュレーションしては、なんというべきか考えた。

電車をおりた彼女に、あのう、とまずは声をかける。

「なんでしょう」

彼女は首をかしげていう。ぼくは本を差しだして、

「これ、落としましたよ」

あッ、と彼女は驚いた表情になる。ぼくは自然な微笑を浮かべて、

「きのう電車に忘れたでしょう。ぼくは隣の席にいたんで、すぐに気づいて追いかけたんですが、あなたが見つからなくて――」

「ありがとうございます。どこで落としたんだろうと思ってたんです」

彼女はそういって頭をさげる。

ぼくはいさぎよく「じゃ」と片手をあげて踵をかえす。

「あの」

彼女がぼくを呼び止める。え？　とぼくはいって振りかえる。彼女は頬を染めて、

「あの、せめてものお礼に、よかったらお茶でも――」

と、そこまで考えて、ないない、と思った。

スマホの恋愛ゲーじゃあるまいし、そんな甘い展開はありえない。ぜったいないとはいえないが、これは最上のケースだ。ふつうは本を受けとったら、礼をいって帰るだろう。

こちらが声をかけなければ、それ以上の進展はない。となると告白（コク）るなり、デートに誘うなりするしかないが、顔を見ただけで胸が締めつけられて息苦しくなるのに、はたしてそんなことができるだろうか。

過去を振りかえっても、そういう経験はない。いや、正確には一度だけある。修学旅

行のとき、亀畑さんに告白らされて、しかも「ごめんなさい」されたのだ。

しかし亀畑さんは女の子の範疇に入らない。だからこそ告白れたのかもしれないが、亀畑さんにそれができて、あの子になにもしないなんてバカげている。自分でもわけのわからない理屈をこねていたら、電車は雑魚町の電停に着いた。

彼女はもう運転手に定期を見せて、電車をおりていく。ジェットコースターがてっぺんにのぼったような気分で、あとを追った。

彼女はデパートやテナントビルが建ちならぶ通りを歩いていく。

あたりを行き交うひとびとの目が気になったが、どこかの店にでも入られたら、ますます声がかけづらくなる。

「あ、あのう――」

台本どおり背後から声をかけた。

ところが声が聞こえないのか、彼女は振りむかない。さっさと前を歩いている。

いきなり予定が狂ったのに焦りつつ、彼女の前へまわりこんで、ふたたび「あのう」と繰りかえした。彼女は足を止めると怪訝な表情で、

「なに？」

とたんに頭が真っ白になって、一瞬なにをいえばいいのかわからなくなった。

が、われにかえってカバンを探ると「セーラー服と機関銃」を差しだして、

「こ、これ、落としましたよね」

やっとの思いでいった。彼女は目をしばたたいて、

「あ、ほんとだ」

「きき、きのう電車に忘れたでしょう。ぼ、ぼくは隣の席にいたんで――」

何度も練習したセリフを口にしたが、彼女はそれをさえぎって、

「わざわざ届けてくれて、ありがとう。でもそれ読んだけん、あげる」

「えッ」

「じゃあね」

彼女は手を振って踵をかえした。

これでは話があべこべだ。ぼくはほとんどパニくりながら、

「あ、あのう――」

バカのひとつおぼえを繰りかえした。

彼女はふたたび足を止めて振りかえった。心なしか表情にトゲがある。

「なん？」

「い、いえ、なんでもないです」

「なんでもないのに、なし呼び止めたと？」

「いや、それは――」

彼女は溜息をついて腕組みをすると、

「いいかけてやめたら気持悪いやん。はよいうてちゃ」

こうなったら、いうべきことをいうしかなかった。

ごくりと唾を呑んで、渇ききった口を潤すと、

「ぼ、ぼくと、あ、逢ってもらえませんか」

「いま逢っとうやん」

顔に似あわず、いうことがきつい。

「い、いまじゃなくて、ま、また逢いたいってことです」

「なんそれ？　もしかしてデートの誘い？」

ぼくは壊れたロボットのようにうなずいた。全身の血が沸騰して頭が爆発しそうだった。いいよ、と彼女はこともなげにいって、

「今週は忙しいけ、今度の連休ね」

「は、はい」

「で、どこいくと」

「え、えーと、どうしようかな」

「あたし、あれ観たい」

彼女は西映会館というビルの上を指さした。

ビルの壁面に「白昼の死角」と邦画の看板がでている。彼女が観たいというのなら、NHKのテレビ体操だろうと、交通安全の教育ビデオだろうとかまわない。

即座に承諾すると彼女はてきぱきとスケジュールを決めた。映画にいくのは連休初日

で、朝の十時半に映画館の入口で待ちあわせと決まった。

それだけでも興奮したが、よく考えたら、その日はぼくの誕生日だった。

未来にいれば母にプレゼントをねだるところだが、祖母にいってもむだだろう。そもそも、いまのぼくは父の剛志郎として生活しているのだから、誕生日はちがうはずだ。といって父の誕生日がいつなのかわからない。

別れ際に、彼女は皆戸陽子と名乗った。

ぼくは本名を口にしたかったが、あとで問題が起きても困る。

仕方なく百鬼剛志郎だといった。外見と不釣合いな名前のせいでクラスの連中からはさんざんからかわれたが、彼女は笑わなかった。

「じゃあ百鬼くん、遅刻せんでね」

彼女は片手を振って、雑踏のなかへ去っていった。

それからデートの日までは夢を見ているような気分だった。

皆戸陽子という名前を意味もなくノートに書いては、溜息をついた。まさかあんなかわいい子と、あっさりデートの約束ができるとは思いもしなかった。しかも彼女のほうから日程まで決めてくれたのだから、そこそこぼくに気があるのかもしれない。

いままでのゴールデンウイークといえば、部屋にこもってゲーム三昧だったが、陽子と逢うのはそれよりはるかに魅力的だった。タイムスリップしてよかったような気さえするのに自分でもあきれつつ、連休がくるのを指折り数えて待った。

陽子とは朝の電車で顔をあわせたが、秀丸が一緒にいるせいか、話しかけてはこなかった。ただデートの約束は忘れていない証拠に、目があうと彼女は笑顔を見せる。

秀丸は不審に思ったらしく、電車をおりると執拗に問いつめてきた。

「おまえ、あの子とどういう関係なんかちゃ」

「べつに。ちょっと話しただけだよ」

「もしかして、ナンパしたんか」

「そういうわけじゃないけど――」

きさあん、と秀丸はいって、

「自分だけええ思いしよったら、承知せんど。みんなにいい触らしちゃるけの」

「やめてよ。自分だけけって、秀丸くんは彼女がいるっていったじゃん」

お、おう、と秀丸は口ごもってから、

「おったけど別れた。あの子のほうがええけの」

「あの子？」

「さっきの電車に乗っとったやろうが。いつもの子よ」

「ああ、あのチリチリ頭の」

秀丸はすかさず、ぼくの頭をはたいて、

「カーリーヘアていわんか」

「カーリーヘア」

「よし。おれはあの子を落とすけ、おまえも協力せえよ」

「落とすって、口説くってこと？」

トゥナイッ、トゥナイッ、と秀丸は死にかけた鶏みたいな声で歌いだして、

「今夜こそォ、おまえを落としてみせるゥ」

ナンパの協力などしたくなかったが、妙なことをいい触らされるのが厭で承知した。

秀丸はそれで機嫌をよくしたようで、ぼくの体に視線を上下すると、

「さっきの女口説きたいんやったら、そげな格好じゃモテんぞ」

「そうかな」

「前もいうたやんか。おれみたいに学生服は短ランとボンタンやないと。おまえみたいにフツーの学生服着とったら、時代遅れていわれるぞ」

三十七年前の高校生に時代遅れといわれるのは心外だったが、黙って聞いていた。

「髪もリーゼントかメッシュかけな」

「メッシュって髪を部分的に染めるやつ？」

「ちがうちゃ。屋守くんみたいな髪型よ」

「あれはパンチパーマっていうんじゃないの」

「そんなんいわんちゃ。メッシュはメッシュよ」

どうやらこの地域では、パンチパーマをメッシュというらしい。あるいはこの時代に

はパンチパーマという名称が広まっていないのかもしれない。もっとも、そんなことはどうでもよかったが、秀丸はメッシュの蘊蓄を語りはじめた。

秀丸によれば、メッシュを発明したのは地元の理髪店で、大仏のような髪型を求めて、全国のヤクザが訪れるという。ふつうの理容師だと恐怖で手が震えてカットをしくじったりするが、その理髪店はその筋に慣れているから、きれいに仕上がるらしい。

「メッシュはチリチリにするけど、その反対がアイパーよ」

「アイパーって?」

「髪がまっすぐになる。鳴海くんがしとうやつよ」

「ああ、あのストレートパーマみたいなの」

「パーマやないちゃ。メッシュもアイパーも焼きゴテ使うんよ。メッシュは巻いてアイパーは伸ばすんやけど、アイパーかけすぎたら髪がバキバキ折れるけの。あと大事なんは剃りこみ」

「剃りこみ?」

「おう。剃りこみが入っとらな髪型が決まらんやろが」

ぼくは秀丸のM字になった額をしげしげと眺めて、

「その額も剃りこんでるの」

秀丸はぎょっとした顔になって、ちがう、と小声でいった。

「じゃあ、髪が薄くなってるんだ」

「そんなことあるか。ぶちくらすぞッ」

秀丸はむきになって怒った。やはり髪が薄いのを気にしているらしい。

ふとリーゼントの男がむこうから歩いてきた。白いハイネックのシャツに赤いカーディガンを着て、フレームが前に傾いたメガネをかけている。

秀丸が男とすれちがったあとで、

「おまえ、目つきがとろいけ、いまの兄ちゃんみたいなヨンゴーかけたらどうか」

「ヨンゴー？」

「メガネの角度が四十五度やけ、ヨンゴーちゅうんよ」

そういえば、父の勉強机にもそんなサングラスが入っていた。秀丸はさらに、髪を染めるにはオキシドールを使えとか、リーゼントを決めるには丹頂チックと柳屋のポマードだとか、黒ばらのポマードもいいけど匂いがきついとか、コロンはやっぱりタクティクスだとか、わけのわからない話を続けた。

もともとファッションや髪型には興味がないのに、大昔の流行など知りたくもなかった。とはいえ陽子の気を惹くためには、ある程度この時代にあわせたほうがいいかもしれない。学生服はともかく、普段着は父のタンスに入っていたダサい服しかない。デートのときになにを着ていけばいいかと思うと、だんだん不安になってきた。

昼休みにゲッキョクへいったとき、須藤が上着のボタンをはずして、赤いハイネックのシャツを見せた。胸にパイプの刺繍がある。それを見て鳴海が感嘆の声をあげた。

「トロイやねえか。買うたんか」

「おう。きのうアレンジで二台終了させたけの」

「えーのう。おれあ、これしか持っちょらんわ」

鳴海はズボンの裾をめくりあげた。白い靴下にパイプのマークがある。特にかっこいいとは思えなかったが、この時代では人気のブランドらしい。

「トロイもええけど、これもええよ」

大法が「銀チョコ」という菓子パンを食べながらズボンの裾をめくった。赤い靴下に裸足の足跡の刺繍がある。須藤が首をかしげて、

「ハンテンかあ」

「たしかにええけどの」

ハンテンというのは、どうも微妙なブランドらしい。おれあ、これちゃ、と屋守が学生服の胸を広げた。紫色のポロシャツの胸にワニの刺繍がある。

「ラコステやん。さすがやのう」

「おれ偽物なら持っとるど。ワニが立っとうやつ」

鳴海がそういうと、みんなが笑った。ぼくは隣にいた秀丸に、

「ああいうブランドが人気なんだ」

「おう。ほかにもマンシングウェアとかジャック・ニクラウスとかアーノルド・パーマーとか、かっこええど。あとはピアスポーツとかライカとかディマジオとかあるけど、

高いけ買えん」

二〇一六年とは流行っているブランドがまるでちがう。三十七年も前なのだから当然だろうが、デートのときになにを着たらいいのか、さっぱりわからない。

ところで、と鳴海がいって、

「滝野はどんな靴下履いとん？」

ふッ、と滝野は嗤ってズボンの裾をめくった。靴下はなく裸足だった。

「しびー」

と全員がいった。


その日は、朝からさわやかな晴天だった。

きょうからゴールデンウイークで、待ちに待ったデートの日である。

しかもきょうは、ぼくの十六歳の誕生日だ。誰からもプレゼントはもらえないけれど、最高の誕生日になりそうだった。

休日とあって祖母はぼくを起こしにこない。ふと父の誕生日がいつなのか訊いてみようかと思ったが、自分の誕生日も忘れたのかと怒りそうだからやめにした。

陽子との待ちあわせは十時半だ。けれども六時に目が覚めて、布団のなかで時間を持てあましていた。

共通の話題に事欠かないよう「セーラー服と機関銃」は隅から隅まで読んだ。女子高生がヤクザの四代目を継いで対立組織と戦うという話だったが、外見はおとなしそうな陽子がこういう本を読むとは意外に思えた。

ゆうべは店から帰ってきた祖母をつかまえて、小遣いをせびった。

「なるべく多めに欲しいんだ。あした友だちと遊びにいくから」

すこし酔っているのか、赤い顔をした祖母はすなおに千円札をくれたが、映画が千円近くかかるのは下調べしてある。必死で拝み倒して、もう千円もらった。これで映画のあとにお好み焼くらいは食べられるだろう。

でかける準備をする頃になって、なにを着ていけばいいか迷った。秀丸や須藤たちのファッションセンスは参考にならなかったから、デート用の服は準備していない。父のタンスをひっかきまわして、比較的ましな服を選んだが、なんとなく違和感がある。ジャンパーは「マックレガー」、Tシャツは「グンゼYG」、ジーンズは「ビッグジョン」というブランドでアイロンの折り目がついていた。

ようやく服が決まったら、今度は髪型が気になった。

ふだんはなにもしないだけにセットは苦手だが、洗面所の鏡台の前に座った。ヘアワックスでもあればと思いつつ引出しを開けると、「MG5」とか「バイタリス」とか、聞いたことのない整髪料がでてきた。「VO5」というヘアスプレーもある。どれも匂いがきつくて、うかつに使うと危険そうだから、ブラシで髪をとくだけにした。

「あんまり遅なったらいけんよ」

祖母の声を背中で聞きながら、家をでたのは十時だった。十時半には余裕でまにあうけれど、早めに着きたくて走った。体育の時間以外で走るのなんて、ひさしぶりだった。

十分ほどで西映会館に着いた。

映画館は四階で、映画がはじまるのは十時四十分である。

エレベーターに乗ろうとしたら小用を催した。階段をのぼっていくと三階の踊り場にトイレがあった。ドアを開けたらガラの悪そうな男がふたりいて、洗面台の前でシャツや靴下の値札をちぎっていた。もしかして万引したのかもしれない。

怪しい気配に目をあわさないようにして便器の前に立った。用を足したあと手を洗おうと思ったが、彼らは洗面台の前から動かない。

あきらめてトイレをでようとしたら、ふたりから呼び止められた。

「こらこら、手ェ洗わんか、兄ちゃん」

「しょんべんして、そんままやったら汚なかろうが」

「う、うん」

逆らったらからまれそうな予感がして、洗面台にむかった。

手を洗いながら鏡を見ると、ひとりはパンチパーマで眉毛がない。もうひとりはチリチリのリーゼントで、フレームが斜めに傾いたサングラスをかけている。秀丸がいったヨンゴーだ。ふたりとも派手な刺繍の入ったツナギを着て、歳は十七、八に見えた。

すばやく手を洗って、その場を離れようとしたとき、

「ほら」

眉毛のない男がハンカチを差しだした。

「いえ、持ってます」

緊張しつつ答えたが、眉なし男は安っぽいハンカチを押しつけてくる。

仕方なく頭をさげてハンカチで手を拭いた。恐る恐るハンカチをかえそうとしたら、
眉なしは首を横に振って、

「いらんちゃ。ひとが使うたハンカチやら」

「で、でも――」

「それやるけ、金払え」

「えッ」

「おまえが勝手に使うたんやろが」

「でも、そっちがハンカチをだしてきたから――」

そっち？ と眉なしが肉だけの眉をひそめて、一気に詰め寄ってきた。

「そっちちゃなんか。誰にものいいようそか、こらッ」

まあまあ、とサングラスがいって、

「そのハンカチ、五千円するけど、三千円に負けとっちゃる」

「そ、そんなお金ないよ」

「なら、なんぼ持っとんか」

「なんぼって、こんなの恐喝じゃ――」

あらら、とサングラスがいった。

「恐喝てカツアゲやろ。この兄ちゃん、おれだんを犯罪者あつかいしよると」

「むちゃくちゃやの。おまえが勝手に使うたハンカチを売っちゃろうていうとるのに」

このままでは、まちがいなく金をたかられるし、待ちあわせに遅れてしまう。

思いきって、出口にむかって駆けだした。

とたんにふたりが立ちふさがって、ボクの肘が眉なしの体にぶつかった。

「あいてててッ」

眉なしは大げさな声をあげると、ぼくの胸ぐらをつかんで、

「わかっとんか。おまえが先に手ェだしたんやけの」

次の瞬間、強烈なパンチがみぞおちに食いこんだ。

胃袋を吐きだしそうな激痛に背中をまるめてあえいでいると、サングラスから尻を蹴飛ばされた。ぼくはつんのめって床のタイルに顔を打ちつけた。まぶたの裏で火花が散って鼻の奥に抜けるような痛みが走った。

「こら起きんか、兄ちゃん」

「便所で寝んなちゃ、こらッ」

眉なしとサングラスは口々に怒鳴ると、休むまもなく蹴りつけてきた。頭と顔を両手

でかばいながらエビのように体をまるめていたが、あまりの痛みに意識が遠のいた。

ようやく蹴りがやんで、われにかえるとふたりはいなかった。

あわてて起きあがったら体のあちこちに激痛が走った。

洗面台にすがってなんとか立ちあがったが、鏡を見たら顔が青黒く腫れている。こんな顔で陽子に逢うのはみっともない。

と思った瞬間、ぎょっとした。

あれから、どのくらい経ったのか。時計を持っていないから、いま何時なのかわからない。胸騒ぎを感じながらトイレをでると、体の痛みをこらえて四階にあがった。

映画館の前に陽子はいなかった。

チケット売場の上にある時計は十時四十五分をさしている。

「――しまった」

ぼくは頭を抱えて立ちすくんだ。

陽子はひとりで映画を観ているかもしれない。切符売場に駆け寄ってジーンズの尻ポケットに手を突っこんだら、財布がなかった。ずっと蹴られ続けていたせいで気づかなかったが、さっきの奴らが盗んだにちがいない。あいつらのせいでデートが台無しになったと思うと、いまさらのように悔しさが湧いてきた。

「ひとを捜してるんですけど、なかに入れませんか」

「券を買ってください」

入場口のおばさんに交渉したが、にべもなく断られた。こうなったら映画が終わるまで待つしかない。ぼくは唇を噛んで待合用の椅子に腰をおろした。

しかし映画が終わっても陽子はでてこなかった。

二十一世紀ならスマホで連絡をとれたはずだが、この時代はいったん逢いそびれたら音信不通になる。スマホがないのはつくづく不便だ。待ちあわせにちょっと遅れただけで、生き別れになったカップルも多いだろう。どこかに陽子がいないかと街をさまよい歩いて、家に帰ったのは昼をだいぶすぎていた。

魂が抜けたような気分でリビングに入ると、祖母が宙に浮かんでいた。

陽子と逢えなかったショックで頭がおかしくなったのかと思ったが、よく見ると祖母は鉄棒のような器具にぶらさがっている。

「あら、えらい早かったやん」

祖母はそういってから、ぼくの顔をしげしげと見て、

「誰かにやられたんやろ。中学まではワルソやったくせに情けない」

黙っていると祖母は鉄棒のような器具からおりて、

「これええやろ。ぶらさがり健康器ちゅうんよ。あんたもしてみ」

「いいよ」

祖母はタバコに火をつけると、目を細めて煙を吐きだしながら、

「やられたら、やりかえさんね。男やろが」

返事をせずに二階にあがった。

敷きっぱなしの布団に寝転がっていると、不意に涙があふれてきた。祖母に声を聞かれないよう、布団を噛んで嗚咽した。最高どころか最低最悪の誕生日だ。

寝不足のはずなのに陽が暮れる頃になっても眠気はこないし、腹も減らない。祖母が出勤したあとで、ようやく空腹をおぼえて一階におりた。

リビングのテーブルに祖母が忘れていったらしいマイルドセブンがあった。

その夜、ぼくははじめてタバコを吸った。

はじめてのタバコはいがらっぽいだけで、美味しくもなんともなかった。もっと吸い続ければ、うまくなるのかもしれない。ぼくはマイルドセブンを吹かしながら、リビングの床にしゃがんだ。同級生たちがゲッキョクでしているようにウンコ座りをすると、自分もいっぱしの不良になったような感じがする。

「ちくしょう。なんで陽子に逢えねえんだよ」

誰にともなくすごんでみたら、ますます大人びた気分になった。

調子に乗って二本目を吸いはじめたとき、急に頭がくらくらしてきた。

あわててタバコを消したが、体はふわふわして吐き気もする。気分が悪くて床に寝転がったら、ふたたび涙があふれてきた。

その夜はもうタバコなんか吸うまいと思ったが、翌日になると祖母のマイルドセブンを何本かくすねて自分の部屋で吸った。今度はふらつくこともなく、ふつうに吸えたが、やはりうまいとは思わなかった。にもかかわらず、また吸いたくなった。

タバコなんて健康に悪いし、時代に逆行している。けれども、いまは嫌煙運動が盛んな二十一世紀ではなく一九七九年である。時代そのものが逆行しているのだから、自分も逆行するのだと理屈をつけて、さらにタバコを吸った。

ゴールデンウイーク中とあって祖母は店が休みで、昼も夜も家にいる。毎日のようにタバコをくすねたせいか、祖母も不審に思ったようで、

「おかしいねえ。なし、こんなんはよ減るんやろ」

マイルドセブンの箱をひねくりまわして、鋭い目をむけてくる。

おかげでタバコの調達はむずかしくなったが、吸いたい気持はおさまらない。我慢できずにキッチンにあった小銭をくすねて、タバコを買いにいった。祖母のタバコといい小銭といい、平気でくすねるようになったのも、きっと時代のせいだろう。

タスポや年齢確認が必要な二十一世紀とちがって、街の至るところに自動販売機がある。周囲の目がないのを確認して、すばやくタバコを買うと胸がどきどきした。

マイルドセブンは百五十円だった。

一九七九年のゴールデンウイークは飛び石連休だったが、学校はまとめて休みだった。楽しいはずの連休は、ひたすら退屈だった。

あの井戸を探しに門字へいく気力もない。自分の部屋にこもってタバコを吹かしていると陽子のことばかり頭に浮かぶ。はじめてのデートをすっぽかすはめになったのは、西映会館のトイレでからんできたサングラスと眉なし男のせいだ。

「やられたら、やりかえさんね。男やろが」

と祖母はいったが、相手が誰だかわからないし、誰だかわかったところで、やりかえせるはずがない。また殴られたうえに金をたかられるのがオチだ。

それよりも陽子の反応が心配だった。事情を説明すれば、彼女は許してくれるだろうか。早く話をしたいけれど、学校がはじまるまでは逢えないのがじれったい。

どうしてここまで陽子に惹かれてしまったのか、自分でもわからない。顔やスタイルだけなら、二〇一六年のほうがよっぽど魅力的な子がいるだろう。

そもそも二〇一六年にもどれば、陽子は五十すぎのおばさんになっているはずだ。母と変わらない年齢の女性を好きになったところで、どうしようもない。

もし振られたときのために、そんな予防線を張ってはみるものの、彼女に逢いたいという気持は高まるばかりだった。

祖母は朝の食卓で、前にもまして小食になったぼくを見て、

「なし、そげん食欲がないと。恋わずらいでもしたんかね」

「そ、そんなんじゃないよ」

「恋愛には用心しいよ。なんでも失敗する時期やけね」

「そんなことが、どうしてわかるの」

これよこれ、と祖母は手元にあった本を掲げた。

表紙には「算命占星学入門」と書いてある。

「これによると、あんたは天中殺に入っとる。天中殺ちゅうのは――」

祖母は本をぱらぱらめくって説明をはじめた。

恋わずらいや失敗続きは当たっているが、祖母が占っているのは父の剛志郎であって、ぼくではない。十二支だの四柱推命だの、本の受け売りらしい文句を聞き流していると、ちょっとあんた、と祖母がいった。

「ひとの話をちゃんと聞かな、地獄に堕ちるよ」

未来のテレビでも似たような台詞を聞いた気がして、目をしばたたいた。

ゴールデンウイークも中盤に入った日の午後、秀丸が遊びにきた。

ふだんは相手にするのがわずらわしいけれど、ひまを持てあましていただけにちょうどよかった。秀丸は図々しく家にあがりこんできて、ぼくと一緒に昼食を食べた。昼食といっても祖母の作ったインスタントラーメンだったが、秀丸は上機嫌で、

「これ本中華やないですか。なんちゅうか本中華」

CMの下手なものまねをして祖母を笑わせていた。

食欲がないわりにインスタントラーメンなら喉を通るのは、未来の生活でジャンクフードに慣れているせいかもしれない。

食事のあと、秀丸はぼくの部屋——いや父の部屋にくると、例によってエロ本探しをはじめた。ぼくは急いでタバコと灰皿を隠した。

秀丸はエロ本がないのに落胆した顔で、

「おまえの部屋はおもろないのう。今度みんなで麻雀しょうや」

「麻雀？」

「おう。おまえも、はよおぼえれちゃ」

麻雀なんて未来ではパソコンかスマホでやるものだ。パソコンでコンピューター相手にやったことがあるが、特におもしろいとは思わなかった。それよりも、みんなで家に押しかけられては困る。しかし秀丸はすっかりその気で、

「おまえのかあちゃん、夜おらんけ平気やろ。牌は持ってくるけ心配すんな」

「べつに心配してないけど、よそでやってよ」

「そういうなっちゃ。ええもん持ってきたんやけ」

秀丸はズボンのポケットから映画のチケットらしい紙切れをだして、

「近所のおいちゃんからもろた。いまから観にいこうや」

「なんの映画？」

「バカ。決まっとうやんか」

ポルノよポルノ、と秀丸は耳元でささやいた。

ぼくと秀丸は駅前の細い路地を通って、いかがわしい通りに入った。どぎつい看板の店が軒をならべて、夜に歩いたら怖そうな雰囲気だったが、昼間とあってひと気はない。「姉ちゃんサロン　のぞき窓」という看板を見て首をかしげていると、

「よっしゃ、ここや」

秀丸が薄汚れたビルを顎でしゃくった。一階に「グランドハワイ」というキャバレー風の店があって、二階に「ヨンコーシネマ　二十四時間営業中」と看板がでている。三十七年も前のポルノ映画なんて観たくなかったが、家でじっとしているのもつまらないし、断ると秀丸がうるさい。

とはいえ、どうせ映画を観るなら陽子と観たかった。陽子との待ちあわせではとんだ邪魔が入ったのに、秀丸とはすんなり映画館に着いたのが腹立たしい。

「ほんとは、あっちが観たいんやけどな」

秀丸は通りのむこうを指さした。気になって近寄ってみると、そこにも日活という映画館があった。「桃尻娘　ラブアタック」と「もっとしなやかに　もっとしたたかに」と手描きの看板がでているが、たいして刺激的な印象はなかった。

秀丸は薄暗い階段をのぼりながら、

「おまえ、エマニエル夫人観たか」

「観てないよ」

「おれもちゃ。スクリーンの臨時増刊号見て、でたんセンズリこいたけの」

ヨンコーシネマの前までくると、秀丸は声をひそめて、

「おまえは顔見られんよう、下むいちょけ」

「どうして？」

「おまえはガキっぽいけよ。十八歳未満は入れんのや」

秀丸にそういわれて緊張したが、入場口の老人は競馬新聞を読んでいる。老人は紙面に視線をむけたままチケットを受けとって、こちらを一瞥もしなかった。

両開きのドアを押して客席に入ると、タバコのヤニとイカみたいな臭いが鼻についた。どちらも未来のシネコンには、ぜったいない臭いだ。

真っ暗な客席には、ぽつぽつ客の頭が見える。何人かは堂々とタバコを吸っているらしく、ちいさな赤い光が明滅している。ぼくと秀丸はいちばんうしろの席に腰をおろしたが、床がべたべたしてスニーカーの裏が気持悪かった。

映画はすでにはじまっていて、スクリーンでは裸の男女がからんでいる。

未来のアダルトビデオにはない、じめじめしたいやらしさがあるような気もしたが、肝心な部分が見えるかと思った瞬間、布団の柄や花瓶といったなんの関係もない物体がアップになる。この時代はモザイクすら発明されていないらしい。

二本目は外国のポルノ映画だったが、こっちは花瓶がでてこないかわりに肌色のボカシが入る。したがって肝心なところがアップになると、スクリーンいっぱいに肌色のボカシが映しだされる。女優のあえぎ声からして、なにやら大変なことが起きているようなのに、観客は肌色一色のスクリーンを見つめているだけだ。

これでは興奮のしようがないと思ったが、秀丸は鼻息荒く、すげえすげえとつぶやいている。秀丸の脳内では肌色一色のスクリーンをべつの映像に変換しているらしい。想像力を育成する点では、未来のアダルトDVDやネット動画より、この時代のポルノのほうがまさっているだろう。しかし未来人のぼくには、そこまでの想像力はない。

映画は三本立てだったが、秀丸がもう一本観るというのを断ってヨンコーシネマをでた。外はもう陽が暮れかけて、通りにはちらほらとネオンが灯っている。

秀丸はなぜか前屈みになって歩きながら、

「あー、たまらん。トルコいきてえ」

トルコ風呂は前に11PMで観たが、未来でいうソープランドだろう。

「そういうところに、いったことあるの？」

「バカ。あるわけなかろうもん」

秀丸は肩をそびやかして先を歩いていく。

いくあてがあるのかないのか、訊いても答えない。通りをいくつかすぎて金天街に入ると、ゲーセンの隣に、アーケード商店街には不似合いな鏡張りの建物があった。

派手なイルミネーションをつけたエスカレーターが二階へ続き、ネオン管で作られた看板には英文字で「ミリオンクイーン」とある。秀丸はその前で足を止めて、まぶしそうな表情でエスカレーターを見あげている。

「この店はなんなの」

「ディスコや。今度いこうや」

「ディスコ？」

「サタデー・ナイト・フィーバーよ」

秀丸は不意に体をくねらせると、左手を横に広げて腰をひき、右手をまっすぐにあげて宙を指差した。昇天し損なったラオウか、天井にネズミがいると訴えているみたいなポーズだった。

通りがかった女の子にくすくす笑われて、秀丸はすぐに右手をおろした。

「なんなのそれ」

「観とらんのか。ジョン・トラボタルの映画よ」

「ジョン・トラボルタなら知ってる。パルプ・フィクションにでてた」

「そうそう、トラボルタよ。そのパルプなんとかちゅうのはなんか」

「いや、なんでもない」

パルプ・フィクションは昔の映画だが、この時代よりもだいぶあとだった。話題をもとにもどすつもりで、ディスコとはなんなのか訊いた。

「踊って酒呑んで、ナンパするとこよ」

「じゃあ、クラブみたいなとこだね」

クラブ？ と秀丸は妙なイントネーションでいって、

「おまえ、なんも知らんの。クラブちゅうたらホステスと酒呑むところやんか」

この時代では若者が踊るのはディスコであって、クラブではないという。トルコというディスコといい、秀丸はいきたいところがたくさんあるらしいが、いまいけるところはなさそうで、とぼとぼ歩き続ける。ぼくはしだいに疲れをおぼえて、

「ねえ、どこいくの。そろそろ帰ろうよ」

「どっかサテンいこうや。おれが映画おごったんやけ、今度はおまえがおごれ」

秀丸はタダ券で映画を観たくせに、恩着せがましいことをいう。

「でも金持ってないよ」

「しけた奴やのう。なら、どうするんか」

「どうするって、サテンにいくんじゃないの」

「バカ。おれも金ないっちゃ」

駅前の路地にさしかかったとき、秀丸は急に足を早めた。どうして急ぐのか訊くと、秀丸は見おぼえのある喫茶店を顎でしゃくって、

「あそこはやばいけ、ぜったい入んなよ」

喫茶店の看板には「紫留美亜」とある。たしか入学式の帰りに、うっかり店に入った

ら、いきなり高校生たちにからまれたのだ。

「紫留美亜（シルビア）はクラショーの溜まり場やけの」

「クラショーって？」

「大倉商業ちゅうて、うちとよう揉めちょる高校よ。ハナコーほどやないけどワルソが多いけ、気ィつけたほうがええぞ」

道理でガラの悪い連中がたむろしていたわけだ。もっとも秀丸に忠告されるまでもなく、あんな店に二度と足を踏み入れることはない。駅前をだらだら歩いていたら、むこうから髷を切られた相撲取りみたいな女がやってきた。

「こらッ、そこでなにしとるんかッ」

いきなりガラガラ声で怒鳴られて、ぎょっとしたが、秀丸は平気な顔ですれちがった。よく見ると女は「GGB」だった。

「だから、あんたたちは金がないんよッ」

GGBは前を見据えて、ひとりでわめきながら去っていった。秀丸が舌打ちをして、

「またGGBかよ。みどりのおじさんに逢わんかのう」

「なんで、みどりのおじさんに逢いたいの」

「みどりのおじさん見たら、ええことがあるちゅう噂や」

どう考えても迷信だろうが、その人物はまだ目撃したことがない。

秀丸はまだ帰りたくなさそうで、なんかええことないかのう、とつぶやいている。

無意味に歩きまわったところで、いいことなんかあるはずがないし、足も痛くなってきた。家の前までついてきた秀丸に別れを告げ、さっさと玄関に駆けこんだ。

退屈なゴールデンウイークが明けて、学校がはじまった。

朝、いつものように迎えにきた秀丸と一緒に家をでた。雑魚町の電停にむかう途中、秀丸はツイストの「燃えろいい女」がかっこええとか、イギリスの首相がサッチャーになったとか、どうでもいいことを話しかけてきたが、ぼくは上の空だった。

ひさしぶりで陽子に逢えると思ったら、たまらなく緊張する。陽子に逢ったら、まずデートをすっぽかした件を詫びなければならない。しかし秀丸がいるし、電車のなかで会話する勇気はない。

どうすれば彼女に事情を説明できるかと考えた末、手紙を書いた。未来にいたときは手紙といえばメールだったから、文章を考えるのはもちろん、字を書くのも大変で、なんべんも書きなおした。おかげで、ゆうべは明け方まで起きていた。

手紙を入れた封筒はカバンに忍ばせてある。陽子に逢ったら、これをすばやく渡して、あとは帰りの電車で逢ったときに話をするという段取りである。

だが彼女が電車にいなかったら、という不安もある。ぼくと顔をあわせるのが厭で、電車に乗る時間をずらしていないだろうか。

どきどきしながらチンチン電車に乗りこんだが、陽子の姿がない。不安が的中したかと落ちこんでいると、陽子があとから乗ってきて胸が高鳴った。

ついでに秀丸が好きなチリチリ頭の女もいる。秀丸がそっちに気をとられている隙に、あの、と陽子に声をかけた。

ぼくはすかさず手紙を差しだした。彼女はちらりとこっちを見た。彼女は冷ややかな表情で背中をむけた。

思いがけない反応におろおろしていると、あとから乗ってきた学生たちがぶつかってきて、電車の奥に押しやられた。

「――ガン無視じゃん」

が、地の底へ落ちていくような気分で、手紙をカバンにしまった。秀丸の手前、平静を装っていたものの、ショックは大きかった。あの様子ではあやまるどころか、口もきいてくれそうにない。せめて手紙を受けとってくれたらと思うものの、陽子の冷たい目を思いだすと、ふたたびチャレンジする気力はなかった。

陽子は白金町の電停で、こちらも見ないで電車をおりた。

絶望的な展開に泣きたくなるのを我慢して学校に着いた。ゴールデンウイーク明けとあって、教室では性懲りもなく人類創世が繰りかえされている。

連休中にあったことを一方的に喋りまくっている者、ひさしぶりで友だちに逢ったのがうれしいのか、肩を叩きあって笑い転げている者、いまから宿題でもしているのか、ものすごい勢いでノートになにか書き綴っている者、さっそく机に突っ伏して、いびきをかいている者、なにが楽しいのか、あたりを飛び跳ねている者もいる。

ぼくは甲子園決勝で痛恨のエラーをした高校球児のように呆然としていた。

授業中は放心状態で、教師がなにを喋ったのか記憶にない。ふと視線を感じて振りかえったら、屋守がいつものように妙な目をむけてきたが、それもどうでもよかった。

いくぶん気がかりだったのは、学級委員の小暮勉が話しかけてきたことだ。小暮は分厚いメガネをずりあげながら、隣の席から身を寄せてくると、

「ぼくたちってタイプが似てるよね」

「え、そうかな」

「だって髪型や服装もぼくとおなじでふつうだし、ツッパリも嫌いでしょ」

「ツッパリ？」

「不良のことだよ」

小暮は声をひそめていった。曖昧にうなずくと小暮は微笑して、

「今度、南こうせつのコンサートがあるんだけど、一緒にいかない？」

南こうせつといわれても、にこにこしているおじさんという印象しかない。どう返事をしていいかわからず笑ってごまかしたが、小暮に同類とみなされたのが不満だった。

休み時間にゲッキョクへいくと、みんなはてんでにタバコを吸いはじめた。

タバコは持ってきていないが、みんなが旨そうに煙を吐きだしているのを見ていたら、無性に吸いたくなってきた。

といってタバコを吸いはじめたのを、みんなに知られたくない。

「連休ダルかったのう。初日にパチンコ大負けしたけ、なんもできんかったちゃ」

須藤があくびまじりにいった。鳴海が地面に唾を吐いて、

「おれは仲間と走りいったけ、まあまあおもろかったけどの」

「ええのう。滝野はまた麻雀か」

ふッ、と滝野は嗤って前髪を掻きあげた。

大法が「たけのこの里」をぽりぽり食べながら、

「おれあ、センズリばっか」

「センズリばっかこきよったら、アホになるぞ」

「もうなっとうやんか」

ええこと教えちゃろうか、と屋守がいった。

「センズリこく前にのう。手を痺れさせるんよ」

「手を痺れさせる？」

「おう。右でも左でもコクほうの手を、しばらく自分のケツに敷いとくんよ。そしたら血が通わんようになって手が痺れようが。その手でセンズリこいたら、他人から触られようみたいで、めちゃくちゃ気持ええど」

すげえ、とか、今度やってみよう、とか、みんなは口々にいった。

たしかに奇抜な発想で、肌色一色のスクリーンで興奮できる秀丸の想像力に匹敵する。

しかし現場を思い浮かべると、あまりにもむなしい。

思わず溜息をついていると、須藤が秀丸にむかって、

「おまえは連休なんしよったんか」

「特になんもしとらんけど、ポルノ観にいったよ」

「ポルノ？」

「うん。百鬼と一緒に」

とたんに、おお、と歓声があがった。

「百鬼がそんなん観るんか。おまえ、意外とスケベやの」

秀丸がよけいなことをいったせいで、さんざんからかわれた。

恥ずかしさで頭がのぼせたせいか、秀丸が地面に置いていたセブンスターを一本抜いて、百円ライターで火をつけた。

次の瞬間われにかえったが、すでに手遅れで、さっきより大きな歓声があがった。

その日をきっかけに、みんなの前でもタバコを吸いはじめた。というより吸わずにいられなくて、休み時間のたびゲッキョクに駆けこむようになった。

だんだん自分がだめになっていく気がしたけれど、陽子のことを考えると、すべてに投げやりになってしまう。彼女とは朝の電車で一緒になるが、ぼくを見向きもしない。声をかけようとしただけで顔をそむけるから、手紙も渡せないままだ。

顔をあわせても無視されるのなら、早めに帰る理由もなくなって、放課後は決まって

愚滞人にいった。といってインベーダーゲームに興味はない。

みんなといれば気がまぎれるのと、タバコを吸えるのがよかっただけだ。もっとも立場はパシリのままだから、なにかといえば用事を頼まれるし、ちょっとでも逆らったらどつかれる。それはそれでストレスが溜まったが、ほかに居場所はなかった。

その日の放課後、愚滞人でタバコを吸っていると、遅れてきた鳴海が青い顔で、

「さっき学校でたらよう。顔にでっかいマスクしてレインコート着た女がおったちゃ」

「それ口裂け女やないんか」

と須藤がいった。

「おれもそう思うたちゃ。襲われたらたまらんけ、ここまで走ってきたけの」

逃げてもむだよ、と屋守がいった。

「口裂け女は本気なったら、百メートルを三秒で走るちゅうけの」

そんな速（はえ）えんか、と須藤がいった。

屋守は重々しくうなずいた。この男はなぜかオカルトに詳しい。

「こないだ知りあいに聞いた話やと、本州を南下して九州に上陸したらしいど」

ゴジラか台風なみのあつかいだが、そらいけんのう、と鳴海が真顔でいって、

「あたしきれい？て訊かれたら、なんち答えるんやったっけ」

「ふつう、ていうんよ」

「え、そうなん？　きれい、ていわないけんのやないか」

「そういうたらマスクはずして、裂けた口見せられるぞ」

「それ見て、きれいやないていうたら、鎌で斬り殺されるちゃ」

「黙っとったら、どうなるんか」

「それもだめやろ」

「なら滝野は、ぜったい殺されるのう」

ふッ、と滝野は嗤った。きょうは珍しく雀荘にいっていない。

大法はスパゲティミートソースを食べながら、

「ボンタンアメかポマードがあったら追いかえせるち、ラジオでいうとったよ」

「口裂け女はインベーダーゲームが好きやけ、百円玉投げて、それを拾いよるうちに逃げたらええて聞いたけど」

秀丸がそういったが、嘘つけ、と相手にされなかった。

みんな強面（こわもて）のくせに迷信深いのは、未開人のシャーマニズムのようなものだろうか。

口裂け女なら、都市伝説を集めたサイトで読んだことがある。

たしか岐阜県が発祥で、地元の怪談話が広まる過程で口裂け女というキャラクターができあがったと書いてあった。

みんなが盛りあがっているときに水をさすのは気がひけたが、

「口裂け女なんて、都市伝説だよ」

つい口にだしてしまった。須藤と鳴海がさっそく詰め寄ってきて、

「まあた百鬼の知ったかぶりがはじまったど」

「だいたい都市伝説ちゃなんか」

この時代には都市伝説という言葉がなかったらしいが、答えないわけにはいかない。都市伝説の意味を簡単に説明して、口裂け女は岐阜県が発祥だというと、

「なし、そげなこと知っとんか」

「いや、それはその――」

しどろもどろになると、いつものとおり頭をこづきまわされたが、屋守だけがヨーダの目を光らせて、こちらをじっと見つめていた。

五月もなかばに近づいて、校庭の緑が濃くなった。日が長くなったぶん、夜になってもまだ早い時間のような感じがする。そのせいで家に帰るのが遅くなる。帰りが遅いと祖母はがみがみ文句をいうが、お説教を聞くのもすこしの辛抱で、店を開ける時間になると、あわてて出勤していく。

その日も放課後になると、みんなで愚滞人にいった。

夜まで時間を潰すつもりだったが、不意に足音がして窓の外に目をやると、二年生の不良グループが一目散に走っていった。

ただならぬ気配に、秀丸がドアを開けて外を覗いた。とたんに秀丸は顔色を変えて、きたッ、と叫んだ。須藤がインベーダーゲームから顔をあげると、

「もしかして口裂け女か」

「とうとうきよったか」

屋守がこわばった表情で立ちあがった。ちがうよ、と秀丸がいって、

「生徒指導の会田ちゃ」

「やべえ。逃げようや」

「いま外にでたら見つかるちゃ」

口々に騒いでいるとマスターが、

「おれがうまいこというといちゃるけ、トイレに隠れとけ」

みんなはタバコを揉み消すと、いっせいにトイレへ駆けこんだ。あわててあとを追ったが、個室のドアにはもう鍵がかかっている。

大あわてでタバコと百円ライターをカバンにしまって、店の外に飛びだしたら、

「ちょっと待てッ」

背後で会田の声がして靴音が迫ってきた。

捕まったら身体検査で、タバコを持っているのがばれる。

ぼくは息を切らして走った。大通りにでて、電停に停まっていたチンチン電車に飛び乗ったとたん、ドアが閉まった。

荒い息を吐きながら座席にへたりこんだ。外はまだ昼間のように明るい。こんな早い時間に電車に乗るのはひさしぶりだが、家に帰ってもすることがない。どうしようかと

考えていたら、さっきまでの緊張が解けたせいか眠くなってきた。

座席にもたれてうとうとしていると、突然、みぞおちに激痛が走った。

驚いて目を開けたら、誰かの肘がみぞおちにめりこんでいる。

ぎょっとして隣を見た瞬間、わッ、と叫んだ。いつのまにか陽子が隣に座っていた。

「なにが、わッ、よ」

と陽子はいった。

「この大嘘つきが」

陽子はドスのきいた声で罵るなり、引き止めるまもなく電車をおりた。悪夢に魘（うな）されているような気分であたりを見まわすと、もう雑魚町の電停だった。

ぼくは足をもつれさせながら、陽子のあとを追った。

「ちょ、ちょっと待って――」

背後から声をかけたが、彼女は無視して歩いていく。

だが、あきらめるわけにはいかない。渋谷のキャッチセールスみたいに追いすがって、声をかけ続けていると、陽子はようやく足を止めて、

「もうなんなん？　あたしについてこんで」

険しい表情で振りかえった。ぼくはカバンのなかを探りながら、

「こ、これだけ受けとってください」

「なん？　これだけけて」

路上の真ん中なのもかまわず、カバンを広げてなかを覗きこんだが、なぜか手紙がない。頭のなかが白くなって、冷汗が頬を伝った。

「こ、ここに手紙があったんですけど——」

陽子はそっぽをむいて歩きだした。

急いで彼女の前にまわりこむと、緊張のせいでカミまくりながら、このあいだのいきさつを説明した。陽子は腕組みをして、ぼくをにらみつけていたが、やがて大きな溜息をついて、

「ほんとかどうか知らんけど、そういう理由があったんなら、なしいわんの。朝の電車でなんべんも逢うたやろ」

「だ、だって話しかけても無視されるから」

「怒っとるんやけ、あたりまえやん。それでも声をかけるんがふつうやろ。あの日、あたしは十分も待っとったんよ」

たった十分かよと思ったが、よけいなことはいえない。平謝りにあやまって、もう一度逢ってくれるよう懇願した。しかし陽子は眉をひそめて、

「もう手遅れよ。いまの話聞いて、ますます嫌いになったもん」

「ぼくがひ弱だから？」

「べつにケンカが弱くたってええよ。でも気持まで弱い男は好かん」

陽子は歩きだそうとする。それを無我夢中で引き止めて、

「も、もう一度だけチャンスを――」

陽子は気のない表情で、どうしよっかなあ、とつぶやいてから、

「いいかげんであきらめたら？　あたしとおっても楽しくないよ」

「いやそれは――困ります」

「じゃあ、どうしたいと」

「だから、もういっぺん逢ってくれたら――」

「デートしたいってこと？」

「うん。いや、はい」

「なら、あたしについてきて」

陽子は急ぎ足で駅の方角に歩きだした。

彼女はどこにいくつもりなのか、駅前の細い路地に入っていく。

「あ、あの、どこへ？」

陽子は無視して路地を突っ切ると、急に立ち止まって喫茶店のドアを開けた。

「なんだ、サテンにいきたかったの」

そうつぶやきながら看板を見た瞬間、ぎくりとした。

看板には「紫留美亜」の文字がある。ぼくは泡を食って、

「あの、ここはちょっと――」

ドアの前で声をかけたが、陽子はもう店内に入っている。よりによって、彼女はなぜ

こんな店を選んだのか。秀丸が大倉商業高校——クラショーのワルの溜まり場だといった店である。

けれどもここで帰ったら、陽子から完全に愛想をつかされるだろう。覚悟を決めて店に入るしかない。不安を鎮めようと深呼吸をして、今後の展開を考えた。

ひとりならともかく、女連れならクラショーの奴らもからんでこないかもしれない。そもそも早い時間だけに、クラショーの奴らがいるとも限らないのだ。そう自分にいい聞かせると、思いきって店に入った。

カランカランとドアベルが鳴ったとたん、短ランや長ラン姿の学生たちがいっせいに鋭い目をむけてきた。前にうっかり入ったときよりも険悪なムードに足がすくんだ。

膝頭ががくがくするのを懸命にこらえて、陽子がいるテーブルにたどり着いた。

不幸中の幸いで、ぼくの席はクラショーの連中に背中をむける位置にある。おかげで彼らと目をあわさずにすんだ。

イボイノシシが服を着たような中年のウェイトレスが水とメニューを持ってきた。

「ねえ、なんにすると？」

陽子は平気な顔で訊いたが、呑気にメニューなんか見る気分がしない。

「あたしはコーヒーにするけど」

「ぼ、ぼくも」

イボイノシシは返事もしないで踵をかえした。

まもなく運ばれてきた薄いコーヒーを啜ると、いくらか落ちついてきた。クラショーの連中がいたのは残念だったが、女連れだからからんでこないという予想は的中したらしい。店の奥からはインベーダーゲームの電子音がする。うちのクラスの連中と一緒で、クラショーの奴らも夢中になっているのだろう。

店内の有線から歌謡曲が流れてくる。「ジグザグ気どった都会の街並」という妙な歌詞だ。なんでもいいから陽子と会話しなければと思って、

「この曲って、なんだっけ」

「カリフォルニア・コネクション」

「誰の歌？」

「知らんと？　水谷豊やん」

水谷豊なら「相棒」だろうと思ったとき、陽子が不意に立ちあがった。

「ごめん、ちょっと待っとってくれる？　急用思いだしたけん」

「えッ」

こんな店にひとりで置いていかれたら、心細くて仕方がない。

ぼくも一緒に、といいかけたが、

「ここにおって。すぐもどってくるけ」

陽子はそういい残して店をでていった。

たちまち店内の空気がどんよりと重くなった。ガタンガタンと椅子から立ちあがる音

が響いて、テーブルに黒い影がさした。背後の気配で何人かに囲まれたのがわかる。

胎児のように背中をまるめて、無事にすむよう念じていると、

「おまえ、ええ根性しとうの。この店が誰のシマか知っちょんか」

「たまがっただい。堂南の一年坊主が、女連れてきちょるけの」

「なし黙っちょんか。返事せんかちゃ」

誰かが怒鳴ったと思ったら、いきなり襟首をつかまれて無理やり立たされた。こっちむかんかッ、という罵声に振りかえると、凶悪な顔がいくつもならんでいた。

鎌首をもたげたキングコブラを頭に乗せたようなリーゼントの男が、いきなり胸ぐらをつかんでくると、

「きさん、クラショー舐めとろうが」

ぼくは水からあがった犬みたいにかぶりを振った。

「嘘いうな、きさん。女やら連れてきて、なんツヤつけとんか」

「いやあの、彼女がここにきたいっていったんで――」

「やかましいッ。表でれッ」

頭にMの字を書いたみたいな剃りこみの男が怒鳴った。

「堂南のガキがこの店入ったら、どげな目に遭うか教えちゃるわ」

とっさに逃げようと思ってカバンを手にしたら、イボイノシシのウェイトレスが伝票を持って駆け寄ってきて、ふたりぶんのコーヒー代をむしりとっていった。

キングコブラとMの字に肩をつかまれて、店の外にひきずりだされた。早く陽子がもどってこないかと思いつつ脂汗を流していると、キングコブラが拳をかまえて、

「ようし。最初はおれが相手じゃ」

「――ちょ、ちょっと待ってください」

「はよ、かかってこんかちゃ。かかってこんなら、こっちからいくど」

うらあッ、と怒声が響いて顔面に拳が飛んできた。

次の瞬間、ぼくの体は宙を舞って地面に叩きつけられた。

同時になまあたたかい液体が鼻から垂れてきた。どうやら血がでたらしい。

あおむけに倒れて苦痛にあえいでいたら、

「ぎょーらしい奴やの。こいつ、くらされる前に自分から吹っ飛んだど」

キングコブラの声がした。続いてMの字の声で、

「こんなんはじめて見たの。信じられんくらい弱い奴やっちゃ」

「もしかして人類最弱とちがうか」

「こげな奴、相手しよったら手が腐るど」

「そやの。もうやめよか」

やめやめ、とMの字の声がして足音が遠ざかった。自分で吹っ飛んだつもりはなかったが、キングコブラとMの字にはそう見えたのかもしれない。

奴らが店にもどった気配にのろのろと上半身を起こすと、目の前に陽子が立っていた。

突然のことに鼓動が速くなったが、ここはタフなところを見せようと思った。

へへ、とぼくはタフガイっぽく笑みを浮かべて、

「やられちゃったよ」

とつぶやいた。しかし陽子は首を横に振って、

「ぜんぜんやられとらんよ。あたし見とったんやけ」

「ぼくが殴られるのを？」

「だから殴られとらんちゃ。百鬼くんは自分で吹っ飛んで倒れたと」

「そんな——鼻血もでてるのに」

陽子は自分のカバンからコンパクトをだして、ぼくの前に突きだした。

鏡を覗きこむと、鼻から垂れているのは鼻血ではなく鼻水だった。急いで立ちあがって、ハンカチで鼻を拭った。

「百鬼くんて、ほんと弱いんやね」

ばつの悪さにうつむいて頭を掻いていると、

「ま、ええわ。デート終了」

「えッ」

「どうしたと、そんな顔して。もういっぺんデートしたいっていうけ、してあげたやん。

それに店で待っとっていうたのに、なし外におるん。また約束違反やん」

「そ、それは、あいつらに連れだされたから——」

―でもカバン持っとうやん。あいつらに捕まらんかったら、逃げるつもりやったんやないん？」

「そんなことないけど――」

ぼくは歯切れ悪くつぶやいて、

「お願いだから、また逢ってください」

「まだいうてる。懲りんのだけは感心するわ」

陽子は溜息まじりにいって、紫留美亜を指さすと、

「ならラストチャンス。あの店にひとりでおられるようになったら、つきあっちゃる。そうなるまでは、ぜったい話しかけんで」

「そんな無茶な――」

「話しかけんでっていうたやろ。もういっぺんやったら絶交やけね」

陽子はにこりと笑って踵をかえした。


翌日は朝から気分が悪かった。

ゆうべは陽子のことばかり考えて、ほとんど眠れなかった。隣のラブホから象が交尾しているみたいな雄叫びが響いてきたのも、くたびれきった神経に追討ちをかけた。

寝不足のせいか朝食をすませたとたん、腹が痛くなってトイレにこもっていた。秀丸はいつもどおり迎えにきたが、祖母に応対を頼んで先にいってもらった。

腹痛に耐えながら便器にしゃがんでいても、陽子のことが頭から離れない。

彼女はいったいなにを考えて、あんな条件をだしたのか。ぼくの度胸を試すつもりかもしれないが、紫留美亜なんかにひとりでいられるはずがない。彼女もそう思っているのなら、振られたのとおなじだ。

けれども、このままあきらめるのは悔しかった。

なんとかして陽子の鼻を明かしたい。ぼく自身がクラショーの奴らを排除するのは不可能にしろ、なにか方法があるはずだ。

たとえば誰かに頼んで、あいつらをやっつけてもらったらどうだろう。あるいは、あいつらがいない時間を選んで平気なふりをする手もある。

トイレで時間を食ったせいで、学校に着いたのは遅刻ぎりぎりの時刻だった。

校門を抜けたところで、生徒指導の会田が刑事のような目つきで近寄ってきて、ポケットとカバンのなかを見せろ、といった。思わず息を呑んだが、あわてて家をでたからタバコとライターは忘れてきた。

会田は不審なものがないのに首をかしげて、

「おまえ、きのう愚滞人から逃げたやろ」

「いいえ」

「嘘つきめ。入学した頃はまじめそうやったのに、おまえも不良の仲間入りやな。いずれ悪事の現場を捕まえて、停学食らわせてやる」

不良の仲間と呼ばれるのは心外だったが、抗議している時間はなかった。もう朝のチャイムが鳴っている。校舎に入るなり、廊下を全力疾走して教室に飛びこんだ。

次の瞬間、教室を揺るがすような爆笑が湧いた。

なにが起きたのかわからないまま、あたりを見まわすと、クラス全員がこっちを指さして笑い転げている。なにかウケることをしたのかと思ったが、心あたりはない。

わけがわからずに目をしばたたいていると、小暮が遠慮がちにぼくの袖をひいて、黒板の上を指さした。

黒板の上の細い出っ張りに白い封筒が乗っている。

それがなんなのかわかったとたん、顔から血の気がひいた。みんなの笑い声が一段と大きくなって、ひゅうひゅうと口笛が鳴った。

「百鬼ィ、陽子さんて誰か」

「カツアゲされて、デートすっぽかしたらいかんど」

「お願いだから、もう一度だけ逢ってください、て、どの顔でいうちょるんか」

道理で手紙がないと思ったら、どこかに落としていたのだ。

恐らく、きのう愚濡人から逃げだしたときにカバンから落としたのだ。それを誰かが拾って、みんなに見せたのにちがいない。

顔から火を噴きそうな羞恥に耐えながら、教壇にあがり黒板の上に手を伸ばした。

だが背伸びをしても手が届かない。周囲の笑い声はますます大きくなって、隣のクラスからも生徒たちが覗きにきた。仕方なく上履きを脱いで教卓の上によじのぼった。
そのとき教室の扉が開いて、南雲がいかめしい顔で入ってきた。

教卓の上で凍りついていると、南雲は黒板の上を指さして、

「そいつをとれ」

ぼくはとまどったが、手紙をそのままにしておくわけにはいかない。

みんなの笑い声が響くなかで、教卓の上に立って封筒をとった。パニくりすぎたせいか、頭のなかは真っ白で膝ががくがくする。教卓から転げ落ちそうになりながらも、どうにか床におりて上履きを履いた。

とたんに南雲が封筒をひったくって、手紙を読みはじめた。あわてて手を伸ばしたら、南雲は手紙に視線をむけたまま片手でぼくを突き飛ばした。

よろめいて尻餅をつくと、教室を揺るがすほどの爆笑が沸いた。

なにがイタイといって、これほどイタイ状況があるだろうか。はじめて書いたラブレターをクラス全員と担任に読まれるとは、あまりにイタすぎる。穴があったら土葬されたい気分で、よろよろと立ちあがった。

南雲は手紙を封筒にもどすと、無表情で教卓の上に置いた。

教室のなかは、まだ笑いが渦巻いている。

「静かにせぃッ」

南雲の怒声に、みんなはようやく口をつぐんだ。南雲はぼくに目をむけると、銀縁メガネを中指で押しあげて、恥ずかしいか、と訊いた。

はい、と小声で答えたら、どっと笑いが起きた。

南雲はそれを片手で制して、もっと恥をかけ、といった。

「恥を知るは勇に近し、という言葉が中国の古典にある。恥をすなおに認めるには勇気がいる。自分の愚かさを知り、傲慢さを捨てることで人間は成長する。若いときに恥をかくのは男の財産だ」

南雲は教卓から封筒をとって、こちらに差しだした。それを急いで受けとって自分の席にもどろうとしたが、待て、と南雲に呼び止められた。

「そんな下手な文章じゃ、女は口説けんぞ。もっと勉強せい」

ぼくはおどおどしつつ、うなずいた。

それから、と南雲はいって肩凝りでもほぐすように首を鳴らすと、

「勝手に教卓の上にあがるなッ」

いきなり強烈なビンタを浴びて、ふたたび尻餅をついた。

手紙の件をきっかけに、ぼくはちょっとした有名人になった。

自分のクラスではもちろん、ほかのクラスの連中も、ぼくが通りかかると肘をつつきあって含み笑いを浮かべる。なかには露骨に冷やかしてくる奴もいるが、反抗しても殴られるのがオチだから、へらへら笑ってやりすごした。

あの手紙は、やはり愚滞人に落としていたのをマスターが拾って、須藤たちに渡したという。ぼくにくれたらよかったのにと愚痴ると、マスターにからまれた。

「青春の思い出を作ってやったんや。文句あるんか」

はじめて書いたラブレターをみんなに見られたのは大失敗だったが、もともとクラスのヒエラルキーが最下層のせいか、思ったよりもダメージはすくなかった。

この時代はモテとか非モテとかリア充とか非リア充とか、レッテルを貼られないのがいい。これが未来だったらメールやネットで拡散されて、ねちねちいじられただろう。

その日、休み時間にゲッキョクへいくと、須藤が短ランのポケットから見慣れないタバコをだした。赤いパッケージに白い文字で「ＬＡＲＫ」とある。

それを見て鳴海が、おッと叫んで、

「ラークやねえか。おまえ金持っとうのう」

「金はねえけど、女がラークの匂いが好きちゅうけの」

「おまえ、女おったんか」

「あたりまえやないか。おまえと一緒にすんな」

「バカ。おれだって女くらいおるちゃ」

「嘘つけ。どこで知りおうたんか」

「ナンパよ」

「おまえシンナーで頭ぼけとろうが。ナンパやらしきるんか」

「あたりまえよ。ナンパくらい百鬼でもしよるやないか」

「だいたい、百鬼は厚かましいんよ」

急に矛先をむけられたせいで、タバコにむせて咳きこんだ。

「おれがその顔やったら、ラブレターやら、ぜったい女に渡しきらんぞ」

「しかもそれをみんなに読まれたら、もう立ちなおれん。おれやったら学校辞めるわ」

鳴海がそういって地面に唾を吐いた。

おれも、と大法がいって「ベビースターラーメン」を口に流しこんだ。ベビースターラーメンは未来にもあるが、こんなオレンジ色の袋ではなかった。袋には男だか女だかわからない子どものキャラクターが描かれている。

それをぼんやり見つめていると、須藤が首をかしげて、

「あんだけ恥ずかしい思いしたのに平気で学校くるんやけ、百鬼は肝が太いで」

「肝が太いちゅうより、鈍感ちゅう気がするけどの」

「でも恥をかくんは勇気がいるて、南雲もいうちょったやんか」

「あれはそういう意味やなかろうが。恥をかくんも財産のうちちゅうたんや」

「それもちがうちゃ。どっちなんか、百鬼」

　ぼくは笑ってごまかした。べつに肝が太いわけではなく状況に流されていただけだが、この時代にきてから性格が変わったのはたしかだった。

未来にいた頃は、高校に入ったらどんなキャラ設定にしようかと考えていたが、そんなものはとっくに崩壊して、もはや自分がどう思われようと平気になりつつある。

　こういう状態をツラの皮が厚くなるというのかもしれない。

「おれあ、百鬼は肝が太いと思うぞ」

と屋守がいった。屋守は手鏡を覗きながら大仏頭をフォークみたいなクシでとかして、

「最後は振られたにしろ、いったんはデートにまで持ちこんだんやけの」

「そうっちゃ。振られるて決まっとうのに、ようナンパする度胸があるわ」

　秀丸がぼくをちらりと見ていった。須藤が身を乗りだして、

「相手はどげな子か。かわいいんか」

「まあまあ。聖女にしちゃ、見た目はふつうやけど」

「聖女かあ。あそこは女子校でもワルソが多いけ、百鬼には無理やの」

まだ完全には振られていないが、みんなは手紙の内容から、そうだと決めつけている。ふと彼らを巻きこんで、クラショーの連中を紫留美亜から追い払えないかと思った。

けれども断られたら、また恥をかくだけだ。

もし協力してくれたにせよ、自分のためにケンカをさせるのは気がひけるし、どれだけ恩を着せられるかわからない。陽子も事情を知ったら、ぼくを軽蔑するだろう。ここは自分で解決すべきだと思いなおした。

これがアニメやマンガの世界なら、ぼくがケンカに強くなってクラショーの奴らを倒すのだろうが、現実はそう簡単にいかない。いかに想像力を働かせても、ぼくが格闘家のようにバタバタ敵を倒す姿はイメージできなかった。

だがアニメやマンガのような現象が起こらないとはいいきれない。事実、二〇一六年から一九七九年にタイムスリップして、父の剛志郎と人生が入れかわったのだ。

これほどバカげたことが起きるのなら、ぼくが急に強くなったって不思議ではない。とはいえ、どうすれば強くなれるのか。こういう場合、アニメやマンガでは誰かにケンカを教わると相場が決まっている。

はじめに思い浮かべたのは、やはりゲッキョク部の面々だった。

雀荘に入り浸っている滝野と、あきらかに弱い秀丸は除外するとして、須藤、鳴海、大法、屋守の四人が候補である。四人とも負けず劣らずケンカが強そうだが、みんなガタイに恵まれている。つまり、もともと素質があるのだ。

ぼくのように非力であっても、ケンカに勝てる技を伝授してくれそうなのは、ぼくより弱そうに見えながら、実は強いという人物がいい。

そう考えたとき候補に浮かんだのは、多羅尾淳だった。

多羅尾は小学生みたいな童顔だし、背もぼくよりずっと低い。中学のときは地獄のタラちゃんというあだ名だったそうだが、噂だけでなく学食で三年生ふたりを一瞬で倒すのも見た。あの男なら、ぼくでも使える必殺技を持っているかもしれない。

その日の昼休み、パシリでパンを買いにいかされたついでに多羅尾の姿を捜した。学食を覗くと、多羅尾はひとりでラーメンを食べていた。学食にひとりでいたら、前にやっつけた三年生から復讐される危険もあるのに、いい度胸をしている。

秀丸と一緒にいったん教室にもどると、須藤たちにパンを渡して、すぐさま学食にひきかえした。秀丸はついてこようとしたが、トイレだと嘘をついた。

「あの、相談があるんだけど――」

多羅尾のむかいに腰をおろして、そう切りだした。多羅尾はラーメンを食べ終えて、茶を飲んでいた。

ほとんど口もきいたことがないのに、いきなりケンカを教えて欲しいというのは照れくさかった。が、どうせラブレターで大恥をかいたのだから、いまさら格好をつけてもしょうがない。

「ケンカの必殺技？」

多羅尾は首をかしげた。

「なし、そんなことが知りたいんか」

「護身用っていうか、いざっていうときのために勉強したいと思って」

「おれに訊かんでも、ほかにいっぱい強そうな奴がおるやろ」

「でも、こないだ三年生を簡単にやっつけてたから」

そういやあ、と多羅尾は遠い目になって、

「あんとき、ほかの連中が仕返しにきたのを、おまえは知らせてくれたのう」

「う、うん」

「なら、あんときの借りがある。必殺技っちゅうほどやないけど、ケンカの基本くらいなら教えちゃってもええよ」

「ほんとに？」

「ああ。そんかわり授業料として千円くれ」

多羅尾はあどけない顔のくせに意外とがめつい。ズボンのポケットに手を突っこんだが、小銭しかなかった。あしたでいいかと訊くと多羅尾はうなずいて、放課後に体育館の裏へくるようにいった。

体育館の裏は日当たりが悪いせいで暗くじめじめして、ひと気がない。体育館のなかか地面にはところどころ苔が生え、タバコの吸い殻が散らばっている。

ら部活の練習の声が響いてくるだけで、あたりは静かだった。

　多羅尾はだるそうな表情で、ぼくの前に立つと、

「さあ、やろうか」

　いきなり特訓かと思ったら緊張したが、陽子に逢いたい一心でうなずいた。

「ケンカは力やない。タイミングとスピードや」

　と多羅尾はいった。

「仕掛けるタイミングをはかって、いっぺんに相手の気力を削ぐのがコツよ」

「相手の気力を削ぐ？」

「戦意を喪失させるちゅうことよ。腕力だけなら、なんぼでも強い奴がおる。そんな奴とまともに戦うても勝ち目はない。相手の態勢が整う前に勝負をつけるんや。そのためには相手の急所を狙う」

「急所って、ここか？」

　股間を指さすと多羅尾はうなずいて、

「そうそう。そこは金的。あとは目、耳、鼻と唇のあいだの人中、顎、喉仏、頸動脈、鎖骨、水月と呼ばれるみぞおち、腿、脛、足の甲。まだまだあるけど、相手が体を鍛えとったら効き目がないのもある。臨機応変に狙う場所を変えたり、武器を使うたりすることや」

「でも武器を使うのは卑怯なんじゃ――」

「ケンカに卑怯もクソもあるか。どんな手ェ使うても、倒したもんが勝ちよ」

「じゃあ、どうやって急所を狙うの」

「まず、いちばん効果的なんが目潰しや」

多羅尾は腰を落とすと両手を前にかざして、カマキリのような姿勢になった。

と思ったら、目にも留まらぬ速さで指先を振りまわして、

「目潰しは二本の指じゃだめや。五本の指を使うことで命中率がアップする。五本の指で相手の目を水平に払うか、鉤型に曲げた指先を目玉に突き入れる」

「そんなことしたら失明するよ」

「そこは手加減よ。眼底出血くらいで止めればええ。はい、じゃあ次」

多羅尾は宙をめがけて技を繰りだしながら、急所の効果についてならべたてた。

「耳は掌をすぼめて打って鼓膜を破る。人中は拳の先や硬いもので打てば、激痛で相手は動けんようになる。顎はアッパーで脳震盪、喉仏を突くと呼吸困難、頸動脈を手刀で打てば失神する。鎖骨は指をねじこんでもええし、拳で叩いて折ってもええ。水月は中指を前にだした拳で打つと呼吸が止まる。腿は膝蹴りで立てんようにできるし、脛は蹴られたら激痛が走る。足の甲も踵で踏まれると猛烈に痛い。金的は下からすくいあげるように打つか蹴るかすれば——」

どの急所も話を聞くだけで痛そうだが、動きが速すぎて技をおぼえるひまがない。

「もっとゆっくり教えてくれないかな。それじゃよく見えないし」

「おれの動きだけ見たってわからんちゃ。いっぺん自分の体で受けてみらな」

「そんなことしたら痛いじゃん。型だけでいいよ」

「おれは根が温厚やけ、頭に血がのぼらな、なかなか手がだせん」

「だから型だけでいいんだけど――」

「そういわれても調子がでらんのう。もうこれくらいにしとこうや」

要するにキレなければだめなタイプらしいが、これで千円は高い。ひとつでも技を習得しなければと思いつつ、なおも実演をせがむと、

「なら、おれを怒らしてくれ」

多羅尾は面倒くさそうに童顔をしかめた。

「怒らせるって、どうやって？」

「おれにむかって腹のたちそうなことをいえよ。バカでもアホでも、なんでもええけ」

「ほんとにいいの？　マジで怒ったら、やだからね」

「心配せんでええ。ただ調子だすだけやけ」

「じゃ、じゃあ、バカ野郎」

「ぜんぜん腹ァたたん」

「じゃあ、マヌケ、ドジは？」

「なんともない」

「んーと、ゴミ、クズ、カス」

「まだまだ」

「もう思いつかないな。えーと、イモ、タコ、ボケ、フヌケ、役立たず」

「だめだな」

「多羅尾くんって、ひょっとしてMなの？」

「え？」

「いや、なんでもない。ハナタレ、ヘンタイ、クソッタレ」

「いまひとつ」

「ファッキュー、ボーシット、アスホール、サノバビッチ、マザーファッカー」

「日本語やなきゃつまらん」

「落ちこぼれ、タワケ、アンポンタン、ロクデナシ、スットコドッコイ」

多羅尾は涼しい顔で首を横に振った。

「バイキン、ダニ、ウジ虫、便所虫、ゴキブリ、ケダモノ、サル、ジャワ原人」

「ますますだめやの。生物の進化みたいになっとうぞ」

「もういいかげんにしろよ。このチビ」

溜息まじりにいったとき、多羅尾の眉間に深い皺が走った。この表情は前にも見たことがある。たしか三年生のふたりを倒したときも、チビという言葉に反応したのだ。

早くあやまらねばと思った瞬間、多羅尾の爪先が股間にめりこんだ。

やっとの思いで玄関のドアを開けたが、祖母はでてこなかった。リビングにいくと、祖母はガラスのボウルに台がついたような機械に顔を突っこんでいた。ボウルのなかは水がいっぱいで、ぶくぶく泡がたっている。潜水の訓練でもしているのかと思ったが、目がかすんでいるせいでよくわからない。

救急箱はどこかと訊くと、祖母はようやく水から顔をあげて、

「あんた、またやられたん」

「そんなんじゃないよ」

祖母はびしょ濡れの顔をタオルで拭って、

「でも顔は腫れとうし、足もふらついとうよ。今度は誰にやられたんね」

「やられたんじゃないってば。それより、その機械はなんなの」

「超音波美顔器よ。水だけで肌がつるつるになると」

あんたもするかね、といわれて首を横に振った。

押入れから救急箱をだすと、あちこちの傷に絆創膏を貼って二階にあがった。

多羅尾はだいぶ手加減したといったが、急所ばかり狙われたせいで、体はぼろぼろだった。眼球はごみでも入ったようにごろごろして、唇はアヒルみたいに腫れている。喉とみぞおちは息をするたびに痛むし、股間はいまだに熱を持って疼く。

畳に大の字になって天井を見つめていると、しだいに気持が沈んできた。

人体の急所を知ったのは収穫だったが、多羅尾のようにすばやく動ける自信はない。

もし動けたにせよ、紫留美亜にたむろしているのは、ひとりやふたりではないのだ。

大人数が相手では、多羅尾本人でもどうなるかわからない。

そもそも、ひ弱なぼくがケンカで物事を解決しようと考えたのがまちがいの気がする。いついかなる場合でも暴力はいけない。どんなことでも話しあいで解決できる。未来の学校ではそう教わってきたし、それが正しいと思う。

まわりが暴力的なのに流されて、つい柄にもなく暴力的な方向へ進みかけたが、ここは冷静になって話しあいでの解決を目指すべきだろう。

そう思ったら急に安心するのは、やはり臆病だからかもしれない。自分の気持をごまかしているだけで、ほんとうはクラショーの連中をぶん殴って、陽子にいいところを見せたいのではないか。

しかしそれが困難なうえに暴力はいけないことなのだから、やはり平和的な交渉を考えたほうがいい。思いは二転三転したが、ぼくにできるのは話しあいしかなさそうだった。といってクラショーの連中をどうやって説得すればいいのか、まったく見当がつかなかった。


翌朝、教室に入ると屋守の机を囲んで生徒たちがざわついていた。

机の上に何冊も本があって、みんながおびえた表情で覗きこんでいる。「恐怖の心霊写真集」とか「わたしは幽霊を見た」とか「恐怖！　幽霊スリラー」とか、どれもおどろおどろしいタイトルと表紙の本である。

「サークルの仲間に貸しとったんが、かえってきたんや」

と屋守はいった。なんのサークルかと誰かが訊ねたら、屋守はにやりと笑って、

「超常現象の研究会よ」

オカルト好きなのは前から知っていたけれど、そんなサークルにまで入っているとは知らなかった。屋守は本を開くと一枚の写真を指さした。野外に女性が立っている平凡な写真だが、足が片方消えている。

「こういう写真は事故や怪我の前兆や」

屋守は真剣な顔でいった。

「この女のひとも写真を撮ったあとで、足に大怪我をしたそうや」

「うう、怖えっちゃ」

「あー、鳥肌立った」

みんなが口々に叫ぶのを内心で嗤っていた。

未来で観たテレビ番組では、写真の手足が消えたりするのはカメラの露出の問題か、単にその部分が隠れているだけだと解説していた。よけいなことをいうと、またからまれるから黙っていたが、屋守はぼくを手招きして、

「百鬼は、この写真をどう思うか」

わざわざ感想を求められては黙っているわけにいかない。

「シャッタースピードが遅いときに手足を動かすと、写真に写らないんだよ。それか足を片方あげているときに、たまたまシャッターを押したんじゃないの」

そげなことあるかッ、と須藤が怒鳴って、

「これは本物の心霊写真や。中岡俊哉センセイが嘘つくはずなかろうが」

「そうや。テレビにもしょっちゅうでとるんぞ」

と鳴海がいった。中岡俊哉という人物は絶大な信頼があるらしい。もっともこのふたりは、ぼくがオカルトめいたことを否定するたびに嚙みついてくる。

「なら、これはどうか」

屋守はべつの本を開いて、あらたな写真を指さした。画面の隅に白い靄のようなものが写りこんでいる写真で、解説には白蛇の霊体だと書いてある。

「これはカメラのストラップじゃないの。ウロコに見えるのは紐の編み目だよ」

「このバチあたりがッ」

「そんな嘘ついとったら、呪われるぞ」

須藤と鳴海に頭をこづかれて床にかがみこんでいると、

「よし。ほんならこれはどうや。これも説明できるか」

屋守はまたべつの本をとりだして、ページを広げた。

コティングリーの妖精写真という見出しの下にモノクロの古びた写真がならんでいる。写真には森を背景に少女と妖精らしきものが写っている。

「これは今世紀のはじめにイギリスの姉妹が撮った妖精や。シャーロック・ホームズを書いたコナン・ドイルも本物やというちょる」

屋守は自信たっぷりにいったが、この写真のトリックもオカルトを検証した本で読んだことがある。それによると姉妹は、自分で描いた妖精の絵を切り抜いて、木の枝や葉っぱにピンで留め、写真を撮ったとあった。

ぼくがそう説明すると須藤はいきりたって、

「ホームズ書いたひとが本物ていうとるのに、それを偽物ちゅうんかッ」

「きさん、名探偵より賢いつもりかッ」

わけのわからない理屈で鳴海から首を絞められた。

こんな連中にオカルトの謎解きをするのは、中世のヨーロッパで地動説を唱えるのに等しい。ぼくは首を絞められながらも妖精が飛んでいる写真を指さして、

「で、でもデッサンがずれているから、妖精の脚の付け根がおかしいよ」

屋守が写真を覗きこんで、ほんとや、といった。

ほかの連中も驚きの声をあげたが、須藤と鳴海は首をかしげて、

「たしかに脚がずれて見えるけど、妖精やけ、そういうもんやないんか」

「だいたい百鬼が、なしそげなこと知っとうんか。こないだは口裂け女はおらんていうたし、その前はノストラダムスの大予言ははずれるていうた。なんかおかしいど」

「最近の流行はなんも知らんくせに、最初からインベーダーが上手なんもおかしいんよ。

おい百鬼、ほんとのことをいえっちゃ」

　そういわれても未来からきたとはいえない。そんなことをいえば、ますます笑い者になるだけだ。返事に詰まってうつむいていると、屋守が大きくうなずいて、

「やっぱり、おれがにらんだとおりや。おれあ前から気づいちょった」

「なんに気づいちょったんか。百鬼が顔を腫らしちょることか」

　と須藤が訊いた。鳴海が続いて、

「そういや、そうやの。その目と口はどうしたんか」

　きのう多羅尾にケンカを習ったとはいえずに両手で顔を覆った。

「顔のことやない。百鬼は正体を隠しとる」

　屋守にそういわれて、ぎくりとした。須藤と鳴海が口を尖らせて、

「百鬼の正体ちゅうのは、なんなんか」

「もしかして妖怪とか幽霊とか」

「そんなんやなかろう。ガキの頃に『なぞの転校生』ちゅう小説を読んだけど、そんなかに百鬼みたいな奴がでてくるんよ」

　なぞの転校生？　とみんながつぶやいた。

　その小説は読んだことがないが、ぼくみたいな奴とはどういう人物なのか。もしかして、屋守には未来からきたと見破られているのか。

「なあ百鬼よ」

屋守はおごそかにいった。ぼくは顔から両手を離して、

「な、なに？」

「頼むけ、ほんとのことをいうてくれ」

「――う、うん」

屋守は腫れぼったい目をぎらぎらさせて、

「百鬼、おまえは宇宙からきたんやろ」


その日はずっと脱力感にとらわれていた。

屋守がいつも、ぼくをじろじろ見つめていた理由がようやくわかった。変な想像をしている気配はあったものの、まさか宇宙人あつかいされるとは思わなかった。

むろん宇宙人ではないと答えたが、屋守は思いこみを撤回せず、

「あのラブレターも、わざと落としたんやろ」

「そ、そんなことないけど」

「いや、おれにはわかっとう。みんなに正体がばれるのを警戒して、ふつうの高校生に見せようとしたんや。文明が進んどるだけあって、さすが高度な技を使うのう」

屋守はそんな珍解釈を展開したが、同意する者はいなかった。

オカルトならなんでも肯定する須藤と鳴海も宇宙人説はべつらしい。もっとも異世界からきたという点では、あたらずといえども遠からずだ。未来からきたのを告白するに

はいい機会だったかもしれない。

だが、それを証明するものがなくては信じてもらえるはずがない。屋守なら信じてくれる可能性はあるが、それはそれで不都合だった。超常現象のサークルで予言でもさせられたら、たまったものではない。

「屋守くんは物知りやけど、ときどき変なことというのう」

帰りの電車のなかで秀丸が笑った。

「おまえが宇宙人ていわれても信じられんわ。だいたい、どうやって地球にきたんか。宇宙から歩いてきたんか」

「だから宇宙人じゃないってば」

「そんなこたあ、わかっちょる。こんなしょぼい宇宙人がおるか」

「その話はもういいから、ちょっとつきあってよ」

「どこへ」

「サテンだよ」

「おまえのおごりか」

「ああ」

「ならええ」

ゆうべ、酔っぱらって帰ってきた祖母が寝ているすきに財布から二千円をくすねた。千円は多羅尾に授業料として払って、ズボンのポケットには残りの千円が入っている。

　雑魚町の電停で電車をおりて駅前にむかった。

　細い路地を通って紫留美亜の看板が見えるあたりまでくると、秀丸は足を止めて、

「もしかして、サテンちゅうのは紫留美亜か」

「うん」

「バカ。あの店はクラショーの溜まり場ちいうたやろうが」

「知ってるよ。でも、いかなきゃならないんだ」

「なしか」

「わけはいえないけど、つきあってよ。友だちだろ」

「友だちなら、わけをいわんか」

　誰にも口外しないよう釘を刺してから、陽子との約束を説明した。

　おまえなあ、と秀丸はあきれた表情でのけぞって、

「それは五百パーセント振られちょるど」

「そうかな」

「あたりまえよ。おまえがひとりで紫留美亜におるなんて、ぜったい無理てわかっちょるけ、そういうたに決まっとうやねえか」

「無理かもしれないけど、やるだけやってみるよ」

「なら、ひとりでいけ。おれあ帰る」

「つきあってよ。ケンカじゃなくて、話しあいにいくんだから」

「おまえ、脳味噌だけは宇宙人やの。あいつらと話しあいやらできるか」

秀丸はそういって足早に帰っていった。

ぼくもよほど帰ろうかと思った。きょう紫留美亜にいこうと思ったのも、秀丸を誘ったのも、ただの思いつきだ。

けれども先へ延ばしたところで状況が変わるわけではない。とりあえずクラショーの連中に話しあいを持ちかけてみて、だめだったらでなおせばいい。

勇気をふるって紫留美亜のドアを開けた。

カランカランとドアベルが鳴ると、いつものように短ランや長ラン姿の男たちがいっせいにこっちをむいた。キングコブラを頭に乗せたみたいなリーゼントの男と、Mの字に剃りこみが入った男もいる。このあいだ、ぼくにからんできた奴らだ。

「ここ、こんにちは」

カミながらも礼儀正しく頭をさげた。住民の立ち退き交渉へむかう政治家になったような気分で、及び腰で店内に入った。

キングコブラとMの字がさっそく前に立ちふさがって、

「またきたんか。人類最弱くん」

「こないだは手が腐ると思うてかんべんしちゃったけど、きょうはぶち殺すぞ」

いやあの、とぼくはいって、

「きょ、きょうは話しあいにきたんです」

「アホか。最弱くんは頭も最弱かあ」

「おまえとなんを話しあうんか、お？」

キングコブラとＭの字はポケットに両手を突っこんだまま、くいくいと肩を左右に振って迫ってくる。そのせいで店の外に押しだされた。

「ぼ、ぼくは、ただこの店にいられたらいいんです。みなさんの邪魔はしませんから」

「バカか。ここはクラショーのシマぞ、堂南のガキを出入りさせるわけなかろうが」

「じゃ、じゃあ、そちらの学校に転校すればいいんですか」

半分本気でいったのにキングコブラは顔を真っ赤にして、

「おちょくっとるんか、きさんッ」

がきッ、と顎が鳴って目の前が暗くなった。倒れた拍子に背中を地面に打ちつけて息が詰まった。無理に呼吸をすると咳がでて視界が涙でかすんだ。

痛む顎をさすりながら半身を起こすと、キングコブラはにたにた嗤って、

「きょうは自分から吹っ飛ぶ前に仕留めてやったど」

「ようし、次はおれの番や」

Ｍの字に胸ぐらをつかまれて、ひきずりあげられた。抵抗するまもなく胃袋のあたりに拳が食いこんだ。内臓をえぐるような痛みに腹を押さえてうめいた。

「や、やっぱり、話しあいは無理みたいですね」

胸ぐらをつかまれたまま上目遣いでいった。そのとき、Mの字の目にかすかな狼狽の色が浮かんだ。単に感想を述べただけで、おどすつもりはまったくなかったが、ぼくの態度がそう見えたのかもしれない。事実、胸ぐらをつかむ力はゆるんでいるし、Mの字は体をひいている。

いまこそ、多羅尾に習った技を使うチャンスだった。

Mの字のガードはガラ空きだから、目潰しでも水月でも金的でも狙える。とはいえ、もし失敗したら、いまよりもっとひどい目に遭わされるだろう。成功したとしても、まだキングコブラがいる。

万が一ふたりとも倒せたら、それはそれで相手のダメージが心配だった。力の加減がわからないだけに、うかつに手をだすと眼球を損傷したり、股間を使いものにならなくしたりするかもしれない。それで警察沙汰になったら陽子とつきあうどころではない。

そんなことを考えたのは、ほんの一瞬だったが、Mの字もほんの一瞬で気力をとりもどしていて、次のパンチが鼻に飛んできた。ツーンとした痛みに鼻を押さえると、なまあたたかい液体が指のあいだからしたたり落ちた。

このあいだは鼻水だったが、きょうは本物の鼻血だった。それを見たとたん、恐怖でいたたまれなくなった。必死でMの字の手を振りほどくと四つん這いで逃げだした。

「待たんか、こらッ。まだまだこれからや」

キングコブラとMの字が追いすがってくると、ぼくを両脇から抱えあげた。絶望的な状況に宙をあおいだとき、路地のむこうに巨大な黒い影があらわれた。

とたんにキングコブラとMの字が、うわッ、と声をそろえて叫んだ。

それは長ランを着た巨大な男だった。

茶褐色の髪は炎のように逆立ち、彫りの深い褐色の顔に無数の傷が走っている。身長はゆうに百八十を超え、首はレスラーなみに太く、広い肩幅はアメフト選手を思わせる。男は長ランをマントのようにひるがえして、こっちに近づいてくる。

「やべえッ」

「店に入るぞ」

キングコブラとMの字は、ぼくの肩をつかんだまま紫留美亜に駆けこんだ。そのまま店の奥に連れていかれてテーブル席に座らせられた。テーブルにはインベーダーゲームがついている。

「ゴンドーがきたぞッ」

キングコブラが叫ぶと、クラショーの男たちがどよめいた。ゴンドーという名前は聞いたことがあるが、誰だったのかすぐに思いだせない。

カランカランとドアベルが鳴って、長ランの男が店に入ってきた。まわりの男たちは、ぼくのときとちがって顔をあげようとしない。

誰もがうつむいて、なにかに耐えるように沈黙している。イボイノシシに似たウェイトレスがキッチンからでてきたが、すぐにひっこんだ。

「さあインベーダーしよう。インベーダーインベーダー」

隣に座ったキングコブラがわざとらしくつぶやいて、ぼくを肘でこづいた。

仕方なく百円玉をだしてゲームをはじめたが、さっきの男が気になって、こっそり顔をあげた。ゴンドーと呼ばれた男は誰かを捜すように店内を見まわした。

切れ長の鋭い目は獣じみた光を放っている。クラショーの連中はテーブルに顔がつきそうなほど下をむいて身じろぎもしない。

「――おらんのう」

ゴンドーはドスのきいた声でつぶやいた。誰も返事をしない。ゴンドーのそばのテーブルでは、リーゼントの男がうつむきかげんでカツ丼を食べている。喫茶店にカツ丼があるのも妙だったが、もっと妙だったのはゴンドーの行動だった。

ゴンドーは不意に足を止めると、一般人の倍はありそうな掌で男の頭をつかんだ。と思ったら、おもむろに頭を押さえつけた。

男は、ものもいわずに顔を丼に突っこんだ。

ゴンドーは周囲をにらみつけながら、なおも頭を押さえつけた。男は丼に顔を突っこんだ状態で小刻みに体を震わせると、水を掻くように両手を振った。男の顔に圧迫されて、食べかけのカツや飯が丼からはみだしてきた。

次の瞬間、ばきッ、と音がして丼が放射状に割れた。

男は割れた丼に顔を突っ伏したまま動かなくなった。ゴンドーは男から手を放すと、踵をかえして店をでていった。

店内はまだ静まりかえっている。仲間がリーゼントの男を抱き起こして、

「まだ生きとる。気絶しとうだけや」

ようやくわれにかえってゲームを続けた。ゲームなんかしたくないが、ぼんやりしていたら、また誰かにからまれそうだった。

しかしキングコブラとMの字は、ぼくどころではないらしく、

「助かった」

「皆殺しにされるかと思うたわ」

ふたりは大きな溜息をついた。

しばらくしてキングコブラが思いだしたように、ぼくを肘でこづいて、

「おまえ、まだおったんか」

「なん勝手にインベーダーしよんか。どうせ下手なくせに」

Mの字がそういって画面を覗きこむと、おい、とキングコブラに声をかけた。

ああん？　とキングコブラはだるそうに答えた。

が、スコアに目をやったとたん、Mの字と顔を見あわせた。

「こいつ、むちゃくちゃ上手やんか」

ふたりは同時に叫んだ。

五月の下旬に入って、夏を思わせる晴天が続いた。

ゲッキョク部のおもな活動は休み時間のたび、駐車場に駆けこむことだ。晴れだろうと雨だろうと活動に休みはない。むろんニコチン補給が目的だから、あたりには野焼きでもしているみたいにタバコの煙がたちこめる。

二〇一六年の男子高校生は、あぶらとり紙や毛穴パックで肌の手入れをし、デオドラントやフレグランスで消臭に励んでいるが、彼らにそんなものは無縁だ。

みな汗まみれの顔に不精髭を生やし、男性ホルモンが学ランを着ているみたいにむさ苦しい。ぼくは一線を画しているつもりだが、タバコは吸うようになったしウンコ座りも平気になった。

祖母の財布から金もくすねるとあっては、いっぱしの不良である。この時代にじわじわと染まっていくのが心配だったが、ゲッキョク部の面々は、ぼくを同類あつかいしてプライベートなことに干渉してくる。

特にうるさいのが須藤と鳴海で、

「百鬼、最近つきあい悪いぞ。女に振られて頭いかれたんか」

「愚濡人にも顔ださんけど、かあちゃんが病気とか嘘やろ」

このところ、ぼくが早めに帰るのに文句をつけてくる。

「夕方に帰るちゅうことは――」

大法はそういって「チロルチョコ」を齧ると、

「プレイガールの再放送で、センズリこきよんやねえんか」

ふッ、と滝野が嗤った。きょうはまだ雀荘にいっていない。

「そうやかましいうなちゃ。百鬼はかあちゃんの具合が悪いんやけ」

屋守だけはあいかわらずフォローしてくれるけれど、友人としての配慮ではないらしく、いまだに意味ありげな視線をむけてくる。

もっとも祖母の具合が悪いというのは嘘で、事情を知っているのは秀丸だけだ。といって秀丸を信頼しているわけではない。

毎日くっついてくるから、嘘をつき通せなかっただけだ。誰にもいわないよう口止めしてあるが、うっかり秘密を漏らしそうでひやひやする。

ぼくがなぜ早めに帰るのか。

ほんとうの理由は、放課後に紫留美亜に通っているからだ。

あれから――キングコブラとMの字に殴られた日から、クラショーの連中にインベーダーを教えるはめになった。いうまでもなく腕前を見込まれてのことで、ゲームを教えるのを条件に紫留美亜への出入りを許可された。

ぼくの取り柄はゲームしかないのかと思うと情けなかったが、暴力的な解決は社会性に反する。平和的な交渉ができたのは、ほめられてもいいだろう。

ひとりで紫留美亜にいるという難易度の高いミッションをクリアできたのは、あのときゴンドーという男があらわれたからだ。結果的には幸運だったが、ゴンドーの姿を思いだすと、いまだに背筋が寒くなる。

キングコブラとMの字に聞いたところでは、ゴンドーはハナコー――門字の花畑工業高校の一年生でありながら、すでに番長だという。

あんなラオウかゴルゴ13かアレキサンダー大王みたいな男が実在するのも、あの老けかたで高校一年生というのも信じられなかった。紫留美亜の件は伏せてゴンドーを見かけたというと、みんなは一様に顔をこわばらせた。

須藤は頭痛がするといって指でこめかみを押さえ、鳴海は無言で唾を吐き散らした。秀丸は中学のときに道ですれちがっただけで腰が抜けたといい、滝野は雀荘にいくといってそそくさと帰り、大法はチロルチョコを吐きだすと、ヌガーで歯の詰めものがとれた、といった。屋守は沈鬱な表情で嘆息して、

「ゴンドーはもうじき、うちにくるやろう」

あんな化けものが、なぜうちの学校にくるのか。怖くなって理由を訊くと、

「噂で聞いたんやけど、中学ンとき、自分を裏切った奴を捜しとるらしい」

そういえば、ゴンドーは紫留美亜で誰かを捜している様子だった。

「うちの学校に、そういう生徒がいるのかな」

「わからんが、みなゴンドーを裏切るような肝っ玉はなかろう。ちゅうても、とばっちり食うたら殺される。せいぜい気ィつけるこっちゃ」

その日の放課後もいつものように、みんなより先に帰った。

電停からチンチン電車に乗ると、期待と不安で胸がどきどきした。

きょうはいよいよ、陽子に声をかけるつもりだった。ひとりで紫留美亜にいられたら、ぼくとつきあうという約束だが、はたしてどうなるのか。
一　ツンデレを発揮して、しなだれかかってくる。
二　しぶしぶ交際に応じる。
三　なにかしら理由をつけて交際を断る。
四　そんな約束はしてないとしらばっくれる。
五　ガン無視する。
冷静に考えて一はないだろう。二ならまだしも、三以降のような気がして不安になる。

いや、それ以前に陽子は、この電車に乗ってくるだろうか。

白金町の電停が近づいてくると、座席に両膝を乗せて子どものように窓の外を覗いた。

電停の行列に陽子の姿があって、胸が高鳴った。

しかし本番はこれからである。雑魚町に着くまで待って、ひさしぶりに声をかけると、陽子はひとをバカにしたような薄目でこっちをにらんで、

「あたしに話しかけたってことは、約束を守れるんやろね」

「うん」

「いまから、あの店にいってもええと？」

「いいよ。ただ、あそこは感じ悪いから、外で待ってて欲しいんだ」

「外で？」

「ぼくがあの店にひとりでいられるかどうかは、外から見たってわかるだろ。きみがそれを確認したら、よその店にいこうよ」

「なんか裏がありそうやね。だましたら、これっきりよ」

ぼくはびくびくしつつ、うなずいた。

雑魚町で電車をおりて紫留美亜にいくと、陽子を外で待たせて店に入った。クラショーの連中は、きょうもテーブルに百円玉を積みあげてインベーダーゲームに精をだしている。店内を見まわしていたら、キングコブラとＭの字が手招きして、

「おうセンセイ。きょうも頼むで」

「もうじき二年生の奴らと勝負するけ、はよ上達さしてくれ」

ぼくは彼らの席に座ってアドバイスをすると、適当なところで腰をあげた。どこいくんか、とキングコブラが不審そうな表情で訊いた。

タバコを買いにいくとごまかしたが、Ｍの字は首をかしげて、

「マイルドセブンなら店に置いとるど」

「いや、たまにはちがうのが吸いたいから」

「なら、おれのを吸え」

ショートホープを差しだした。ぼくは一瞬口ごもってから、

「ごめん。ラークが吸いたいから」

「贅沢いうな、きさんッ」

「どん臭いくせにラークやら吸わんでええんよ」

キングコブラとMの字に頭をはたかれたが、なんとか店をでるのに成功した。陽子を急かして紫留美亜から離れると、さっそく感想を訊いた。

うーん、と陽子はむずかしい顔でうなって、

「なんかズルしたみたいな雰囲気やったけど――」

「そ、そんなことないよ」

「そう？　こないだの奴らにからまれとったやん」

「で、でも、あの店にひとりでいるって条件はクリアしただろ」

ま、ええか、と陽子は白い歯を見せて、

「約束どおり、つきあってあげる」

この時代にタイムスリップしたことに、ぼくははじめて感謝した。

7

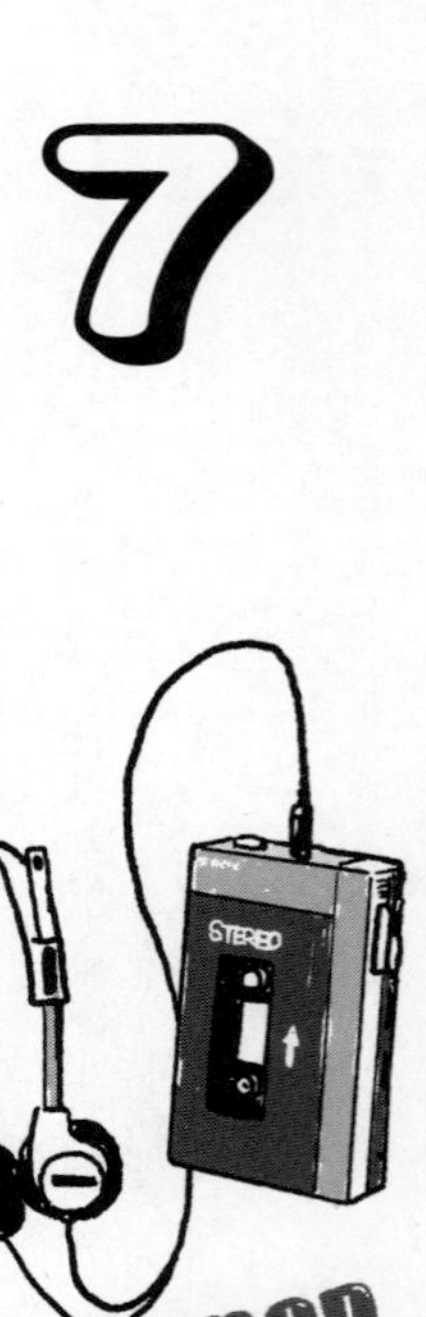

きょうこそは晴れて欲しかったのに、朝から小雨が降っている。

六月に入ってまもない日曜である。窓の外を眺めてむかついていたら、ラジオの天気予報が午後から曇りになるといった。

「よしッ。曇りなら許す」

ひとりごちて勉強机の前に座った。洗面所から持ってきた手鏡を国語辞典に立てかけて「バイタリス」という整髪料の瓶を手にとった。鼻にツンとくる液体をてのひらに落とし、髪になすりつけたらテカテカした艶がでた。

秀丸に勧められて買ったプラスチックの細長いクシで髪の両サイドを撫でつけると、

なんとなくリーゼントふうになった。未来にいた頃ならぜったいNGの髪型だが、この時代になじんできたせいか、かっこよく見える。

背後のラジカセからはFM放送が流れてくる。いつのまにか音楽番組がはじまって、

「続いての曲は矢沢永吉さんで『時間よ止まれ』です」

とDJがいった。

まもなく、いかにも夏らしいメロディが流れだした。

ぼくはタバコに火をつけて鏡を覗きこんだ。眉間に皺を寄せて煙を吐きだすと、われながら渋い表情に見える。

きょうは昼から陽子と逢う予定だ。

陽子が交際をオッケーしてから、学校帰りに喫茶店にいったり散歩をしたり、何度か健康的なデートをした。だが休日に逢うのは、はじめてだった。

陽子とは一緒にいるだけで楽しいが、いままでのデートは盛りあがりに欠けた。喫茶店のテーブルでむかいあっても、育った時代がちがうせいで共通の話題がない。

「陽子ちゃんは、お笑い芸人とか誰が好き？」

「ヤスキヨかレッツゴー三匹かなあ。地元の芸人だと、ばってん荒川」

「じゃあ映画俳優は？」

「勝新太郎とか田宮二郎とか、あと天知茂と岸田森も好き」

「じゃ、じゃあ、好きなアニメは？」

「もーれつア太郎とか妖怪人間ベムとかムーミンとか、まんが日本昔ばなしも好き」

「そうなんだあ」

「あたしにばっかり訊いて、百鬼くんはなんが好きなん」

そういわれると、たちまち返事に詰まる。うっかり未来のことを喋りそうになるから、うかつなことはいえない。なにか気のきいたことをいわなければと緊張して、

「よ、陽子ちゃんの将来の夢はなに？」

青年の主張みたいなことを口走ってしまう。また質問？と陽子は唇を尖らせて、

「夢はふつうの主婦。でも結婚するまでは親に頼りたくないけ、手に職をつけたい」

「職って、どんなところで働きたいの」

「まだはっきりせんけど、料理が好きやけ食堂なんかええな」

「んー、でも個人商店は大変じゃないかな。外食産業もファストフードや大手が進出してくるし――」

「え、そうなん」

「いやあの、だいぶ先の話だよ」

つい未来のことを口にして焦った。

「百鬼くんは将来なんになりたいと？」

「えーと、公務員とか大企業に勤めるとか――」

「なんか地味やね」

「でも安定してるから。ブラック企業とか入りたくないし」

「ブラック企業？」

「いや、あの、だめな会社のこと」

「ふーん。でも若いのに安定したいとか、百鬼くんってしっかりしとうね」

この時代は就職に安定を求める若者はすくないらしい。

歴史の教科書では、たしかバブル崩壊は九〇年代のはじめだったから無理もないと思いつつ、話が嚙みあわないのがじれったい。

そんな調子だから、陽子とはまだ手もつないでいない。きょうのミッションは最低でも手をつなぐとして、できればキスまで持っていきたい。鏡を見ながら鼻息とともに煙を吹きだしたとき、階段でどたどた足音がした。

あわててタバコを揉み消すと祖母が部屋に入ってきて、ちょっと、と叫んだ。てっきりタバコを吸っていたのを咎められると思ったら、

「それをかえしっちゃ。いまから買物いくんやけ」

いきなり鏡を奪いとった。祖母はぼくの髪型を見て鼻を鳴らすと、

「まあた色気づいとうごたるが、見てくればっかいじったって、つまらんばい。あんた知っとうかね。南沙織と篠山紀信が結婚するんよ」

「さあ、どうでもいいよ」

「男はきちっと仕事せな。篠山紀信を見てん。あげないかつい顔でも仕事ができたら、

南沙織みたいなべっぴんさんと結婚できるとよ。あんたもちゃんと勉強せな」

陽子と待ちあわせたのは、大倉駅前にある祇園太鼓の銅像の前だった。

スマホもメールもないから、待ちあわせはいつも緊張する。未来なら漠然とでも場所を決めれば、あとはスマホで連絡をとりあいながら逢えるのに、この時代は一発勝負でミスは許されない。

待ちあわせをするには前もって時間と場所を決めておくか、逢う直前に電話で連絡をとりあうしかない。この時代、電話といえば公衆電話か自宅の固定電話だから、どちらかが自宅にいるか、連絡のとれる店や場所にいる必要がある。

むろん電話番号は暗記するか、メモしておく。もし電話番号を忘れたり、メモをなくしたりすれば一巻の終わりで、先方から連絡がない限り、それっきりになる。

時間にルーズな性格を矯正するにはいいが、毎回どきどきするのは心臓に悪い。とはいえ待っているあいだ不安なぶん、逢ったときの喜びは大きい。きょうも陽子の顔を見たとたん、頬がゆるみっぱなしで困った。

これでは萌え属性でいうところの「病んデレ」だ。未来にいるときに見たネット辞書にはハッピーエンドになりづらい属性で、しばしば「鮮血の結末」を迎えると書いてあった。鮮血の結末は迎えたくないし、きょうは渋く決める予定なのだ。

気合を入れなおして、たるんだ顔を引き締めた。いっぱしの不良を気どって、両手を

ズボンのポケットに突っこみ眉間に皺を寄せていると、

「どうしたん、そんな顔して。どっか具合悪いと？」

陽子は心配そうな表情で顔を覗きこんできた。

「い、いや平気だよ。具合悪そうに見える？」

「だって髪も逆立っとうし、すごく苦しそうな顔しとるけん」

病人あつかいされるとは心外だったが、眉間の皺をゆるめて、

「なんでだろ。腹が減ったからかな」

「じゃあ、なんか食べようよ」

陽子に連れられて筒井屋というデパートにいった。

未来のデパートは地下に食料品売場があって、あとはファッションばかりだが、この時代は家電、家具、インテリア、寝具、カメラ、玩具となんでもそろっている。最上階にはペット売場があって、犬や猫や小鳥や熱帯魚まで売っている。

陽子はケージのむこうの仔犬を指であやしながら、

「懐かしいな。ちっちゃいとき、しょっちゅうここにきとったけ」

「ひとりで？」

「ううん。かあさんが買物しとるあいだ、ここで待っとったと」

「退屈だっただろ」

「ぜんぜん。動物見よったら飽きんもん」

「犬が好きなの」

「犬も猫も好き。百鬼くんは？」

「どっちかっていうと猫かな。スコティッシュとかマンチカンとか」

陽子は目をしばたたいた。あわてて三毛猫が好きだと訂正した。スコティッシュもマンチカンも一九七九年の日本にはいないらしい。

屋上にでるとメリーゴーランドやゴーカートといった遊具からピンボールやメダルゲームやクレーンゲームまで、レトロなゲームがそろったゲームコーナーがある。

親子連れや子どもたちが笑顔で遊んでいるのを見て、すこしうらやましくなった。ゲームなら未来のほうが何百倍も進んでいるけれど、未来のデパートやショッピングセンターにこんな施設はない。夕方の屋上は、中高生のカップルやガラの悪い少年たちがたむろしているだけだ。

軽食コーナーで焼そばを買って、テラスのテーブルで食べた。

アルミホイルに包まれた焼そばはソースが薄くて具はモヤシばかりだったが、彼女と食べればなんだって美味しい。

問題は会話が盛りあがらないことで、じわじわテンションがさがっていく。髪型ばかり気にして、デートの段取りを考えていなかったのもまずかった。

話があわないせいか、ときおり陽子はさびしそうな表情を見せる。

こういうときはギャグでもかまして、彼女の気持をなごませるべきだと思うが、ウケそうなギャグを思いつかない。

ぼくは過去の、いや、この時代では未来の一発ギャグを次々に思い浮かべた。「残念！　ナントカ斬り！」に「ゲッツ」に「なんでだろー」に「フォー」に「ヒロシです」に「ぽっぽぽぽぽ」に「キレてないですよ」に「ルッキングー」に「うしくん、カエルくん」に「三の倍数と三がつく数字のときだけアホになります」に「ルネッサーンス」に「そんなの関係ねえ」に「ミュージック、スタート！」に「ラブ注入」に「ワイルドだろう」に「あったかいんだからぁ」に「もしかしてだけど」に「ダメよ〜ダメダメ」に「ラッスンゴレライ」に「安心してください」と順不同で記憶をたどったが、どれも自分でやるのは寒い。

そもそもこの時代には、寒いという表現すらないのだ。

といって「なにかおもしろいことない？」と相手に話を振るのはバッドチョイスで、別れる前兆だとなにかで読んだ。これが未来ならスマホで写真を撮ったり、写メやスマホアプリのお宝を見せたりして話題を作るのだろう。

ぼくは進退窮まってトイレに立った。ひとが席をはずすと、高速でスマホをいじりだす連中が多いけれど、それも未来のことであって陽子はじっとしている。

洗面所で顔を洗ってもどってくると、ねえ、と陽子がいって、

「百鬼くんは、あたしと逢ってて楽しい？」

恐れていた台詞を口にした。

「も、もちろん楽しいよ。どうしてそんなこと訊くの」

「だって退屈そうやけ」

「そんなことないって。やりたいことが多すぎて、つい考えこんじゃうんだ」

「やりたいことって、たとえばなん？」

手を握りたいとかキスしたいとか、本音をいうわけにはいかず、

「そうだ。映画観にいこうか。この前は、ぼくのせいでいけなかったし」

陽子は笑顔でうなずいた。

自分から映画といいだしたくせに、これといって観たいものはなかった。映画館もどこだってよかったが、西映会館はトイレでからまれただけに鬼門である。

迷った末に、繁華街からすこし離れたSY竹松という映画館にいった。

映画のタイトルは「復讐するは我にあり」で、実在した連続殺人鬼を描いた内容は、どう考えても高校生のデートにはむいていなかった。しかし陽子は平気な顔で、

「こういうの観たら、ときどき犯人を応援してしまうと。変かな？」

「変じゃないよ。ぼくなんかいつもだよ」

「それは極端やと思うけど」

うわの空で答えて失敗したものの、ほんとうは映画どころではなかった。

手をつなぐというミッションを果たすために、陽子の席に手を伸ばしてはひっこめるのを繰りかえしていたからだ。思いきってギュッとやるのは変態みたいだし、じわりと

触るのも痴漢のようで、結局なにもできなかった。

映画のあとは金天街をぶらついた。

夕食をなんにするか決められず右往左往していると、陽子の表情がしだいに曇りはじめた。優柔不断と思われたくなくて、いやすでに思われていそうだった。

焦った末に「なんば」というお好み焼屋に入った。

昼は焼そばだったから粉ものばかりだが、値段が安そうなのがよかった。もんじゃ焼みたいに自分で焼くタイプの店で、それぞれのテーブルに鉄板がある。

メニューを見たら具の量によってシングル、ダブルとあったが、その上がミックス、さらにその上がゴックスとある、ダブルの次はトリプルではないかと思いつつ、ゴックスというのがもっとわからない。

「トリプルの次はフォースで、その次はフィフスだよね、いや待てよ。カルテット、クインテットかな。いや、クアドラなんとかだっけ」

「ようわからん。とにかく具が五種類入っとるんよ」

陽子はそっけなくいった。

ぼくと陽子はミックスを注文したが、自分で焼くのははじめてだから要領がわからない。具をかきまぜた生地を鉄板に延ばし、片面を焼いた。

順調だったのはそこまでで、裏返すのが恐怖だった。ヘラを両手に思いきって裏返すと、生地が崩壊してイカやエビやコーンがあたりに散らばった。

「ちょっと貸して」

陽子はヘラをひったくると、崩れた生地をきれいにまとめてくれた。そのあと彼女は自分のお好み焼を手際よく裏返した。

「すごい。陽子ちゃんは、やっぱり料理むいてるよ」

「そうかな。これくらい誰でもできるよ」

陽子はそう答えてから、ぼくが固まっているのを見て、

「ごめんごめん。百鬼くんがだめって意味やないけん」

お好み焼屋をでると、外はもう暗くなっていた。

楽しいときはいつだってそうだが、どんどん時間が経っていくのがわびしい。もっと一緒にいたかったが、陽子はそろそろ帰るという。

陽子の家は隣町の戸田にあるから、帰りは国鉄だ。駅まで見送る途中、紫留美亜の前を通りかかって、ひやりとした。

陽子とつきあいはじめてから、紫留美亜には一度もいっていない。いまさら顔をだす必要はないが、インベーダーを教える約束を破っただけに、クラショーの連中は怒っているだろう。

紫留美亜の前をすぎて安堵したら、見おぼえのある男たちが歩いてきた。パンチパーマで眉毛を剃った男と、チリチリのリーゼントでサングラスをかけた男がちらちらと視

線をむけてくる。

陽子と最初に待ちあわせをしたとき、ぼくから金をたかった奴らだった。奴らに逢うのを警戒して西映会館を避けたのに、どうしてこんなところで顔をあわせるのか。

陽子とつきあうのに手間どったのは奴らのせいだ。あのときのことを思いだすと、怒りがこみあげてくるが、文句をいう勇気はなかった。

なにかいったら、たちまちケンカになるだろう。しかし年上のふたりを相手に勝てるはずがないし、陽子の前でみじめな姿をさらすのは厭だった。陽子はなにも気づかない様子で、化粧品店のショーウィンドーを覗いている。

ぼくは目を伏せると道路際に体を寄せた。そのままやりすごそうとしたとき、

「おいおいおい」

めざとく声をかけられて、がくりと肩の力が抜けた。

眉なしとサングラスは厭な嗤いを浮かべて、

「誰かと思うたら、こないだの兄ちゃんやんか」

「妙な頭しとうけ、わからんかったぞ」

見つかってしまった以上、無視するわけにいかなかった。ここで弱気な顔を見せたら、またからまれるにちがいない。ぼくは勇気をだして、

「このあいだの二千円かえしてよ。それと財布も――」

はあ？　と眉なしが首をかしげた。

「誰にむこうて、そげなこといいよん」

「あれは迷惑料やろうが。おまえが勝手に、おれだんのハンカチ使うたんやけ」

そんな細かいことをよくおぼえていると思いつつ、

「ハンカチ使ったからって、ひとを殴ったうえに金を盗んでいいの」

「あらら。この兄ちゃん、また因縁つけてきようぞ」

「ひとを泥棒あつかいすんなっちゃ。話つけちゃるけ、こっちこい」

サングラスに胸ぐらをつかまれ、眉なしから髪をひっぱられた。

ああ、まただめだ、と思ったとき、

「ちょっと、あんたたち、なんしようと」

陽子が鋭い声をあげて近づいてきた。

こっちにくるなといいたかったが、喉がつかえて言葉にならない。

「なんか、この女」

「もしかして兄ちゃんのスケか」

「そうよ。悪い？」

陽子は険しい顔で眉なしとサングラスをにらみつけた。ふたりは顔を見あわせてから、
大声で笑いだした。サングラスは、ぼくの胸ぐらをつかんだまま、

「姉ちゃん、こんな根性なしとつきあうなや」

「よけいなお世話よ。この腐れ男が」

眉なしがぼくの髪から手を離すと、肉だけの眉をひくひくさせて、

「ひとがおとなししとったら、なん調子乗っとんか。ぶち殺すぞ、きさんッ」

「あ、そう。やったらええやん」

陽子は平然として眉なしの前に足を踏みだした。

このままでは彼女がやられる。サングラスを振りほどこうと必死でもがいていたら、

「おもろいのう、姉ちゃん。女やけ手ェださんと思うたら、大まちがいぞ」

いくぞこらッ、と眉なしが怒鳴って拳を振りあげた。

「やめろッ」

思わず叫んだ瞬間、あッ、と眉なしがつぶやいて拳をおろした。

眉なしは、さっきとは打って変わって落ちつきのない表情で、サングラスになにか耳打ちした。サングラスは狼狽した表情で胸ぐらから手を離した。

ふたりは踵をかえすと、逃げるように去っていった。ぼくはそれを見送りながら、

「あいつら、どうしたんだろう」

「さあ」

陽子は何事もなかったように首をかしげた。

「もしかして、知りあいなの？」

「ううん。さ、いこう」

陽子は、ぼくの手をとって歩きだした。

彼女の手は細くてすべすべして、ほんのり温かかった。意外なところで手をつなぐというミッションはクリアしたが、なんとなく割り切れないものが残った。

先週から梅雨入りして、ぐずついた天気が続いている。

雨の日のゲッキョクでは民家の壁に貼りついてタバコを吸う。

リーゼントやパンチパーマの男たちが軒下にならんで煙を吐きだしている光景は牧歌的でもあり、おぞましくもある。

みんな眉間に皺を寄せて物思いに耽っているような顔つきだが、実際にはなにも考えていないか、どうでもいいことを考えているかだ。

そういうぼくも例外ではなく、先週の中間テストはお話にならない点数だった。

まったく勉強していないわりに、ほとんどの教科が九十点以上だったが、恐ろしく偏差値の低い学校だけに、ぜんぜんうれしくない。

それどころか、わずかでも不正解があったことにぞっとする。これが未来で入学するはずだった清流学園なら、学年最下位だったかもしれない。

周囲の影響か、ぼくの知能は急激に低下しているようだった。そんな成績でも、この学校では優秀なほうに属するから、クラスみんなの尊敬を集めた。

クラスのなかでもゲッキョク部の面々は群を抜いて成績が悪く、彼らの答案用紙にはとんでもない解答がならんでいた。

須藤は「食塩の主成分はなにか」という化学の問題に「塩化サナトリウム」と書き、鳴海は「アルファベット二十六文字を大文字で書け」という英語の問題に「ＡＲＵＦＡＢＥＴＵＴＯ」と二十六回書いていた。

大法は「円の面積の求めかたを答えよ」という数学の問題に「パイアールの事情」と書いていた。もっとも、ぼくの父も「三角形の面積の公式は」という問題に「底辺かける高さ丸み」と書いたから、笑えない部分もある。

滝野は「好きな四字熟語を書け」という国語の問題に「立直一発」と書き、秀丸は「大航海時代に世界一周したのは誰か」という歴史の問題に「船乗り」と書いていた。

屋守は年の功で、みんなほどひどい点数ではなかったが、それでも「人間は空気中の酸素を吸って、なにを吐きだしているか」という生物の問題に「エクトプラズム」と書いていた。

中間テストでこんな低レベルな問題をだす高校もひどいが、それに答えられない生徒もすさまじい。しかしみんなは真剣な顔で、ぼくの成績をうらやんでいる。

「やっぱり百鬼はすごいど。ぜんぜん勉強せんのにテストの点数はええんやけの」

屋守はあいかわらず百鬼宇宙人説を展開して、ぼくの異常性を強調する。

「おまえ、カンニングしたんやねえんか」

と須藤はいったが、鳴海が首をかしげて、

「うちのクラスで誰をカンニングするそか。したほうが点が悪なろうが」

「やけん、カンニングペーパーを見たかもしれんやろ」

うちの学校のテストでカンペを見るようでは、学生として終わりだと思ったら、

「こんだけ成績よかったら、百鬼は大学いけるのう」

大法が「あたり前田のクラッカー」を食べながらいった。屋守がうなずいて、

「堂南高校から大学いくんは、念力でスプーン曲げるよりむずかしいかもしれんの」

比較の対象がよくわからないが、みんなの成績ではたしかに大学へ進むのは大変だろう。けれども未来の学生だって、たいして勉強はできない。

ゆとり教育の弊害か、教えかたが悪いと教師に難癖をつけたり、ろくに勉強もしないで投げやりになったり、いいかげんな学生もたくさんいる。そんな連中でも大学に入るが、この時代の学生はどうするのだろう。

みんなに進路を訊くと、当然のように就職すると答える。ヤンキーにありがちな早く結婚して、早く子どもを作ってというパターンかもしれない。が、この時代はヤンキーばかりだから、単純に決めつけるわけにはいかない。

「就職するなら、やっぱり公務員とか大企業とか、安定した職場がいいよね」

陽子から夢がないといわれた質問をしてみると、鳴海が地面に唾を吐いて、

「安定やらしとうないわ。おれあ自動車工場かバイク屋がええ」

「で、でも会社がちゃんとしてたほうがいいでしょ」

「そらそうやけど、最後は自分の腕よ。どげな仕事でも腕がありゃ飯食えるやろ」

「おれも腕を磨くよ。豚骨ラーメンの店で修業したい」

と大法がいった。やめとけ、と須藤がいって、

「おまえは食いすぎで死ぬちゃ。なしラーメン屋で働きたいんか」

「先で店だしたいけよ。須藤はどうするんか」

「おれあ家の魚屋継ぐわ。そんときは秀丸を丁稚で雇うちゃるけの」

「ええちゃ。おれは筒井屋で働くけ」

「おまえがデパートやら勤まるわけなかろうが。屋上で金魚すくいでもするんか」

「ちがうちゃ。ふつうの売場がええんよ」

須藤が秀丸の頭をはたいて、

「ならエレベーターガールか、化粧品売場の姉ちゃん紹介せい」

秀丸がデパートに勤まるわけがないと数秒前までいっていたのに、一瞬で女を紹介しろといいだすとは、発想が斜め上すぎる。

秀丸はもうデパートに採用された気になったのか、へらへら笑って、

「滝野は、将来どこで働きたい？」

「やっぱり雀荘か」

屋守がそう訊いたときには、肩をそびやかした後ろ姿が雨のなかを遠ざかっていた。

「屋守くんは、どこに就職したいの」

そう訊ねると、屋守はタバコの煙を吐きだして、

「まだわからんけど、できたら映画俳優がええの」

「映画俳優？」

「おう。こないだ死んだジョン・ウェインみたいな国民的俳優よ」

ジョン・ウェインがどんな俳優か知らないが、スター・ウォーズのヨーダ役ならノーメイクでできるだろう。まあ、とりあえずは、と屋守は続けて、

「みんなと一緒に進級することやの」

「さすが大物はちがうわ」

「こういうのをタイゼンジシャクちゅうんよの」

泰然自若だろうと内心で突っこみを入れたが、須藤と鳴海は妙なところで感心している。屋守のように特殊な人物はべつにして、一九七九年はモラトリアムになりにくい時代のようだった。

パソコンもネットもゲームもないから、ひきこもりやニートになるのは退屈すぎる。コンビニやファストフードもほとんどないから、フリーターで生活するのもむずかしい。自宅警備員なんてジョークが生まれるのは、ずっと先の話だ。

その日は土曜だった。

午前中で授業が終わると、急いで帰り支度をすませて学校をでた。最近はインベーダー熱も落ちついてきて、以前のように愚滞人へ連れていかれることもなくなった。

朝から降ったりやんだりの天気だったが、陽子と逢うから気持は弾んでいる。チンチン電車で落ちあったほうが早く逢えるが、秀丸の目を警戒して駅前で待ちあわせた。

「いまからどこいくんか。いまからどこいくんか」

秀丸は予想どおり一緒の電車に乗ってきて、行き先を詮索する。

「どこでもいいじゃん。ちょっと用があるんだよ」

「今晩、鳴海くんちで麻雀するんよ。おまえもこいちゃ」

「いや、いいよ。麻雀なんかやりたくないし」

「おれが教えちゃるちゃ。麻雀くらいしきらな、就職してから苦労するぞ」

「なんで苦労するの」

「そらおまえ、会社の上司とか仲間とかのつきあいがあろうが」

未来はそういう時代じゃないと思いつつ、誘いを断って電車をおりた。

秀丸が駅までついてきたら面倒だったが、意外にあっさりひきさがって雀球とやらをしにいった。雀球というのは、麻雀をモチーフにしたパチンコのようなものらしい。

いつものように祇園太鼓の前で陽子と逢って、駅前の喫茶店にいった。

「クーミン」という名前の平凡な店で、これといって特徴はないが、値段が安いのと同年代の連中がこないのがいい。店内には山口百恵という歌手の曲が流れている。

「これ、去年流行ったよね」

陽子がそういってクリームソーダのストローを啜った。

「ええと、なんて曲だっけ」

「プレイバック Part2」

「そうなんだ」

ぼくは「レスカ」といってみたかったがために注文したレモンスカッシュを飲んで、酸っぱさに顔をしかめた。陽子はテーブルに頬杖をついて、

「百鬼くんって、テレビ観らんと」

「そんなことないけど、どうして?」

「最近の流行りとか、ぜんぜん知らんけん」

「そ、そうかな」

「気にせんで。べつに知らんでええんやけど、なんか不思議」

気にするなといわれたら、よけい気になる。陽子といまひとつ親しくなれないのは、やはり共通の話題がないせいだろう。

ただ逢って喋っているだけで、彼女という気がしない。親密の度合を一気に高めるには、もっと肉体的な接触が必要ではないか。というより、ぜひともそうしたい。きょうこそはキスという第二のミッションをクリアしようと思った。

祖母は団体の予約が入っているから、夕方には家をでるといっていた。陽子を誘って家でまったりすれば、そういう雰囲気に持っていけるかもしれない。

ムードのかけらもない家だが、ふたりきりでいられる空間はほかにない。クーミンで

だらだらと時間を潰したあと、軽い調子で誘ってみた。

「ええよ。あんまり遅なれんけど」

陽子はあっさり承知した。

胸のなかで快哉を叫んで、クーミンをでた。こんなとき家が駅から近いのは強みだ。

家に着いて様子を窺うと、うまい具合にもう祖母はでかけている。

「さあ、あがってあがって」

自分の部屋は見せたくなかったから、リビングに案内した。

陽子は物珍しそうに周囲を見まわしている。「ぶらさがり健康器」や「超音波美顔器」が目障りだから、それらを隣の和室に放りこんで、

「汚くてごめんね。ばあちゃんが、いや、かあちゃんが散らかすから」

「ぜんぜん汚くないし、広くてうらやましいよ。うちなんかアパートに越してから、せまいで身動きとれんもん」

「前は一戸建てだったの？」

「うん。今年の春に親が離婚したけ」

「――そうなんだ。コーヒーいれるから待ってて」

気まずいことを聞いたようで、あわてて席を立った。ふたりでインスタントコーヒーを飲んでテレビを観ていると、

「ねえ、百鬼くんの部屋はどこなん」

「に、二階だけど」

「見てもええ？」

本来は父の部屋だけに、ぼくの趣味はなにひとつ反映されていない。陽子にどう思われるか不安だったが、断るのも不自然だから二階に連れていった。

陽子は室内を見まわして、

「百鬼くん、映画好きなんやね」

「ま、まあね」

「大脱走、おもしろかったよね。大晦日にテレビで観た」

「う、うん」

秀丸のように、登場人物で誰が生き残ったかをいいだすのではないか。

そんな不安を感じていると、陽子は「太陽の恋人　アグネス・ラム」のポスターを指さした。彼女を部屋に案内する前に剝がしておけばよかったが、もう遅い。

「ラムちゃんも好きなん？」

「そうでもないよ。ただ貼ってるだけ」

ラムちゃんといえば「うる星やつら」しか知らない。

陽子は部屋の隅にあった灰皿に目をとめて、

「あれ、タバコ吸うん？」

祖母は、ぼくが喫煙者になっても気にしていない様子だった。

そのせいで無造作に灰皿を置いていたのがまずかった。ぼくは頭を掻いて、

「ちょ、ちょっと吸ってみただけだよ」

「ふうん」

「陽子ちゃんも吸ったことあるの」

「あるけど、好きやなかった。タバコより、お酒のほうが好き」

いかにもまじめそうな陽子が、タバコや酒の経験があるとは思わなかった。

が、そのとき黒いアイデアが閃いた。彼女と一緒に酒を呑んだら、どうなるのだろう。

ふたりともいい気分になったところで、第二のミッションをクリアするチャンスがめぐってくるのではないか。

幸いリビングのサイドボードには、祖母が店から持って帰ったらしいウイスキーやブランデーがいっぱいあるし、冷蔵庫にはビールもある。ぼくはどきどきしつつ、

「お、お酒なら、なんでもあるよ」

「だめよ。ひとんちで呑んだりできん」

「で、でも、ちょっとくらいなら、いいんじゃない？　ぼくも呑みたいし」

「百鬼くんって、お酒も呑むと？」

「ま、まあね」

酒といえば、中二の正月に日本酒をお猪口に半分呑んで、顔が真っ赤になった。それっきり呑んだことはないが、見栄を張った。陽子はすこし考えてから、

「じゃあ、ビールを一杯だけね」

「やった」

一階に駆けおりて冷蔵庫を開けたが、きょうに限ってビールがない。仕方なくサイドボードのウイスキーを持っていくことにした。ウイスキーはいろいろ種類がある。けれども、どれが美味しいのかわからない。

なんとなく「TORYS」というラベルの瓶を手にとった。ふたたび冷蔵庫を開けて冷凍室からだした氷をグラスに入れると、ウイスキーと一緒に二階へ持っていった。

要領のわからないまま、ふたつのグラスにウイスキーをなみなみと注いで、

「さあ呑もうよ」

張りきっていったが、陽子はほんのすこし口をつけただけでグラスを置いた。

「どうしたの」

「ちょっとしか呑めんよ。ウイスキーやもん」

「そうかな」

また見栄を張ってグラスを半分ほどあおった。たちまち喉が焼けて胃袋が燃えあがった。水を持ってこなかったのを後悔しつつも平静を装って、

「こ、こんなもんかな」

かすれた声でいった。陽子が目を見張って、

「すごい。お酒強いんやね」

まあね、といおうとしたら喉が詰まって咳きこんだ。キッチンで水を飲もうと思って立ちあがったとき、チャイムが鳴った。こんなときにいったい誰だろう。階段をおりてドアを開けたら、秀丸が立っていた。

「おう、麻雀しようや」

ぼくは喉をぜいぜいいわせて、かぶりを振った。

「いま忙しいから帰って」

「おまえ、声どうしたんか。はよ麻雀しよう」

冗談かと思ったら、麻雀牌が入っているらしい黒いケースをさげている。

「いいから、帰って」

「水臭いこというなちゃ。あがらせてもらうど」

秀丸が入ってこようとするのを必死で押しとどめて、

「いま、ひとがいるから――」

「ひと？　もしかして彼女か」

秀丸はにやつきながら玄関を覗きこんで、陽子の靴を指さした。

「気にせんでええちゃ。おれだん麻雀しよるけ、おまえは彼女と喋っとったらええ」

「――おれだん？」

「鳴海くんちが急にだめになったちゃ。おまえんちなら、夜はかあちゃんおらんけ大丈夫やろう。やけん、みんな連れてきたんよ」

おーい、と秀丸が叫んだとたん、どこに隠れていたのか、須藤に鳴海に大法に屋守がいっせいに顔をだした。滝野までいるのを見ると本気で麻雀をする気らしいが、こんな連中が入ってきたら陽子とのひとときが台なしだ。

悪夢のような状況のせいか酔いがまわったせいか、急に頭がくらくらしてきた。

「お邪魔しまあす」

ゲッキョク部の面々は、ぼくの制止を振りきって、ぞろぞろ玄関に入ってきた。こいつらと陽子を逢わせるわけにはいかない。

足をもつれさせながら二階に駆けあがった。陽子は腰を浮かせて、

「誰かきたん？」

「が、学校の友だち」

「じゃあ、あたし帰るね」

「ちょ、ちょっと待って——」

なんとか引き止めようとした瞬間、ぐるぐる視界がまわりだした。たまらず畳に座りこむと陽子は部屋をでていった。

入れかわりに、険しい表情の男たちがなだれこんできた。

「いつのまにか女やら作りやがって、許せん」

「友情より女を優先するちゃ、どういうことか」

「女は連れこむわ、ウイスキーは呑むわ、とんでもない不良やの」

みんなは口々に罵りながら、ぼくをどつきまわした。

いつもはやさしい屋守までがそれに加わって、

「宇宙人ちゅうのは、まちっとまじめやと思うちょったのに残念じゃ」

その頃にはすっかり酔っぱらって、いいわけをしようにも呂律がまわらない。逃げようにも立ちあがることすらできず、畳に横たわった。

薄れていく意識のなかで、ジャラジャラと牌をかきまぜる音が響いた。

七月のなかばをすぎて梅雨が明けた。

まもなく夏休みとあって同級生たちは浮き足だっている。夏休みはうれしかったが、手放しでは喜べなかった。わが家は、いまや雀荘と化しているからだ。

陽子を連れてきた夜をきっかけに、ゲッキョク部の連中はひまさえあれば押しかけてくる。彼らは、ぼくの部屋を占領してはコタツの天板を裏返した雀卓を囲んで、ポンだチーだロンだと騒ぎまくる。

どうせ勉強はしていないから学業に影響はないものの、せっかくの週末にプライベートな時間が持てない。夜だけならまだしも、たいていは徹マンになるから何人かは朝まで居座っている。

あげくに飯を食ったり昼寝をしたり、狼藉の限りをつくしている。このあいだは珍しく麻雀を途中でやめたと思ったら、みんなでテレビにかじりついて「太陽にほえろ！」

という刑事ドラマを観ていた。

ボンとかいう刑事が女性をかばって犯人に撃たれ、電話ボックスのなかで殉職する。須藤と鳴海はそれを観ながらしゃくりあげ、大法は「めん八珍」を啜りあげ、滝野はひとりで牌をツモりあげた。

「マカロニやジーパンほど迫力はないの」

「テキサスやスコッチと大差ないちゃ。次のスニーカー刑事ちゅうのも地味そうやの」

屋守と秀丸はマニアックな会話を交わしている。

番組が終わると、すぐさま麻雀がはじまった。おかげで自分の部屋に布団も敷けないし、一階におりてもジャラジャラうるさくて眠れない。たまりかねて文句をいったら、彼女との仲がどうなってもいいのか、と異口同音におどされた。

さすがに我慢できなくなって、けさ祖母に訴えた。

「ぼくじゃだめだから、あいつらになんかいってよ」

祖母はテレビのニュースを観ながら、

「サダム・フセインちゅうひとがイラクの大統領になるらしいね」

「そのひとは、もう死んだよ」

「まあた、そげな嘘をいう」

ぼくはうっかり未来のことを喋ったのを悔やみつつ、

「二階がうるさいから頭が混乱してるんだ。これじゃ、ぜんぜん勉強できないよ」

心にもないことをいうと、祖母は鼻息荒く二階にあがっていった。

これですこしは懲りるだろうと思いきや、誰も帰る気配がない。

不審に思って二階にあがると、祖母は真剣な顔で牌をツモっていた。ぼくが袖をひっぱっても動こうとしない。祖母は鮮やかな手つきで捨牌を横にして、リーチといった。

「みんなええ子ばかりやないの。麻雀くらいつきおうてやり」

「つきおうてって、そんなむちゃくちゃな――」

「もうちょっと待っとき、あんたも入れてやるけ。はい、それロン」

みんなを追いだすどころか、祖母までが週末の麻雀を楽しみにするようになった。

こうなったら、麻雀でみんなを負かして追いだすしかない。われながら安易な発想でメンバーに加わったが、未来のゲームでやったのとはまるで勝手がちがう。

滝野はいつも雀荘通いしているだけに別格だが、初心者の秀丸や、どう考えても下手くそな大法にまで負けて、反対に小遣いを巻きあげられた。負けをとりかえそうと、たびたび挑戦した結果、ますます深みにはまってやめられなくなった。

週末が麻雀で潰れるせいで、陽子といる時間がすくなくなった。

本来なら日曜にも逢いたいのに、土曜の夜は徹マンになるから翌朝は起きられない。起きたところで、あらたな勝負が待っている。

しかしいちばん気がかりなのは、逢う時間が減っても、陽子にさびしがる気配がないことだ。誘えば逢ってくれるが、声をかけなければそのままだ。

もしかすると陽子は、ぼくと義務的につきあっているのではないか。そんな疑念が湧いてくる。陽子との仲は平行線で、まったく進展していない。ぼくに魅力がないのが最大の理由にしろ、義務的につきあってもらうのは厭だった。

そう思うくせに、別れるのはもっと厭だった。陽子に本気で好かれたいし、彼女からも逢いたいといって欲しい。そのためにはどうすればいいのか。

ふつうに考えれば、まずは麻雀地獄を脱して、陽子と逢う時間を増やすべきだろう。ところがそんな気持と裏腹に、麻雀はやればやるほどおもしろくなってくる。二〇一六年の未来から、三十七年前にタイムスリップするという壮大な体験をしていながら、麻雀にうつつを抜かしていては話にならない。だが自己嫌悪に陥るのはひとりのときだけで、メンツがそろうと率先して牌を握る自分が情けなかった。

夏休みの初日、ぼくの部屋では例によって牌の音が響いていた。

もう昼前だというのに、ゲッキョク部の面々は寝不足の目をこすりながら卓を囲んでいる。いまはオーラスで、打っているのは須藤と鳴海と滝野と屋守、大法と秀丸とぼくは観戦組だ。

エアコンがない部屋に七人もいるから、たまらなく暑い。窓を開け放って扇風機をかけているものの、みんな汗まみれで室内は酸っぱい臭いがする。

ダントツでトップの須藤が親で四巡目にリーチをかけた。

ハコテン寸前の鳴海が噛みつきそうな顔で、

「きさん、トップ目のくせにリーチやらかけんな」

「親切でリーチかけてやっとんちゃ。ヤミで当てるよりよかろうが」

「しゃあしいちゃ。役満振りこましちゃるけの」

それポン、と北家（ペイチャ）の滝野がいって須藤が捨てた東（トン）を鳴いた。

滝野は三巡目で、すでに西（シャー）を鳴いている。

「いっちょんツモれんやないか。ふたりでせんで、おれにもやらしてくれ」

「滝野は、おれにツモあがって欲しいんちゃ。そうやろ、滝野」

ふッ、と滝野は嗤って前髪を掻きあげた。ふたたび須藤がツモって、

「あー、ウォークマン欲しいのう」

ウォークマン？　とぼくは訊いた。

「最近ソニーが売りだしたやんか。文庫本くらいの大きさで、歩きながらヘッドホンでカセット聞けるんぞ。でも三万三千円もするけ、買えんちゃ」

須藤がいっているのは、たぶん初代のウォークマンだろう。未来のウォークマンやｉＰｏｄを須藤に見せたくなった。遅えぞ、と鳴海がいって、

「ウォークマンはええけ、はよ切れちゃ」

はいはい、と須藤がいって北（ペイ）を切った。

「それもポン」

滝野がまた鳴いて、みんなの顔がこわばった。

東西北と鳴いたから、南の暗刻で大四喜、対子で小四喜、どちらも役満である。

「まさか、ここまではなかろう」

次の牌をツモった須藤がそうつぶやいて、南を放りだした。

「カン」

滝野がいって南の暗刻を開いた。大四喜確定の裸単騎である。麻雀劇画のような展開に、みんなは絶句している。滝野は嶺上牌に手を伸ばすと、中を勢いよく卓に叩きつけた。単騎待ちの牌を倒すと、それも中だった。

「大四喜字一色、須藤の包だから逆転だな」

滝野は無表情にいった。須藤が点棒箱を卓の上に放りだして大の字になると、

「なしか、こらあ。もう滝野とはせんぞッ」

「ざまみれ。リーチなんかかけるけじゃ」

鳴海は腹を抱えて笑っている。屋守があきれたようにかぶりを振って、

「また滝野の勝ちかあ。プロはちがうのう」

その局で滝野と須藤と鳴海が帰って、ぼくの出番がきた。

屋守はまあまあ強いが、大法と秀丸ならなんとかなる。ゆうべから負けがこんでいるとあって、一気にとりかえしたい。

洗面所で顔を洗い、気合を入れなおして卓にむかった。けれども配牌がクズばかりで、

聴牌すらしない。一度もあがれないままオーラスになった。

「さあ、これが終わったらやめようか」

トップ目の屋守があくびを嚙み殺しながらいった。

「そうしよう。もう腹減ったけ、めまいがする」

大法も賛成した。親の秀丸がわざとらしくあくびをして、

「おれも帰ろう。あんまり邪魔したら、百鬼にも悪いけ」

いつもはもっと居座るくせに、こういうときだけ帰りたがる。

「なら最後やけ、勝負かけよう」

大法が学生カバンから「サッポロポテトバーベQあじ」をだして食べはじめた。

「滝野みたいに鳴きまくって、でかい手あがるどお」

大法は自分でいったとおり、萬子(ワンズ)ばかりを立て続けに三つ鳴いた。もろに清一色(チンイツ)狙いで、ドラもポンしているから、うまくいけば倍満はある。

大法はすっかり調子に乗って笑顔になると、

「街のあちこちに『世界人類が平和(ピンフ)でありますように』って立て札があるやろ。あれは誰が立てたんかのう」

「よっぽど平和(ピンフ)が好きな奴やないか」

「ちがうちがう。自分だけ大きい手であがりたいけん、みんなは平和(ピンフ)でええちゅう意味やろう」

秀丸と屋守が答えたが、誰もツッコミを入れない。

ぼくも勝負手がきていたから、それどころではなかった。

配牌から暗刻が三つあったのが、すんなり四つになって四暗刻を聴牌した。四暗刻単騎はダブル役満というルールだから、誰からあがってもトップになる。役満はあがったことがないだけに興奮で指が震える。屋守がそれに気づいたのか、

「百鬼は大きな手がきとりそうやなあ」

「ど、どうかな」

目を皿のようにして、みんなの捨牌を見つめ、牌をツモるときは指先が痛くなるほど力をこめた。聴牌から三巡目がすぎたとき、ポンと大法がいった。四つ目のポンだから、清一色対々和ドラ三の聴牌である。

次のツモで、やばそうな七萬をひいた。恐る恐る捨てたとたん、

「それロンッ」

大法が勢いよく叫んだ。思わず頭を抱えていると、

「あれ、ない」

大法がぽつりとつぶやいた。

「おれの七萬がない」

大法の手元を見ると、七萬はおろか手牌が一枚もない。

わははは、と屋守が笑いだして、

「おまえ、少牌しとうのにポンしたんやろ。それで牌がなくなったんちゃ」

「牌がないのにロンしたけ、大法のチョンボやの。はい満貫払いで終了」

と秀丸がいった。子のチョンボは一本場でやりなおしだという。

「――そ、そんなバカな」

必死で続行を求めたが、ガラガラと手牌を崩された。

あまりのショックに呆然としていると、玄関のチャイムが鳴った。祖母はまだ寝ているようで応対する気配がない。溜息をついて一階におりた。

なんでしょう、と声をかけても返事がない。玄関のドアを開けると、大きなボストンバッグをさげた女の子が立っていた。

ぼくとおなじくらいの年頃に見えるが、いったい誰なのか。

祖母を訪ねてきたのか、それとも二階の連中の知りあいなのかと思っていたら、

「きちゃった」

女の子は、はにかみながら舌をだした。いわゆるテヘペロだ。

「夏休みになったら、遊びにいくっていったじゃん」

「は、はあ――」

ぼくは目をしばたたいて彼女の顔を覗きこんだ。初対面のはずなのに、どこかで逢ったような気がするのが妙だったが、陽子のほかに女の知りあいはいない。

「あの、どちらさんでしょう」

恐る恐る訊ねたら、彼女はぼくの胸をひっぱたいて、

「もう、とぼけちゃって。ケイコのこと忘れたの？」

「ケイコ？」

そうつぶやいてから、ぎくりとした。

まさか——そんなバカげたことがあるだろうか。

しかし見れば見るほど、たしかに似ている。母の名前は圭子で、旧姓は村上だった。

ぼくはとてつもなく厭な予感にとらわれつつ、

「も、もしかして、村上圭子さん？」

「もう、とぼけないでよ。百鬼くうん」

女の子はそういって弾けるように笑った。

ぼくは呆然として村上圭子を——いや三十七年前の母を見つめた。
母はオヤジっぽいボストンバッグと対照的に、もこもこカールした髪にでかいリボンをつけ、ひらひらのスカートを穿いている。
一九七九年のいま、母は十四歳で中学二年生のはずだ。そんな年齢から、もうぼくと——つまり父の剛志郎と知りあっていたとは思わなかった。
父とのなれそめは母から聞いたかもしれないが、もうおぼえていない。ただ当時の父は素行が悪くて、東京の祖父に預けられたと祖母がいっていた。その祖父が亡くなって、父は北九州に帰ってきたそうだから、つじつまはあっている。

母はドアの前から首を伸ばして、家にあがりたそうに玄関を覗きこんでいる。母が入ってこないよう、彼女の前に立ちふさがって、

「あ、あの、ぼくとは東京で知りあったんだよね」

「いつまでふざけてるの。知りあったんじゃなくて、つきあってたんでしょう」

「そ、そうだね。も、もうどのくらい経つかな」

「そんなことも忘れたの。去年の夏休み、百鬼くんが原宿で声かけてきたんじゃない。あたしが竹の子覗いてたら、きみってナウいね、って」

ナウいなんて、いったいいつの死語だろうと思いつつ、

「竹の子って、地面に生えてるやつ？」

「なにいってんの、ブティックじゃん。すっごくナウい服がそろってて、そこの服着て原宿の歩行者天国（ホコテン）で踊るのが人気なの。竹の子族っていって、もうじきぜったいブームになるよ」

へえ、と気のない返事をしたが、母はうっとりした表情で、

「あのとき逢ってから、いろいろあったよね。はじめてデートしたのが東京タワーでー、はじめて手をつないだのが代々木公園でー、それからあ――」

「わー、ちょっと待って」

その先を聞くのが怖くて話をさえぎると、

「そ、そんなに仲よかったのに、どうして手紙も電話もくれなかったの」

「それは百鬼くんのほうでしょう。ぜんぜん連絡ないから、あたしのこと嫌いになったんじゃないかって心配だったの。だから、こっちにくるときは、びっくりさせようと思って」

「あえて連絡はしなかったと——」

母はうなずいて玄関に足を踏みだそうとする。二階ではみんなが麻雀をしているのに、入ってきたら一大事だ。さりげなく両手を広げて通せんぼをすると、

「と、ところで、どこに泊まるの？」

「もうエッチ。いま着いたばかりなのに」

「ちがうちがう。そういう意味じゃなくて、こっちでの滞在先だよ」

この家よ、といわれたらと思ったら心臓がばくばくした。

「こっちに従姉妹がいるっていったじゃん。その子んちに泊まるの」

「どのくらいいるの、じゃなかった。いられるの？」

「二週間くらいかな」

思ったより長いのにうんざりしつつ、

「意外と短いね」

「そうでしょう。だから、あたしがいるあいだは、めいっぱい遊んでね」

「う、うん」

「ねえ、荷物置かせてもらっていい？」

「い、いまは、ちょっと忙しいから――」

なんとかして追いかえそうとしていたら、祖母が玄関にでてきた。

「あら、お客さんね」

こんにちは、と母は頭をさげて、

「村上圭子っていいます。東京から剛志郎さんに逢いにきたんです」

「わざわざ大変やったね。冷たいもんでもいれるけ、はよあがり」

「いや、それはちょっと――」

「なにがちょっとよ。かわいいお嬢さんば外で待たしてから」

祖母はぼくの頭をはたくと、母を招き入れてリビングにいった。早く母を帰らせるつもりで、あとをついていこうとしたら、秀丸が階段をおりてきて、

「なんしよんか。はよせなオーラスで止まっとうぞ」

舌打ちをして二階にあがった。

こうなったら、この連中を帰らせるのが先だ。さっきは大法のチョンボで四暗刻単騎をあがり損ねたし、最後の半チャンだから早く終わらせようと思ったが、こういうときに限って親の秀丸が連チャンをはじめた。

満貫、ハネ満、五千二百とツモあがり、トップ目だった屋守と立場が逆転した。

「リャンシかあ」

大法が新発売だという「うまい棒」を食べながら溜息をついた。

大法は、ほかにもソース味とサラミ味とカレー味があると得意げにいったが、未来では十種類以上の味があるのは知らないだろう。

大法のチョンボで一回流れているから四本場である。千点でいいからさっさとあがって終わらせたかったのに、二翻縛りになってはそれもできない。次の局も秀丸が断幺九(タンヤオ)平和(ピンフ)を大法からあがって五本場になった。

「ひひひ、八連チャンは役満やろ。あと三回や」

秀丸が揉み手をしたが、屋守がちがうといって、

「最初の連チャンはカウントせんけ、あと四回や」

しかし秀丸は絶好調で、たちまち三連チャンを追加して八連チャンまであと一回に迫った。このうえ役満なんかあがられたら最悪だが、毎局クズ手ばかりで聴牌すらしない。屋守と大法も手が悪いらしく、ツモ切りばかりしている、もっとも秀丸も今回は不調のようで、誰もあがらないまま牌山は残りわずかになった。流局になれば八連チャンはなくなる。

このまま流れろと念じていると、階段をのぼる足音がして母が顔をだした。

「わあ、麻雀やってるんですね。おもしろそう」

母は笑顔で卓を覗きこんだ。ぼくはあわてて、

「下で待ってて。すぐいくから」

「だって、おかあさんが二階にいっておいでっていうから。あたしがいたら邪魔？」

「そんなことないですよ」

秀丸がよけいなことをいった。屋守と大法は怪訝な顔で母を見ている。

「じゃあ、観戦させてもらおうっと」

母はそういって、ぼくのうしろにべったり座った。

「みなさんは百鬼くんの同級生なんですか」

そうでーす、と秀丸がおどけた声でいって、

「秀丸っていいます。あなたは？」

「村上圭子です。さっき東京から着いたばかりなんです」

「ちゅうことは百鬼くんの親戚とか？」

そうそう、とぼくは即座にいった。

「そうだよね」

念を押すつもりでうしろを見ると、母はかぶりを振って、

「なんで親戚なんていうの。あたしとつきあってるのに」

とたんに部屋の空気が凍りついた。思わぬ窮地に狼狽しつつツモった牌を捨てた。

それがドラだったと気づいた瞬間、秀丸が勢いよく牌を倒して、

「ロン。純チャン三色ドラ一で親ッパネ」

翌日の夜、ゲッキョク部の面々は凶暴な顔つきで家にやってきた。

祖母に助けを求めたかったが、すでに出勤している。みんなは二階にあがってくるなり、いっせいにつかみかかってきた。

「きさん、二股かけてええと思うちょるんか」

「女をだましやがって、男の風上にもおけん奴じゃ」

「このドスケベが。ＡＢＣのどこまでやったんか」

いきなり畳に押し倒されて、須藤に両手を押さえつけられた。屋守と秀丸がぼくの両足首を持って股を広げ、鳴海が股間にあてがった足を激しく振動させた。

「去勢しちゃる。電気アンマの刑じゃ」

くすぐったいような痛いような、それでいてかすかに気持いいような、情けない感覚に悶絶していると、大法が「アルギンＺ」とかいうドリンクを、ぼくの口にあてがって、

「これ飲んだらビンビンちゃ。電気アンマでイった男として伝説になるど」

ふッ、と滝野が嗤って前髪を掻きあげた。

「百鬼、股間が煤けてるぜ」

「やめてくれッ」

ぼくは涙目で叫んだ。屋守が冷ややかな表情でこちらを見おろして、

「なんぼ宇宙人でも二股はつぁーらん。どっちかひとりに決めんか」

「ど、どっちって――」

股間の振動にのたうちまわりながら、それこそ宇宙人みたいな震え声でいった。

「そ、そりゃ陽子ちゃんだけど」

「なら圭子ちゃんとは別れるんやの」

うん、といいかけて、それではまずいことに気がついた。圭子――すなわち母とはいずれ結婚しなければならない。そうしないと、ぼくが存在しなくなる。

「も、もうちょっとだけ考えさせて」

屋守は溜息をついて首を横に振ると、

「電気アンマ継続」

刑の執行が終わったあと、ボロ切れになったような気分で畳に転がっていた。

みんなは、ぼくの存在を無視して麻雀をしている。隣のラブホから、お決まりのあえぎ声が響き、ラジカセからは沢田研二の「OH! ギャル」とかいう歌が流れてくる。あんあんいう声とギャルギャルうるさい歌とポンだチーだロンだという声を聞いていると、わが家が歌舞伎町になったような心地がする。

きのうは秀丸のせいでボロ負けした。

レートは千点二十円だったが、八連チャンを達成させた包(パオ)とかで、親の役満の責任払いをさせられたから持ち金が足りず、秀丸に借金ができた。

みんなはわざとらしく母のことには触れず、意味ありげな微笑を浮かべて帰ったが、そのあとで今夜のリンチを計画したのだろう。

母は部屋でふたりきりになると、ぼくを責めたてた。

「せっかく逢いにきたのに、どうしてそんなに冷たいの」

「べつに冷たくなんかないよ」

いまにも泣きだしそうな母を見かねて、おずおずと肩に手を置いた。

こういう行為は親孝行なのだろうかと考えていたら、

「じゃあ、チューして」

母がすり寄ってきて唇を突きだした。

ぎょっとして飛びのいたら、母は小動物みたいにうるんだ目になった。

「ごめん、朝飯のときに嚙んだみたいで唇が痛くて」

われながら下手な嘘をつくと、母はこっちをにらんで、

「嘘つき。東京にいたときは、誰かとケンカして血だらけになったときでも、チューしてチューしてって、せがんできたくせに」

「そ、そうだよね。でも、ひさしぶりだから照れくさくて――」

ははは、と笑ってごまかしつつ、父の浅はかな行動を怨んだ。

「ほかに彼女ができたとかいったら、承知しないから」

リングの貞子みたいな上目遣いでいわれて、ぎくりとした。

万事に大ざっぱな母が、これほど父にべたべたしていたとは知らなかった。もっとも自分の母親という目で見なければ、十四歳の少女である。

怒るとヒステリーを起こす兆候はすでにあらわれているものの、それなりにういうい

しい。三十七年の歳月が経てば、外見も性格も変わるのだろう。

母はねちねち文句をいうわりに菓子を食べたりテレビを観たりして、夕方になってようやく腰をあげた。きょうは宿泊先の従姉妹と遊びにいくらしいが、

「あしたは、ぜったいくるからね」

そう念を押して帰っていった。

せっかくの夏休みに母の相手なんかしたくないし、わが家はすでに雀荘だから、みんなの目もある。だが約束をすっぽかしたら、どれだけ怒るかわからない。我慢して母の相手をするしかなさそうだった。

部屋のなかはタバコの煙で靄がかかったようにかすんでいる。

二階は網戸がないせいで、換気のために開けた窓からヤブ蚊が入ってきて、体じゅう刺される。暑さと痒さでいらいらするが、麻雀がやりたくて我慢している。けれども、みんなは電気アンマだけではあきたらないようで、ぼくを顎で使う。

「百鬼ィ、ポッカの缶コーヒー買うてきてくれ」

「おれあ、ダイドーブレンドコーヒー」

「おれあ、UCC。焼そばバゴォーンも買うてきて」

「おれも焼そば追加、U．F．O．ね」

「おれあ、マルちゃんの激めん」

「おれあ、めんコク」

大半が知らない商品のうえにコンビニはないが、みんなの機嫌を損ねるのが怖くて、駅前のスーパーにいった。メモを片手に買出しをすませ、自分のぶんとして「ペヤングソースやきそば」を探したが、どこにもない。

ペヤングはたしかこの時代にも売っていたはずだと思って店員に訊くと、九州ではあつかっていないという。あきらめて「サンポー焼豚ラーメン」というローカルっぽいカップ麵を買った。

家に帰ってキッチンで湯を沸かしていると、電話が鳴った。

夜中にかかってくるのは、たいてい祖母のスナックの客だ。まだ店が開いてないとか、酒屋の集金とか、くだらない用件ばかりだから無視していた。

しかし電話はいつまでも鳴り続ける。子機も留守電もない大昔の黒電話だけに、ベルの金属音がたまらなくうるさい。

たまりかねて受話器をとったら、相手は陽子だった。

とたんにベルよりも大きく胸が高鳴った。急で悪いんだけど、と陽子はいって、

「あしたのお昼、時間ある？」

「うん、あるよ」

ぼくは早押しクイズの回答者みたいに即答した。

「じゃあ、筒井屋につきあってもらってもええ？」

「もちろん。筒井屋でなに買うの」

「ううん、買物やないと。かあさんから大食堂の食事券を二枚もろうたんやけど、使える期限があしたまでやけ、一緒にお昼食べようと思うて」

陽子と待ちあわせをして電話を切ると、思わず小躍りした。

その頃になって母との約束を思いだしたが、陽子の誘いを断るのは、猫に魚屋の店番をさせるより困難だ。未来の息子のために、母には辛抱してもらうしかない。

みんなに飲みものやカップ麺を運んでから「サンポー焼豚ラーメン」を食べた。焼豚を売りにしているわりにビニール袋に入ったチャーシューは、ちいさくてぺらぺらだった。この時代はカップ麺に肉が入っているだけで貴重だったのだろう。粉末スープと調味油のほかに紅ショウガがついている。三分経って蓋を開けると、カップ麺とは思えない濃厚な豚骨の匂いに腰がひけたが、食べてみると意外に旨かった。

翌朝は目に沁みるような晴天だった。

暑さをかきたてるように、セミがけたたましく鳴いている。ジージーというアブラゼミはそれほどうるさくないが、ワシワシワシとバカでかい声で鳴くのがいる。東京にはいない種類だと思って屋守に訊くと、クマゼミというらしい。

ゲッキョク軍団はいまだに麻雀を打ったり雑魚寝をしたり、あいかわらず部屋を占領している。祖母はゆうべ遅くに帰ってきて、一階でいびきをかいている。

網戸越しに風鈴が涼しげな音をたて、遠くから「きんぎょーえ、きんぎょー と呑気な声がする。リアルに金魚売りの声を聞いたのは、はじめてだった。

昼前になると、みんなに気づかれないよう家を抜けだして筒井屋にむかった。待ちあわせ場所は、一階にある噴水の前だ。

買物客も待ちあわせに使うらしく、噴水のまわりは若者や主婦で混雑している。水の底にはなぜか硬貨がいくつも沈んでいるが、デパートの噴水になにかご利益があるのだろうか。噴水の横にはエレクトーンやピアノがあって、決まった時間に演奏がある。この時代のデパートは未来とちがって、むだに豪華だ。

やがて陽子が駆け寄ってくると、

「ごめん、待った？」

「ううん、ぜんぜん」

三十分も前から待っていたとはいわなかった。

前にきたときはエスカレーターで屋上にあがったが、きょうはエレベーターに乗った。そろいの制服に白手袋のエレベーターガールが珍しい。未来のデパートでも、ぼくが子どもの頃にはいたような気がするが、最近はほとんど見かけない。

エレベーターガールにうやうやしく見送られて、八階の大食堂にいった。

巨大なショーケースのなかに、さまざまなメニューの蠟細工がずらりとならんでいる。ステーキ、ハンバーグ、エビフライ、カレー、ハヤシライス、オムライス、ラーメン、チャーハン、スパゲティ、うどん、そば、天ぷら、寿司、和洋中からデザートまで、ありとあらゆるメニューがそろっている。

　ぱっと見は未来のファミレスに近いが、もっとスケールが大きい。リアルな蠟細工が珍しくてショーケースの前をいったりきたりしていると、陽子が笑って、

「どうしたん。子どもみたいに迷って」

「いっそのこと、これにしよっか」

　お子様ランチの蠟細工を指さした。ちいさなハンバーグとエビフライに、お決まりの旗を立てたチキンライスとプリンがついている。

「それじゃ食事券が余るよ。もっといっぱい食べな」

　レジで食券を買い、ランチでいちばん高いAランチとプリンアラモードを注文した。Aランチはハンバーグ、豚のショウガ焼、エビフライ、ナポリタン、ポテトサラダにスープとライスがついた豪華版だ。

　大きな窓の外に雑然とした街並が広がり、青空のむこうに入道雲が湧いている。昼どきとあって広々とした店内は満席で、ひっきりなしに客が出入りしている。

　Aランチをたいらげると満腹になったが、スイーツは別腹だ。プリンアラモードを食べながら幸福な気分に浸っていると、隣のテーブルで赤ん坊が泣きはじめた。

　若い母親が補助椅子に座った赤ん坊をあやしている。

「もうちょっと待ってね、ケンちゃん」

　ケンちゃんというから男の子だろう。母親は冷やし中華の箸を置いて哺乳瓶のミルク

を飲ませようとしたが、赤ん坊は顔をそむけて泣き続ける。

「べろべろばあー」

陽子がテーブル越しにおどけてみせると、赤ん坊は口をつぐんだ。けれども五秒と経たずに泣きだした。母親はすまなそうな顔で頭をさげている。

ぼくも見かねて赤ん坊に手を振った。

陽子の手前、じっとしているのも悪い気がしたからだが、赤ん坊は不思議そうな顔でぼくを見て両手を伸ばしてきた。どうするべきかとまどっていると、

「お兄さんのことが好きみたい。よかったら抱っこしてあげてください」

母親にいわれて仕方なく赤ん坊を抱くと、ぴたりと泣きやんだ。

「百鬼くんってやさしいんやね」

陽子が微笑した。調子に乗ってゆらゆら揺すったら、赤ん坊はきゃっきゃっと笑った。兄弟がいないせいか、赤ん坊は苦手だったけれど、抱いてみるとかわいい。

ふと母親が眉を八の字にして、申しわけないんですけど、といった。

「お手洗いにいきたいんで、そのあいだお守りをしていただいても――」

「いいですよ。ね、百鬼くん」

と陽子がいった。食べかけのプリンアラモードを横目で見つつ、うなずいた。

「すぐもどってきますから」

母親は急ぎ足で大食堂をでていった。

「このあと、どうしよっか」

　ぼくは赤ん坊をあやしながらいった。

　そうねえ、と陽子は先割れスプーンを片手に首をかしげて、

「お天気いいから、海いく？」

「海かあ。いいね、そうしようよ」

　浜辺でムードがでたところで、さらなるステップに進めるかもしれない。このあいだは手をつなぐというミッションを、なんとかクリアした。きょうはキスだと思ったら、急に浮き足だってきた。

「おかあさん、まだかなあ」

　赤ん坊にぼやいて、大食堂の入口に目をやった。

　リーゼントやパンチパーマの男たちが熱心にショーケースを覗きこんでいる。店の前でがやがや騒いで、いかにも頭の悪そうな連中だ。

　鼻を鳴らして視線をもどしたとき、冷たいものが背筋を這いあがってきた。

　まさかと思って振りかえると、そこにいたのはゲッキョク部の連中だった。

　ついさっきまで、わが家に居座っていたのに、なぜここにいるのか。ぼくの動揺が伝染したらしく、腕のなかの赤ん坊がむずかりだしたが、それどころではない。

　ゆうべは母の件であれだけ責められたのに、陽子といるのを見つかったら一巻の終わりだ。いまなら、みんなはショーケースに気をとられている。

この隙に大食堂をでれば、気づかれないかもしれない。

だが赤ん坊の母親は、いっこうに帰ってこない。こうなったら赤ん坊を陽子に預けて、店をでたほうがいいかもしれない。落ちつきなく腰をもじもじさせていたら、プリンアラモードを食べ終えた陽子が三角に折られた紙ナプキンで口をぬぐって、

「どうしたと。なんかあわてとるみたいやけど」

「ぼ、ぼくもトイレいってこようかな」

　そんな企みを阻止するように赤ん坊が泣きだした。周囲の視線が背中に突き刺さって、顔がかっかと火照った。早く泣きやませようと懸命にあやしていたら、背後から誰かに肩を叩かれた。

　恐る恐る振りかえると、須藤と鳴海がぼくの顔を覗きこんで、

「やっぱり、百鬼やないか」

「ほんとやん。こげなところで、なんしよんか」

　あ、陽子ちゃん、と秀丸がいってから、たちまち顔をこわばらせた。

「お、おまえその子は――」

　大法がぼくのプリンアラモードを勝手に食べながら、

「隠し子までおったんか」

「ち、ちがうよ」

　首が折れそうなほど、激しくかぶりを振った。

緊張のあまり、ひとから預かっているというのが、うまく説明できない。陽子がなにかいったが、赤ん坊の泣き声にかき消された。屋守が前に進みでてきて、

「圭子ちゃんから、ぜんぶ聞いたぞ。おまえが東京におったときのことを」

「えッ」

「おまえはひとでなしじゃ。宇宙人やけ、ひとでないのはたしかやけど」

屋守のうしろに母がいるのを見て、卒倒しそうになった。

「ど、どうして、かあさん、いや圭子ちゃんがここに――」

「お昼ごはん食べにきたのよ」

母は目をぎらぎらさせていった。

「百鬼くんは、あたしをすっぽかしたけど、おかあさんが家にあげてくれたの。二階で百鬼くんが帰るの待ってたら、みんなが一緒にお昼食べようっていってくれて――」

陽子が母とぼくの顔を交互に見て、

「このひとは誰なん」

「あんたこそ誰よ。あんたも百鬼くんとつきあってるの？」

「そうだけど――」

母はものすごい形相でぼくをにらんで、

「ぜんぜん連絡ないと思ったら、やっぱり女を作ってたのね」

「しょうもない。もう勝手にし」

陽子がいきなり席を立って、店の外に駆けだしていった。あとを追おうにも赤ん坊がいるし、みんなが前をふさいでいる。まわりの客たちは、こちらに白い目をむけてひそひそ喋っている。

「詰んだな」

滝野が嗤って踵をかえした。母は赤ん坊を指さして、

「いつのまに子どもまで作ったの。この大嘘つきッ」

「百鬼は性根が腐っとうのう」

「二股のうえに子どもまでおるちゃ、でたん最悪じゃ」

「こいつァ宇宙人やない。人間の皮かぶった鬼やで」

なすすべもなく罵声を浴びていると、母親がやっとトイレからもどってきた。母親は異様な気配に眉をひそめて、ぼくの腕から赤ん坊をひったくった。

次の瞬間、人垣をすり抜けて大食堂を飛びだした。

死にもの狂いで走りながら陽子を捜した。

エスカレーターを駆けおりて筒井屋をでると、人混みのなかに陽子を見つけたが、なかなか距離が縮まらない。大倉駅の改札口の手前で、ようやく彼女に追いついた。

「ちょっと待って。さっきのは誤解なんだ」

陽子は無視して足早に歩いていく。彼女の前にまわりこんで、

「お願いだから話を聞いてよ」

拝むように両手をあわせると、陽子は溜息をついて足を止めた。

「なにが誤解なん。さっきの子は彼女やないん？」

「そんなんじゃないよ」

「じゃあ、なんなん？　なし百鬼くんにあんなんいうん？」

「簡単には説明できないけど、あの子は――」

といいかけたとき、ばたばたと背後で足音がした。厭な予感にうしろを見たら、みんながぞろぞろ走ってきた。須藤と鳴海が腕まくりをして、

「きさん、なん逃げようそか」

「こいつだきゃあ、くらしあげないけんの」

うおお、と大法が巨体を揺すって迫ってきた。思わず肩をすくめたら、脇を通りすぎて駅の売店で「兵六餅」を買っている。

「圭子ちゃん、泣きよったぞ」

と屋守がいった。

「とりあえず秀丸がおまえんちに連れてったけ、すぐあやまりにいけ」

ふん、と陽子が鼻を鳴らして歩きだした。

このままでは改札口に入ってしまう。急いで駆け寄って彼女の腕をつかんだ。

「なんしよん。もう放してっちゃ」

陽子が尖った声をあげたとき、急にあたりが暗くなった。と思ったら、巨大な人影が改札口を抜けて、ぼくたちの前に立った。須藤と鳴海が舌をもつれさせて、

「も、百鬼、こ、こっちこいッ」

「は、はよせんか。そこにおったら死ぬぞッ」

恐る恐る顔をあげると、茶褐色の髪を逆立てた大男がこちらを見おろしていた。

陽子に振られそうなショックで白日夢を見ているのかと思ったが、大男の顔には見おぼえがある。

花畑工業高校――ハナコーの番長のゴンドーだ。夏だというのにハイカラーの長ランを着て、はだけた胸から白いサラシが覗いている。

間近で見るゴンドーは、前に紫留美亜で遭遇したときより巨大に感じる。服を着てなかったら「進撃の巨人」だ。

怖いというよりあっけにとられて、無意識に陽子の腕を放した。

「やっと見つけたわ――」

ゴンドーはゲームのラスボスみたいな重々しい声でいった。

「なんが見つけたよ。あんたとはもう関係ないやろ」

陽子は冷たい口調で、ゴンドーをにらみつけた。ふたりはどういう関係なのか。

わけがわからず目をしばたたいていると、

「おまえはなんか。わしの女となんしよるんか」

「——な、なにって」

下腹が冷たくなるのを感じつつ、ごくりと唾を飲んだ。

ゴンドーは、ちらりとみんなに目をやって、

「おまえらは堂南のガキどもやの。まとめてぶち殺しちゃる」

褐色の岩みたいな拳を振りかぶった。

「百鬼、はよ逃げろッ」

背後でみんなが叫んだが、魔人のような眼光に射すくめられて体が動かない。

このままでは殺されると思ったとき、陽子がぼくを突き飛ばした。とたんによろめいて、たたらを踏んだ。ゴンドーの拳が大げさでなく唸りをあげて頬をかすめた。

「逃げてッ」

陽子がぼくの腕をとって走りだした。

ゴンドーはエヴァンゲリオン初号機みたいな咆哮をあげて追ってくる。みんなは血相を変えて逃げ散った。駅をでたところで振りかえると、ゴンドーはすぐそこに迫って、どすんどすんと地響きがする。長ランを着たターミネーターに追われているような気分で、足が地に着かない。

もう捕まると思ったとき、どこからか白いTシャツに白い短パンの男が飛びだしてきた。顔と手足が真っ黒に日焼けした男はゴンドーの前に立ちふさがって、

「したがって、アールなのでアール」

意味不明なことを叫びながら、勢いよく体操をはじめた。

神出鬼没のゴリラマンだ。ゴンドーは拳をかまえたが、マイケル・ジャクソンの霊が
原始人に憑依したような動きに手をだせないでいる。

「おらおらおらーッ」

耳をつんざく絶叫とともに、遮光器土偶みたいな体型の女が走ってくると、

「あんたたちは、なんしよるんかねッ。だから日本がだめになるんよッ」

ＧＧＢが焦点のあわない目で怒鳴りはじめた。大倉名物の奇人たちの出現に、さすが
のゴンドーもとまどっている。その隙に、ぼくと陽子は路地の奥に逃げこんだ。

「あ、あいつは、いったいなんなの」

肩で息をしながら訊いた。筒井屋の大食堂をでてから、走ってばかりいるせいで脇腹
が痛い。陽子はあれだけ走ったのに平気な顔で、

「前の彼氏よ」

「えッ」

「ゴンドーレッツザン。いまはハナコーで番張っとうみたいね」

「ゴンドーって、どういう字書くの」

陽子は指で宙をなぞって、権堂烈山と書いた。世紀末覇者か戦国武将みたいな名前だ
が、実物も大差ない。

「あ、あんな奴とつきあってたの？」

「だから前のっていうたやん」

「でも、やっと見つけたっていってたけど——」

「しつこいんよ、あいつ。もうぜったい逢わんていうたのに、あたしのまわりをうろちょろして——」

陽子によれば、中学三年のときに彼女の両親が離婚して、それまで住んでいた門字から母親の実家がある戸田に引っ越した。それを機にゴンドーと別れて、いっさい連絡を絶ったという。

彼女もうちとおなじように複雑な家庭環境なのだと思ったら、親近感が湧いた。が、いまはゴンドーのことが問題だ。いつだったか屋守がいった台詞を思いだした。

「噂で聞いたんやけど、中学ンとき、自分を裏切った奴を捜しとるらしい」

捜している相手が陽子とは想像もしなかったが、相手はハナコーの番長である。その気になれば、手下を使って捜させることもできただろう。

それほど広くもない街なのに、いままで見つからなかったのが不思議だった。そうした疑問を口にすると、陽子は溜息をついて、

「さあ、ひとに頼むんが恥ずかしかったんやないいん。それに、あたしの名字が変わったのは知らんし、ゴンドーとつきおうとった頃とは見た目がちがうけん」

その頃の陽子がどんな外見だったのか気になった。

陽子は、ふとさばさばした表情になって、

「さあ、もう帰って。さっきの子が家で待っとんやろ」

「そんなのどうでもいい。ぼくは陽子ちゃんと一緒にいたい」

「どうでもよくないっちゃ。友だちも心配しとったやん」

「でも、あれは勘ちがいだから――」

「あたしとおっても、ええことなんかないよ。ゴンドーに捕まったら殺されるけ、はよ彼女ンとこにいき」

「だからあ、彼女じゃないっていってるだろ」

「彼女やなかったら、どういう関係なん」

「あの子は――」

いったん口ごもったが、もう黙っていられなかった。

「あの子は、ぼくのかあさんなんだ」

思いきってそういうと、陽子はのけぞって、

「ちょっと、頭がどうかしたと？」

「どうもしてないよ。信じられないかもしれないけど、聞いて欲しいんだ」

路地裏にあった古い喫茶店に陽子を連れこむと、これまでのいきさつを語った。

いまから三十七年後の二〇一六年、ぼくは母と東京に住んでいたこと。

父の剛志郎は、ぼくが二歳のときに死んだこと。

高校に入る直前の三月末に、入院している祖母を見舞いにこの街にきたこと。父の実

家に泊まった翌日、父の勉強机で奇妙な地図を発見して門字にいったこと。

地図にあった印の場所には古井戸があり、そこに転落して気を失ったこと。目を覚ますと、この時代——一九七九年にタイムスリップしていて、ぼくは父の剛志郎になっていたこと。

「その日が入学式で、かあさん、じゃなくて、ばあちゃんが早くいけって急きたてるから、仕方なく堂南高校にいくはめになって——」

「ちょっと待って。それがほんとなら、ふつうは未来にもどろうと思うんやないん」

「思ったよ。もういっぺん、あの井戸に落ちればいいんじゃないかって考えた」

「あたしは中三まで門字に住んどったけど、天狗の像がある井戸なんて、ぜんぜん聞いたことないよ」

「でも、たしかにあったんだ」

「そんなら、未来にもどれるかどうか試したと？」

「そうしようと思って井戸を捜しにいった。でも景色がすっかり変わってて、場所がわからなかった。まだあきらめたわけじゃないけど、この時代にだんだん慣れてきて、ていうか陽子ちゃんに逢ってから——」

「百鬼くん、もうええよ」

「そんな——」

「悪いけど、とても信じられん」

陽子はかぶりを振って店をでていったが、もう追いかける気力はなかった。

その夜、二階の部屋は珍しく静かだった。

ぼくは畳に寝転がって天井を眺めていた。開けっ放しの窓から入ってきた虫が、蛍光灯にぶつかっては落ちるのを繰りかえしている。腫れあがった顔や体のあちこちが熱を持ってうずくが、手当をするのも億劫だった。

コタツの天板を裏返した雀卓には、麻雀牌や点棒が散らばっている。

きょうは、とんでもない一日だった。

できることなら朝にもどって一日をやりなおしたい。けれどもタイムスリップは都合よく起きてくれない。未来からきたのが嘘のようにシビアな現実があるだけだ。

陽子と別れてから家に帰ると、母がリビングで泣きじゃくっていた。母から事情を聞いたらしく、祖母はぼくを見るなり怒鳴りちらした。

「このバカ息子がッ。あんたはとうちゃんに似て、女たらしのろくでなしじゃ」

陽子との関係が破綻しかかっているだけに、母をなぐさめる気にはなれない。祖母の小言を上の空で聞いていると、母がソファから腰をあげて、

「あたし、もう帰ります」

「ごめんねえ、バカ息子が迷惑かけて。こげなアンポンタンとつきあわんでも、圭子ちゃんなら、もっとええ彼氏が見つかるよ」

ぼくは祖母から首根っこをつかまれ、玄関に連れだされた。

「はよ、ごめんなさいちいわんかね」

祖母にうながされて頭をさげたが、母はそっぽをむいた。母が玄関をでていくのを、ゲッキョク部の連中は階段の途中から窺っていた。

母が帰ると彼らは麻雀を再開したが、全員がぼくを無視する。麻雀をする気分ではないし、自分の部屋にいたらパシリをさせられるから、リビングでテレビを観た。

夜になって祖母が店に出勤すると、みんなはぞろぞろ一階におりてきた。またしても電気アンマかと思ったら、近くの公園に連れだされた。

いつもは控えめな秀丸が殴りかかってきたのを皮切りに、寄ってたかってボコられた。ぼくは抵抗するすべもなく、地面に倒れた。秀丸は唾を吐いて、

「圭子ちゃんを泣かしやがって、おまえは人間のクズや」

「なんとでもいえよ。ぼくにはどうしようもないんだ」

「なんか、そのいいかたは。陽子ちゃんもだましたくせに、なん開きなおっとんかッ」

秀丸はそういって、ぼくの脇腹を爪先で蹴った。屋守が溜息をついて、

「しっかし、わからんもんやのう。陽子ちゃんがゴンドーの女やったとは――」

「ちがう。元カノだよ」

地面に倒れたままいうと、屋守は首をかしげた。

この時代は元カノという言葉が伝わらないのに気づいて、

「前の彼女ってことだよ」

「前やろうとなんやろうとゴンドーは怒っとう。今度見つかったら、ただじゃすまんぞ。下手すりゃあ、うちの学校までとばっちりがくる」

「そういわれたって困るよ。いくら説明しても、どうせ信じてもらえないし」

ええクソッ、と須藤が怒鳴った。

「もうつぁーらん。こいつ山連れていって生き埋めにしょうや」

「いっそのこと、ハナコーの奴らに引き渡そうか」

と鳴海がいった。大法が太鼓腹をさすって、

「その前に飯食いいこう」

まあ待て、と屋守がいった。

「なんかわけがあるんか。あるならいうてみい」

むだだと思いつつ、陽子に喋ったのとおなじ話を繰りかえした。

二〇一六年の未来からきたといったとたん、須藤と鳴海は笑い転げた。秀丸はふたたびぼくを蹴飛ばし、大法は駅の売店で買った兵六餅を食べはじめた。

屋守だけはいつものように話を聞いてくれたが、途中で首をかしげて、

「タイムスリップして、うちの高校に通いだしたところまでは話の筋が通っちょるが、なんかはっきりした証拠が欲しいの」

「証拠？」

「おまえが未来を知っとんやったら、これから先のことを予言できるやろ」

「知ってる範囲ならできるよ」

「ほう。なら具体的にいうてみぃ」

ぼくは懸命に記憶をたどって、学校で習った八〇年代の歴史を思いだそうとした。

「えーと、たしか第二次オイルショックがこれから深刻になって、八〇年代のはじめに東京ディズニーランドが開園して、その次の年にグリコ森永事件が起きて、八〇年代後半におニャン子クラブっていうのが流行って、バブル景気が本格化して、国鉄が民営化でJRになって、昭和が平成って年号に変わるのが、えーっと――」

「そんな先のことじゃ、たしかめようがないわ。もっと近い将来のことを予言せい」

と須藤が口をはさんだ。そうや、と鳴海がいって、

「日本シリーズはどこが優勝するんか。江川と小林の直接対決はいつあるんか」

「三重ノ海は秋場所で何勝するんか。旭國が引退するんはいつか」

「来月のプロレス夢のオールスター戦はどうなる？　馬場猪木タッグは誰とやるんか。ブッチャーとシンか、ドリー・ファンク・ジュニアとテリー・ファンクか」

ふたりは矢継ぎ早に訊いてくるが、一九七九年のスポーツのことなど勉強していない。

競馬とか競輪は、と秀丸が訊いた。

「未来がわかるんなら、楽勝で大金持ちやないか」

「もっと先のことしかわからないんだ。せめて二〇〇〇年以降のことなら――」

「二〇〇〇年なんかこん。一九九九年に世界は滅びるんよ」

　鳴海が地面に唾を吐いた。

「前もいったとおり、滅びたりしないよ。そのへんからITが急速に発達するんだ」

「ITちゃなんか。アイビーみたいな服か」

「ちがうよ。パソコンとかインターネットとか携帯電話とか──」

「なんちいいよるんか、さっぱりわからん」

　ノストラダムスの大予言とか口裂け女とか心霊写真とか、オカルトはなんでも鵜呑みにするくせに、ぼくの話はいっこうに信じてくれない、ITをどう説明したらいいのか悩んでいると、ずっと考えこんでいた大法が不意に目を見開いて、

「あばれはっちゃくの最終回はどうなるんか」

　もうええ、と屋守がいって、

「百鬼がいうちょることがほんとうかどうか、いまのところ、なんともいえんの。おまえが落ちたちゅう井戸でも見つかれば、信憑性が増すんやが」

「ぼくを宇宙人だっていってたのに、どうして信じてくれないの」

「おれは信じてやりたい。けど証拠もなしに、みんなを説得できんやろ」

　なんの進展もないまま八月になった。

　きょうは登校日だが、学校にいくのは気が重かった。ただでさえ二股疑惑で仲間はず

れにされているのに、未来からきたといったせいで大嘘つきの烙印も押されている。

　ゲッキョク部の連中は、あれっきり麻雀をしにこない。部屋が静かなのはありがたい反面、誰もいなくなってみると、それはそれでさびしい。学校にいくのは勇気がいるが、みんなの様子を探りたかった。

　陽子と母からも連絡はない。母はもう東京に帰った可能性もある。

　せめて陽子には、ぼくの潔白を信じて欲しくて、彼女の家に電話をかけた。けれども電話にでたのは母親で、娘はいないと無愛想な声でいった。

　居留守を使っているのかもしれないが、何度も電話するのは気がひける。スマホがない時代は、ただ連絡をとるだけでも苦労する。もっとも連絡がとれたにせよ、屋守とおなじで証拠をださない限り、信じてもらえないだろう。

けさの朝食は、玉子かけごはんと味噌汁と漬物と味付海苔だった。

　祖母はゆうべ店が忙しかったのか、いくぶん手抜きなメニューだが、玉子かけごはんは好物だから文句はない。あッというまに一杯目をかきこんで、二杯目をふりかけの「のりたま」で食べていると、祖母がこっちをじろじろ見て、

「あんた、ちょっと肥えたんやないの」

「そうかな」

「そうよ。飯もよう食うし、ふてぶてしくなっちょう。男やけん、それでええけど、もう女の子泣かしたら、つまらんよ。またあたしがあやまらないかんのやけ」

「はいはい」

「さっきニュース観よったら、関根恵子が舞台ほったらかして、愛人と海外へ逃げたちいいよったよ。あんたもそげなことならんよう、しっかりせな」

なにをどう、しっかりしたらいいのかわからない。というか関根恵子とは誰なのか。ぼくも陽子と一緒に海外へ逃げたかった。

ひさしぶりの教室は、新学期の頃の混沌状態にもどっていた。

夏休みに入ってなにがあったかを語りつくす勢いで、クラスの連中は喋りまくっている。ゲッキョク部もそれに加わっていたが、ぼくはあいかわらず相手にされない。けさ家をでるとき、秀丸は迎えにこなかった。以前はうるさくつきまとっていたくせに教室でも知らん顔で、話しかけると横柄な台詞がかえってくる。

「最近は麻雀しにこないね」

「おれにいわんで、みんなにいえちゃ」

「たまにはきたら？　おれもやりたいし」

「いってやってもいいけど、この前の貸しをかえせ」

唯一話しかけてくるのは隣の席の小暮で、

「さだまさしの新曲っていいよね」

「なんて曲？」

「関白宣言」

「さあ、よく知らないけど」

小暮は分厚いメガネの奥から、じろりとこっちをにらんで、

「最近、百鬼くんは変わったね。なんかツッパリみたいな匂いがする」

「そ、そんなことないよ」

「だったら、南こうせつのコンサートいこうよ」

やんわり断ると、小暮は顔に縦線が入ったような表情で口をつぐんだ。

担任の南雲が伝達事項を告げたあと、成績不振者を対象にした補習があった。ゲッキョク部の面々はもちろん補習を受けるが、ぼくは成績に問題がないから対象外だ。

教室をでて廊下を歩いていると、多羅尾と一緒になった。

多羅尾はどう見てもヤンキーなのに、この時間に帰れるとは成績がいいらしい。隣にならびかけると、おう、と多羅尾はいって、

「おまえ、補習受けんでええんか」

「うん」

「ダチはどうした？」

「みんな補習だから——」

「ひとりだけ成績がええんもさびしいの」

「多羅尾くんも、いつもひとりだね」

「おう。誰かとつるむんは好かんけん」

みんなからちょっと相手にされないだけで、ひがんでいた自分が恥ずかしくなった。多羅尾のように自分から孤独を選ぶ者もいるのだ。

「役にたったか」

多羅尾は唐突に訊いた。すぐには意味がわからず、目をしばたたいた。

「ケンカよ。急所を教えたやろ」

「だめだった。ていうか、怖くて手がだせなかった」

頭を掻くと多羅尾は微笑して、

「ちらっと聞いたけど、いろいろやらかしたらしいの」

「うん。誤解もあるんだけど――」

「気にすんな。じきにみんなも飽きる」

「――ありがとう」

クラスじゅうから白い目で見られていると思っていただけに、多羅尾の言葉はうれしかった。ぼくたちは校舎をでて、陽射しの照りかえす校庭を歩いた。

真っ黒に日焼けした野球部員たちが青空の下を走っていく。

校庭の隅では応援団の連中が白手袋を振りながら、大声を張りあげている。夏休みだというのに、みんな部活で忙しそうだ。

校門をでたとき、通りのむこうから短ランや長ランの男たちが七、八人こっちにむか

ってきた。どこの高校かと目を凝らしたら、多羅尾が鼻を鳴らして、

「ハナコーの奴らやの」

「えッ」

よく見ると男たちのうしろにゴンドーがいる。とたんに心臓が縮みあがった。

「ゴ、ゴンドーがいるよ」

「うちの学校に、またカチコミかけてきたんかの」

「たぶん、ぼくを捕まえにきたんだ」

「おれが時間を稼いじゃるけ、はよ逃げれ」

ぼくはうなずいたが、足がすくんで走れない。もたもたしていたらハナコーの奴らに取り囲まれた。先頭にいたパンチパーマの男がこっちをにらみつけて、

「おまえが百鬼やの。ちょうツラ貸せちゃ」

たちまち恐怖で体が固まった。返事もできずにいると多羅尾が前に進みでて、

「つまらん。こいつはいまから、おれと帰るんや」

「おどれは関係なかろうが。ひっこんどけ、このチビがッ」

パンチパーマの男が怒鳴って、多羅尾の胸ぐらをつかんだ。

と思ったら、多羅尾は男の腕をひねりあげ、目にも留まらぬ速さで手刀を叩きこんだ。首筋に手刀を受けた男は全身の力が抜けたように、へなへなと崩れ落ちた。

「なんしよんか、こらッ」

「ほてくりこかすぞ、きさんッ」

ハナコーの男たちは怒号をあげて、いっせいに飛びかかってきた。

保健室のなかは消毒液と洗いたてのシーツの匂いがした。

丸椅子に座ってベッドを覗きこんでいると、多羅尾が腫れあがったまぶたを開けた。ベッドで横になってから、ずっと眠っていただけにほっとした。

「大丈夫？」

身を乗りだして訊くと、多羅尾は絆創膏だらけの顔をしかめて、

「まだおったんか。もうええけ家に帰れ」

「やっぱり、病院いったほうがいいんじゃない」

「しつこいちゃ。こんなん怪我のうちに入るか」

ふたりで保健室にきたとき、養護教諭は救急車を呼ぼうとしたが、多羅尾は拒んだ。養護教諭は京塚というおばさんで、カバが白衣を羽織ったような体型だ。

「ごめんね。ぼくのせいで、ひどい目に遭わせて――」

「おまえは関係あるか。おれが勝手にやったんよ」

しかし、と多羅尾は苦笑して、

「ゴンドーちゅうのは、ほんとに強いの」

さっきの乱闘を思いだすと、いまだに鼓動が速くなる。

多羅尾はパンチとキックの嵐をかいくぐって、次々にハナコーの奴らを倒していった。ところが、ゴンドーが前にでてきて拳を一閃した瞬間、多羅尾は宙を舞っていた。ハナコーの奴らはアスファルトに叩きつけられた多羅尾を、容赦なく袋叩きにした。

早く助けなければと思いながらも、足がすくんでその場を動けない。

ぼくはプラカード持ちのバイトのように突っ立っていた。ゴンドーはこっちに近づいてくると、節くれだった指をぼきぼき鳴らして、

「かかってこい。ぶちまわしちゃるけん」

とたんに腰が抜けて地面にへたりこんだ。

あきれて許してくれるのを祈ったが、ゴンドーは巨大な手でぼくの喉元をつかんだ。そのまま宙に持ちあげられ、片手で首を絞められた。

呼吸が止まって悶絶した瞬間、

「やめんかッ」

空気を震わすような怒声が響いた。

ゴンドーがいきなり手を放したせいで、地面に尻餅をついた。痛む尻をさすりながら、あたりを見まわすと担任の南雲が立っていた。

南雲はメガネをはずして、ゴンドーの前に立ちふさがった。

「やるんなら、おれが相手だ」

ゴンドーは拳を構えたが、南雲は身じろぎもしない。鋭い目でゴンドーを見据えている。しばらくにらみあったあと、ゴンドーは鼻を鳴らすと踵をかえした。

ハナコーの奴らもそれに続いた。

多羅尾を抱き起こして、保健室に連れていこうとしたら、

「おまえはどうして、じっとしてた」

南雲に訊かれたが、答えられずにうつむいた。

「暴力はいかん。しかし仲間を見殺しにするのは、もっといかん」

南雲の言葉を思いだしながら、自分の臆病さを悔やんでいると、京塚がパーティション越しに大きな顔を覗かせて、茶色い飴をふたつくれた。

両端をひねったビニール包みに「カンロ飴」と書いてある。多羅尾に渡そうとしたが、首を横に振る。ひとつを枕元に置いて、もうひとつを口に入れた。

「あいつらは、またくるやろな」

多羅尾は天井を見ながら、切れた唇でつぶやいた。

「うん」

「負けんなよ。ゴンドーに」

「しょ、しょんな――」

飴を頬張っているせいで呂律がまわらない。

「勝てるわけないよ」

「いや、勝てる。死ぬ気になれば勝てる」

「し、死ぬ気になんて、にゃれるかな」

「ケンカで怖いんは打撃や技やない。それを恐れる自分の心よ。死ぬ気になれば、恐れは消える。恐れが消えれば相手の動きが見えるし、冷静な判断ができる。そうなったら体力がなくても、じゅうぶん戦える」

　ふたたび門字を訪れたのは、その日の夕方だった。

　夕暮れの道をとぼとぼ歩いていると、ぱんぱんに張った足が痛む。ずっと歩き続けているせいで汗まみれの体が不快だった。

　保健室をでてから、多羅尾は先に帰った。痛そうに足をひきずっているのが心配で、家まで送っていこうとしたが、ケンカ腰で追いかえされた。

　そのまま帰ろうとしたが、なにもかもが急にむなしくなった。多羅尾は、ぼくをかばってフルボッコにされた。それなのに、なんの手助けもできなかった。

南雲のいったとおり、ぼくは仲間を見殺しにしたのだ。南雲がこなかったらゴンドーに殺されていたかもしれないが、そうなったほうがよかった気もする。

といって、いまゴンドーが襲ってきたら、いさぎよく殺されるかというと、なりふりかまわず命乞いしそうな自分が情けない。

こんな弱虫では、陽子に振られるのは当然だった。ただでさえ嫌われそうだったのに、未来からきたことを打ち明けたせいで、頭がおかしいと思ったにちがいない。

仮に陽子との交際が復活しても、ゴンドーにつけ狙われる。ぼく自身も怖いが、きょうの多羅尾のように、まわりにも迷惑がかかる。

彼女のことは、あきらめるしかなさそうだった。

クラスのみんなからも嫌われているし、母との関係も収拾がつかない。祖母だって、ぼくみたいな偽の息子と暮らしても時間のむだだ。この時代に慣れてきたつもりでいたが、やはり未来でしか生きられない。

あの井戸を捜しだして、二〇一六年に帰ろう。

そう決心して大倉駅から電車に乗った。門字に着いてからは懸命に記憶をたどりながら、それらしい場所を捜した。しかし井戸は見つからない。

ふだんならあきらめるところだが、あまりに落ちこんでいるせいか、ひきかえす気力もない。自分の情けなさに復讐するつもりで歩き続けている。

猛暑と疲労に耐えて場所を絞りこんでいくと、一軒の豪邸の前で足が止まった。

二メートル以上はありそうな高い塀のむこうに、巨大な瓦屋根が見える。景色が変わっているから断定はできないが、井戸があったのはこのへんかもしれない。

これだけ広い家なら、あの井戸があっても不思議はない。なんとかして敷地を調べたいが、住人に事情を話したところで相手にされないだろう。

こっそり忍びこもうにも、塀は乗り越えられる高さではないし、大きな瓦葺きの門は閉ざされている。門を開けさせて庭に入るには、住人を納得させるだけの理由がいる。

野球のボールをとらせてくれというのは、場所的に不自然だ。宅配便を装うのも時代的に無理がある。うまい口実がないか考えながら、塀に沿って歩いていると、

「おい、兄ちゃん」

背後から呼び止められた。

ぎくりとして振りかえると、パンチパーマの男がふたり駆け寄ってきた。どちらも二十代前半くらいで作業服のような上下を着ている。

ふたりは鋭い目でぼくをにらんで、

「さっきから、なんうろうろしよんか」

「おまえ、どこの学生か」

こんなところで、またからまれるとは思わなかった。

散歩だといいわけしたが、男たちは首をかしげて、

「怪しいのう。ちいと顔ば貸しちゃりない」

「すみません。もう帰ります」

「ええけ、こっちこいちゃ」

ひとりの男に襟首をつかまれたとき、主婦らしい中年の女が三人通りかかった。女たちはべらべら喋りながら、こっちに近づいてくる。

見られたらやばいと思ったのか、男はぼくの襟首から手を放した。

その隙に女たちのあとを追うように、早足で歩きだした。男たちが追ってくるかとひやひやしたが、無事にその場から脱出できた。

テレビの画面では「TVジョッキー」というバラエティ番組が流れている。

司会は土居まさる、アシスタントは相本久美子だ。番組には「珍人集合」というコーナーがあって特徴のある出場者を紹介するが「ペチャパイ大会」や「出っ歯大会」や「毛もじゃ大会」といった内容だから、未来では放送できそうもない。

ぼくはリビングのソファにかけて「リボンシトロン」という炭酸飲料を飲んでいる。味はサイダーのようで、CMには「リボンちゃん」というマスコットがでてくる。

門字にいってから三日が経った。

未来に帰ると決心したのに、結局なにもできなかった。

またあの豪邸にいかなければと思いつつ、連日の猛暑で動くのが億劫だった。自分の部屋にいるだけで熱中症になりそうだから、エアコンのあるリビングで清涼飲料水ばかり飲んでいると、プールからあがったみたいに体がだるい。

「夏休みなんやけ、ちいとは外でたらどうね」

そういう祖母もテレビを観ながら床に寝そべっている。

きょうは日曜とあって、祖母は朝から競馬場に馬券を買いにいっていた。そんな気力があるぶん、ぼくよりずっと元気だ。ぼくが黙っていると祖母は舌打ちして、

「家ンなかばっかりおったら、体がおかしなるよ」

「やだよ。暑いから」

「ほんとびったれやの。市民プールでもいっといで」

「それは上の連中にいってよ」

二階では、ゆうべからゲッキョク部が勢揃いで麻雀をしている。ひさしぶりで彼らが訪ねてきたときはうれしかったが、ぼくは仲間はずれのままでメンバーには入れてくれない。早い話が、わが家を雀荘がわりに使っているだけだ。

テレビの画面では、奇妙な特技を持った人物を紹介する「奇人変人」というコーナーがはじまった。そういやあ、と祖母はいって、

「何年か前、このコーナーでゴキブリ食うたひとがおったねえ」

「あ、その話聞いたことある」

「聞いたもなんも、あんたも見とったやないの」

「そうかな。で、そのゴキブリ食ったひとが死んだって都市伝説があるよね」

「都市伝説ちゃなんね」

また未来でしか通じない言葉を口にしてしまった。説明するのが面倒だと思っていたら、二階からぼくを呼ぶ声がした。どうせタバコか食いもののパシリだろう。

溜息をついて二階にあがると、卓を囲んでいるのは屋守と秀丸と滝野の三人だった。須藤と鳴海と大法は畳に寝転がって、いびきをかいている。

「みんな寝てしもうての。ひとり足らんけ、入らんか」

と屋守がいったが、滝野とやっても、どうせ負けるから厭だった。断って階段をおりようとしたら、ちょう待て、と秀丸がいって、

「麻雀せんのなら、こないだの貸しをかえせ」

仕方なく牌をかきまぜはじめたとき、チャイムが鳴った。

祖母が玄関にでていく気配がしたと思ったら、すぐ二階にあがってきて、

「陽子ちゃんて子がきとうよ」

祖母はそういって、ぼくをにらんだ。

卓を囲んでいる三人も冷たい目をむけてきた。陽子に逢いたいのはやまやまだが、みんなの手前すなおになれなかった。いままで電話もくれなかったことに腹がたってもいた。ぼくは咳払いをして、

「いま忙しいんだよ。帰ってもらって」

ふうん、と祖母はつぶやいて階段をおりていった。きさん、と秀丸がいって、

「それでええんか」

「いいから早くやろう」

感情を押し殺して牌山を積みはじめたら、ふたたび階段に足音がして祖母が入ってきた。そのうしろに陽子がいるのを見て、ぎくりとした。

「暑いなか、せっかくきてくれたんやけ、あいさつくらいせんね。陽子ちゃんも、あんたに話したいことがあるちゅうけ」

祖母は階段をおりていった。陽子は部屋に入ってくるなり、

「あの井戸があったと」

「――井戸って」

ひさしぶりに陽子と逢ったせいで頭が混乱して、すぐには意味がわからなかった。

「天狗の井戸が、ほんとにあったんよ」

「えッ」

屋守と秀丸が眠っている三人を揺り起こした。三人は目をこすりながら起きあがった。

「ど、どこに井戸があったの」

「その前に座ってもええ？」

あわててうなずくと、陽子は部屋の隅で横座りになった。祖母がまた二階にあがってきて、カルピスが入ったコップを彼女の前に置いていった。

「あたしの同級生のおじいちゃんが郷土史家やけ、百鬼くんがいうた井戸が門字にあるか訊いてもろうたと」

陽子はショルダーバッグから一枚の古びた紙をだすと、それを畳に広げて、

「明治時代の門字の地図よ。これが井戸の場所」

鉛筆で丸印がついたところを指さした。

ぼくは勢いこんで地図を覗きこんだ。明治時代の地図とあって、ほとんどが田畑でわかりにくいが、山や道路の位置からして、あの豪邸のあたりに印がついている。

印の横には「天狗ノ井戸」と書いてある。天狗とは、あの井戸の横にあった天狗の像のことだろう。思わず興奮して地図をてのひらで叩いて、

「これだッ。まちがいない」

「よかった。やっぱり、この井戸なんやね」

「うん。古い井戸だと思ったら、明治時代からあったんだ」

「郷土史家の話だと、いつの時代に作られたのかわからんけど、すごく古いものだって。昔から神隠しの井戸って呼ばれとったらしいよ」

「神隠し？」

「井戸に落ちたら行方不明になるけ、そんな名前がついたって」

行方不明ちゅうことは、と屋守がいった。

「井戸に落ちた奴は、百鬼とおなじようにタイムスリップしたんやないか」

それを聞いて背筋がひやりとした。ぼく以前にも、あの井戸に落ちてタイムスリップした人間がいたのかもしれない。須藤と鳴海が首をひねって、

「ほんなら、百鬼がいうたことはほんとなんか」

「ちゅうても、こいつが未来からきたとは思えんのう」

おれも、と秀丸がいった。ぼくは溜息をついて、

「いいよ。信じてくれなくても」

「丁半で占ってやる。丁なら、百鬼のいうことを信じよう」

滝野がそういってサイコロをふたつ卓に転がすと、

「ピンゾロの丁」

「ようし、おれも。当たりがでたら信用しちゃる」

大法はサイコロみたいな箱の「オレンジフーセンガム」を開けて、当たった、と叫んだ。どうしてサイコロやガムの当たりで、ぼくの信頼度が判定されるのか。

バカバカしさにあきれていたら、あたしは信じる、と陽子がいった。

「百鬼くんが未来からきたかどうかはべつにして、なんか不思議な体験をしたんはたしかやと思う。郷土史家に訊かなわからん井戸の存在を知っとったんやけ」

多数決やの、と屋守がいった。

「さっそく調べてみようや。いまの地図を見たら、そこになんがあるかわかるやろ」

「実は三日前、その場所にいってみたんだ、でも、すごく大きな家が建ってて、なかに

入れなかった」

ぼくがそういうと陽子が目をしばたたいて、

「なし、そんなとこにいったん」

「──未来に帰ろうと思って」

みんなは笑ったが、屋守と陽子は笑わなかった。屋守が渋い顔になって、

「この時代が厭になったちゅうことか」

「そうじゃないけど、ぼくがいたら、みんなに迷惑かかるから」

「ほんとのことをいうとるんなら、なんも気にせんでええ。おれたちは仲間やんか」

そうよ、と陽子がいった。

「百鬼くんがおったら迷惑なんて、誰も思うとらんよ」

ふたりの言葉に胸が熱くなった。

未来では「ＯＮＥ　ＰＩＥＣＥ」みたいに仲間どうしで助けあう世界はフィクションのなかにしかない。すくなくとも、ぼくのまわりにそんな友情はなかった。

なんと答えようか迷っていたら、

「百鬼は仲間やけど、実際に井戸を見らな、未来からきたとは信じられんの」

と須藤がいった。鳴海が窓の外に唾を吐いて、

「いまから、その井戸にいってみようや」

「いくのはいいけど、どうやって家に入るの」

ぼくの問いかけに、みんなは腕組みをして考えこんだ。

しばらく沈黙が続いたあと、陽子が口を開いた。

「夏休みの自由研究ていうたらどう？　門字の歴史を調べとるって」


八人は大倉駅から電車に乗って門字にいった。

空は曇っていたが、門字駅の温度計は三十四度もあった。

蒸し暑さにうんざりしながら歩いていくと、このあいだの豪邸が見えてきた。みんなは家の大きさに目を見張っていたが、須藤と鳴海が急に駆けだして、

「でたん暑いちゃ。もうたまらん」

「はよ家あがって、ジュースでも飲ましてもらおうや」

ふたりは門の前まで走っていったと思ったら、即座にひきかえしてきた。どうしたのか訊くと、ふたりはかぶりを振って自分で見てこいという。

怪訝に思いながら門の前に立ったとたん、

「うわッ」

みんなは異口同音に叫んだ。

三日前にきたときは暗くて気づかなかったが、門柱に道場のような看板がある。そこには荒々しい筆文字で「金龍寺一家総本部」と書いてあった。

「これって、もしかして――」

そうつぶやくと屋守がうなずいて、

「金龍寺一家ちゅうたら、武闘派のヤクザよ。門字を縄張りにしとうのは知っちょったが、こげなところに本部があったんやの」

三日前、パンチパーマの男たちに追いかけられた理由がようやくわかった。未来ではヤクザの事務所の看板なんか見かけないが、この時代には許されていたのだろう。

「こないだきたときは作業着の奴らがいたけど、あれも組員かな」

「おまえが見たんは作業着やなくて戦闘服じゃ。部屋住みの組員が着るやつよ」

と屋守がいった。大法は食べものがないせいか、ひと差し指をしゃぶりながら、

「ここが組事務所ちゅうことは、夏休みの自由研究ていうても――」

ふッ、と滝野が嗤って、

「そいつあ通らねえな」

「こら無理よ。もう帰ろうや」

と秀丸がいった。須藤と鳴海もあきらめ顔で、

「井戸はもうなかろう。この本部を建てるときに埋めとうちゃ」

「もしあっても、ヤー公に見つかったら大事ぞ」

「でも井戸があるかどうか、たしかめたい」

と陽子がいった。おれもそう思う、と屋守がいって、

「せっかくここまできたんや。ヤクザの事務所ちゅうのは昼間は当番くらいしかおらん

け、なんとかなるやろう。もし見つかったら、さっさと逃げりゃええ」

「どうやって、なかに入ろうか」

「ここにくる途中に裏口があった。あそこなら入れるかもしれん」

いまきた道をもどっていくと、塀の途中に勝手口らしいドアがあった。

来客が閉め忘れたのか、ドアは半開きになっている。屋守は大仏頭を突っこんでドアのむこうを覗きこんでから、みんなを手招きした。

八人は足音を忍ばせて、豪邸の敷地に足を踏み入れた。

巨大な木造家屋を中心に、見事な日本庭園が広がっている。庭に植えてある松や庭石や石灯籠がなみはずれて大きいのは、ヤクザの趣味なのか。庭の奥には、やはり大きな池があって鯉の群れが泳いでいる。

その池のむこうに、見おぼえのある天狗の像があった。ぼくは声をひそめて、

「あそこだ」

八人は忍者みたいな小走りで、天狗の像のそばに移動した。うまい具合に庭木が茂っていて、建物からはこっちが見えない。

思ったとおり、天狗像の横にあの井戸があった。

石を積みあげた古井戸なのは未来で見たのとおなじだが、いまはちいさな屋根があり、ロープと滑車のついた釣瓶がさがっている。

「この井戸だよ。とうとう見つけた」

感極まってつぶやくと、陽子は笑顔でうなずいた。秀丸が唇を尖らせて、

「たしかに井戸はあったけど、これが未来につながっとうとは限らんやろ」

「やけん実験してみようや」

と須藤がいった。どうやって？　と鳴海が訊いた。

須藤は地面に転がっていた平たい石を拾って釣瓶に放りこみ、勢いよくロープをおろした。やがて釣瓶が井戸に沈む水音がした。

「こいつを引きあげたときに石が消えとったら、未来にいったちゅうことやろ」

すこし経って釣瓶を引きあげると、石はそのまま残っていた。

「つぁーらんやないか」

「この嘘つきがッ」

須藤と鳴海はつかみかかってきたが、屋守が割って入って、

「石だけじゃわからん。生きものにしか反応せんのかもしれん」

「なら、百鬼が入れ」

「それがええわ」

「そんな――」

思わず大きな声がでて、自分の口を両手でふさいだ。

心配すんな、と須藤がいって、

「井戸に飛びこんだら、すぐもどってくりゃええやん」

「そのかわり、未来にしかないもんを証拠に持って帰れ」

と鳴海がいった。

忌まわしい提案に焦っていたら、それは危険やの、と屋守がいった。

「いったん未来にいけば、もどってきたときに時間がずれる可能性がある」

「ようわからんの。どういうことか」

鳴海が訊いた。屋守は続けて、

「いまの時代やないところにもどるかもしれんし、百鬼自身に変化があるかもしれん。べつの生きもので試したほうがええ」

「べつの生きものちゅうても、どっから持ってくるんか」

ふと背後で、ざぶざぶと水音がした。

振りかえると、大法が錦鯉を抱えて池からあがってきた。まるまると肥った鯉で紅白の模様がある。大法は舌なめずりをして、

「あとで鯉コクにして食おうや」

実験のためというより、それが目的で鯉を捕まえたらしい。大法はぴちぴち跳ねる錦鯉を無理やり釣瓶に入れた。待って、と陽子がいって、

「そのまま井戸に入れたら、鯉が逃げるよ」

そっかあ、と大法は頭を掻いて、さっきの平たい石で釣瓶に蓋をした。

「これで逃げんやろ」

大法はロープをおろし、釣瓶を井戸に沈めた。こんな方法では井戸が未来につながっているのを証明できない気がしたが、ほかにアイデアはない。

すこしして大法がロープをたぐると、みんなは釣瓶のなかを覗きこんだ。

蓋にしていた石をどけた瞬間、全員が目を見張った。

まるまる肥っていた錦鯉は茶褐色に干涸びて、ミイラになっている。釣瓶のなかは水で満たされているのに、なぜこんな現象が起こったのか。

「なんかこれは。井戸の底に吸血鬼でもおるんか」

「いや、河童の仕業やろう」

須藤と鳴海が口々に叫んだ。そんなんやない、と屋守がいって、

「鯉は何十年も先の未来にいったけ、干涸びてしもたんじゃ」

「この井戸は、やっぱり未来につながっとるんやね」

陽子がそうつぶやいたとき、

「くらあッ」

建物のほうから、すさまじい怒声が響いた。

凶悪な顔つきの男が五、六人、こっちに走ってくる。戦闘服を着ている男もいれば、上半身裸で刺青だらけの男もいる。

「ガキどもが、そこでなんしよんかッ」

「ここがどこか知っちょるんかッ」

男たちは罵声をあげながら迫ってくる。ぼくたちは全速力で逃げだした。陽子が石につまずいて地面に膝をついた。あわてて助け起こしていると、

「うおおーッ」

背後ですさまじい叫び声があがった。

「こりゃあ、おやっさんの錦鯉やないか」

「それも一千万の鯉やぞ。このままやったら、おれたちがケジメとらされるど」

「ガキどもを生け捕るんじゃ。めいっぱいヤキ入れちゃれッ」

八人はさらにスピードをあげて、死にもの狂いで走った。

あの錦鯉がそんなに高価なものとは知らなかった。捕まったらどうなるかと思ったら、生きた心地がしなかった。


男たちは執拗に追ってきたが、門字駅の近くまでくると、ようやく姿が見えなくなった。全身が汗まみれで脇腹が痛い。おまけに喉もカラカラだった。

八人は肩で息をしながら、駅の売店で飲みものを買った。

ぼくはサンキストというオレンジジュースにしたが、この時代の缶はプルトップをちぎる構造なのが面倒くさい。みんなは駅前の地面にしゃがむと、缶や瓶をあおりながら喉を鳴らした。陽子は駅の壁にもたれてスプライトを飲んでいる。

大法がコカ・コーラのホームサイズを一気飲みすると、大きなげっぷをして、

「もうだめやのう。あれじゃ井戸に近づけんわ」

「おまえが鯉やら盗むけよ」

と須藤がいった。まあしゃあない、と鳴海がいって、

「どっちにしろ、ヤクザの本部になんべんも出入りできんやろ」

「流局だな」

と滝野がいって前髪を掻きあげた。

「百鬼よ、おまえのいうたことは信じる。しかしあの状況じゃ、未来にもどるんは無理やろう。あきらめて、この時代で暮らしたらどうか」

屋守の台詞に秀丸がうなずいて、

「おれはまだ半信半疑やけど、このままでええやん。麻雀の貸しもあるしの」

「でも――」

「あたしもそれがええと思う」

と陽子がいった。

「いままで文句ばかりいうて、ごめんね」

「ううん。未来からきたって、ちゃんと説明できなかったのが悪いんだ。ぼくがぼんやりしてるせいで陽子ちゃんを困らせたんだから、嫌われてもしょうがないよ」

「そんなことないちゃ。もう誤解は解けたんやし、もとどおりつきあおうよ」

陽子の言葉に頭がのぼせて意識がぼんやりした。

「わかった。そうするよ」

深く考えもせずに答えると、あー熱い熱い、と秀丸が冷やかした。

しかし屋守はむずかしい表情で腕組みをして、

「ひとつだけ心配なことがある。百鬼が未来におったとき、圭子ちゃんは母親やったんやろ。百鬼がこの時代におったら、将来どうなるんかのう」

そんなん気にせんでええよ、と秀丸がいった。

「百鬼がいうとるのが、ぜんぶほんととは限らんし、タイムスリップちゅうこと自体がそもそも変なんやけ。このままほっといてええよ」

秀丸はいつになく強い口調でいった。

屋守がいうとおり、この時代にいることでパラドックスが起きるのは心配だったが、また陽子とつきあえると思ったら、それ以上考える気がしなかった。

須藤が瓶入りのファンタグレープを飲みながら、

「そういやあ、最近ゴールデンアップル売っとらんの」

どうでもいい話題を口にした。鳴海が首をかしげて、

「そんなんあったかあ。ゴールデングレープのまちがいやないんか」

「いんや。ゴールデンアップルはあった。おれ飲んだけん。みんなはどうか」

あったとかないとかで、よくわからない論争になりかけたとき、リーゼントで長ランの男が近寄ってきた。秀丸が長ランに目を凝らしてから、ハナコーの奴や、と叫んだ。

須藤と鳴海が勢いよく立ちあがって、

「ひとりでケンカ売りくるちゃ、ええ根性しとうやないか」

「堂南も舐められたもんやのう」

「待て。ケンカしにきたんやない」

男は冷静な声でいって、ぼくらを見まわすと、

「百鬼剛志郎ちゅうのはおるか」

「ぼ、ぼくだけど」

「ゴンドーさんから、おまえに伝言や」

「――なんだって」

男は上着のポケットから一枚の紙をとりだして、大声で読みあげた。

「あしたの夜七時に、おまえとタイマンを張る。場所は赤紫(あかむらさき)川の河原、負山(まけやま)橋の下。もし逃げた場合は、おまえのクラスの連中をひとりずつ血祭りにあげる。権堂烈山」

みんなはこわばった顔を見あわせた。ぼくは、ごくりと唾を飲んで、

「ど、どうしてゴンドーは、ぼくがここにいるって――」

「門字は、おれだんのシマやけの。どこにおったちゃわかるわい」

じゃあの、と男はいって踵をかえした。

八人はゴンドーを警戒して、まもなく大倉にもどった。

せっかく陽子の誤解が解けたのに、またしても災難が降りかかってきた。どうしてぼくがゴンドーと戦わなければならないのか。あんな怪物に一対一で勝てるはずがない。どう考えても逃げるべきだが、未来には帰れないし、クラスの仲間を血祭りにされるのも困る。

みんなも他人事ではないせいか、ぼくに逃げろとはいわない。駅前のロータリーにしゃがみこんで、それぞれ考えこんでいる。

ちくしょう、と鳴海が沈黙を破って、

「おれたちが助っ人できりゃええけど、勝負はタイマンやけのう」

「相手はゴンドーやぞ。助っ人したってどうもならんわ」

須藤の言葉に、ぼくは溜息をついて、

「学校か警察に相談したら、どうかな」

「そらあ、いったんはひくやろうけど、おまえのメンツはどうなるんか。一対一の勝負を逃げたちゅうて、学校じゅうの噂になるぞ」

と須藤がいった。メンツやらどうでもええやん、と陽子がいった。

「ゴンドーは何人も病院送りにしとるし、少年院(ネンショー)入るのも平気な奴よ。誰が相手だって手加減なんかせん。百鬼くんはどっかに身ィ隠して」

「気持はわかるけど、うちのクラスのもんが代わりにやられるど。それに、この街で生きていくんやったら、イモひくわけにいかんやろ」

「そういうおまえだって、ゴンドーにイモひいとるやないか」

と鳴海がいった。なんちゃッ、と須藤が怒鳴って鳴海の首を絞めた。

「もう、こんなときにケンカせんでちゃ」

陽子が尖った声をあげた。まあまあ、と屋守がいって、

「百鬼の件は、おれだんで対策考えるけ、陽子ちゃんは帰ったほうがええ」

陽子は不安げな表情でこちらを見た。ぼくは黙ってうなずいた。

ゴンドーがタイマンを申しこんできたのは、陽子とつきあっているせいだ。それだけに彼女を巻きこみたくなかった。

陽子が帰ったあと男たちで知恵を絞ったが、窮地を脱する方法は見あたらない。みんなタバコを吹かして溜息をつくばかりだった。

「あしたまでに百鬼を強くする方法はないかのう」

「ひとつでも必殺技をおぼえたらどうか。アトミックドロップとかベアハッグとか」

「むずかしすぎるわ。目潰しと金的だけに絞って特訓したほうがええ」

須藤と鳴海はタイマンのやりかたばかり考えている。ほかのみんなも、ぼくとゴンドーが戦う前提で話しているのが恐ろしい。

「ふつうにやっても勝てんのなら、ゴトしかねえな」

と滝野がいった。

大法が「カルミン」というメントスみたいな菓子を食べながら、

「イカサマってこと？」

滝野はうなずいた。たしかになあ、と屋守がつぶやいて、

「百鬼とゴンドーじゃハンデがありすぎる。百鬼が有利になる細工をしてもよかろう。ゴンドーの使いの奴も、素手でこいとはいうてなかったしの」

「ちゅうことは凶器使うてもええんや。匕首とか自転車のチェーンとか」

「指にカミソリはさむとか、釘打った角材とか、先っちょ研いだバールとか」

須藤と鳴海の提案にかぶりを振った。そんな凶器を使える自信がない。

秀丸が気ぜわしくタバコを吸いながら、

「おまえは二十一世紀からきたんやろ。光線銃とかバリアの作りかたとか知らんのか」

ふたたびかぶりを振った。武器やなくてもええ、と屋守がいって、

「タイマンの場所は赤紫川の河原や。河原に罠仕掛けてゴンドーを痛めつけたら、百鬼が有利になる。たとえば前もって落し穴を掘っときゃあ、足くじくやろ」

「落し穴の底に竹槍植えるか」

須藤がゲリラのトラップみたいなことをいった。屋守は続けて、

「しかも、むこうが指定したのは橋の下や。恐らく人目につかんけやろが、ゴンドーをべつの場所におびき寄せたら、おれだんが橋の上から攻撃できる」

それがええ、と須藤がいって、

「2B弾を百発くらい、ぶつけちゃろうか。大爆発で身動きできんぞ」

「もう売っとらんちゃ。禁止されたけん」

2B弾とは爆竹の一種らしい。クラッカーなら売っちょうけどの、と鳴海がいって、

「頭に岩でも落としたら、なんぼゴンドーでも往生するやろ」

「落し穴と岩か。上と下からのライダーダブルキックじゃ。これで決まりやの」

他人事のような会話にうんざりしていたら、うおッ、と秀丸が声をあげた。

緑の帽子で緑のスーツに緑のシャツ、緑のネクタイで緑の靴という全身緑ずくめの中年男が駅からでてきた。みどりのおじさんや、とみんなは騒いで、

「こら縁起がええわ。ゴンドーに勝てるかもしれんぞ」

と屋守がいった。そういえば、みどりのおじさんに逢うと幸運が舞いこむと秀丸から聞いたことがある。むろん迷信に決まっている。

そんな迷信を信じるくらいなら、佐川急便のフンドシに触ったほうがましだ。

けれども、みどりのおじさんの出現で考えるのが面倒になったのか、みんなはさっきの案に賛成した。もっとましな方法はないかと考えたが、なにも浮かんでこない。

あすの夕方、赤紫川に集合して罠を仕掛けることに決まった。

みんなと別れて家に帰ると、夕食は出前の寿司だった。

こんなにテンションが低いときに限って、どうして寿司なのか。祖母はビールをコップに注ぎながら、妙な歌を口ずさんでいる。

「好きな男の腕の中でも、ちがう男の夢を見るゥ。うーうゥー、あーあァー」

「なんなの、その歌。気持悪いよ」

「なんが気持悪いかね。ジュディ・オングの『魅せられて』やないの」

「どうして、そんなに機嫌がいいの。寿司の出前なんかとって」

これよ、これ、と祖母は財布から一枚の馬券をだして、

「イチかバチかの大勝負で、北九州記念とったんよ。スリーファイヤーとチェリーリュウ、連複一―八の一点買いで四千三百二十円もついたけね」

イチかバチかの勝負といえば、あすの勝負はバチに決まっている。

食欲はまったくなかったが、すこしでも食べて体力をつけておきたい。ネタが乾きはじめた握りを口に押しこむと、これが最後の晩餐に思えて溜息が漏れた。


赤紫川は市街地を流れる二級河川で、北九州では最大の川だ。

負山橋はそれを東西に結び、橋の上をチンチン電車が走っている。負山橋のそばには、陽子とデートしたデパートの筒井屋がある。

空は夕焼けに染まって、河原には涼しい風が吹きはじめた。ぼくは負山橋の下に佇んで、ゴンドーがあらわれるのを待っていた。

人生最大のピンチに陥ったせいで、ゆうべはほとんど眠れなかった。

その場のなりゆきでゴンドーとのタイマンを承知するしかなかったが、あらためて考

えると無謀にもほどがある。

　ふたりに共通しているのは人間ということだけで、ゴンドーとの能力差は圧倒的だ。白鵬vs小学生。直江兼続vs足軽。プーチンvs号泣議員。いや、ぼくに闘争心が欠けている点からして、スパイダーマンvsアンパンマン、スーパーサイヤ人vsイクラちゃん、範馬勇次郎vsのび太より分が悪いかもしれない。

　勝利の可能性は皆無だから、ぼくが適当にやられたところで、ゴンドーがやる気を失うのを願うばかりだ。ゴンドーは誰が相手でも手加減しないと陽子はいった。

　とはいえ、あまりに弱い相手を攻撃するのも後味が悪いだろう。

　ゆうべ遅い時間に、陽子から電話があった。

「あれからずっと考えたけど、やっぱりゴンドーと戦うのはやめて」

「しょうがないよ。ぼくがいかなきゃ、みんながやられる」

「ゴンドーを説得してみる。あたしがよりをもどすっていうたら――」

「だめだよ、そんなの」

「でも、ほかに方法がないやん」

「またゴンドーとつきあいたいの」

「好かんよ。あんな奴」

「じゃあ、なにもしなくていいよ。陽子ちゃんは、ぼくの彼女だろ」

「――そらそうやけど」

わかってるよ、とぼくはいった。

「陽子ちゃんに好かれてないってこと」

「なし、そんなこといううん」

「いいんだ。ぼくが一方的に好きになったんだから。こうやって話せるだけでうれしいよ」

「ひとの気持を勝手に決めんでちゃ」

「お願いだから、ゴンドーと逢ったりしないで。赤紫川にもきちゃだめだ」

「わかった。でも本気で心配しとるんよ」

「大丈夫さ。終わったら電話する」

会話はそれで終わった。

けれども、タイマンのあとで電話ができる状態にあるとは思えなかった。

約束の時間は七時だったが、ぼくたちは夕方から負山橋の下に集まった。いうまでもなく罠を仕掛けるためだ。どんな罠にするか、みんなで話しあっても名案はでず、きのう屋守が提案した落し穴を掘っただけだった。

落し穴は橋の欄干から見て、真下の川岸に掘った。

穴の上には段ボールの切れ端と雑草をかぶせてカモフラージュしてある。タイマンがはじまったら、ゴンドーを川岸へおびき寄せて穴に落とすという計画だ。

もっとも穴は浅いから、ゴンドーの身長だと胸までしか沈まないだろう。もっと深くしたかったが、地盤が堅くてそれ以上掘れなかった。

「なあに、胸まで落ちりゃ身動きできんようになる。おれだんが橋の上から石を投げつけるけ、ゴンドーはふらふらになるやろう。そこを思いきりぶん殴ればええ」

須藤は軽い調子でいった。

なおも不安を訴えると、鳴海がベニヤ板に五寸釘をびっしり打ちつけた。鳴海は釘の尖端を上にして、ベニヤ板を落し穴の底に置き、

「こいつを踏んだら痛いぞお。ゴンドーはしばらく歩けんやろ」

怪我をさせたらゴンドーが逆上する気がして、不安がつのった。といって徒手空拳で戦うわけにもいかなかった。

時間が経つにつれて、じわじわ緊張が増してくる。陽子とのことがなかったら、恥も外聞もなく逃げだしていただろう。

六時半をすぎた頃、みんなは河原をでて、どこかに身を隠した。タイマンがはじまったら橋の上で待機するというが、ひとりになるのはたまらなく心細い。

緊張のせいで尿意を催して、橋の下でこっそり用を足した。

約束の七時になって、薄暗くなった河原に大きな人影があらわれた。

ゴンドーは長ランを風になびかせながら、悠然と歩いている。ハナコーの奴らが七、八人、ゴンドーのあとをついてきた。

夏休みだというのに全員が学ランを着ているが、そんなことはどうでもいい。一対一

の勝負でなかったら即座に逃げるつもりだった。

ゴンドーは二メートルほど手前で足を止めると、

「ひとりか」

地鳴りのような声でいった。おどおどしつつうなずくと、

「どうしようもないクズやと思うとったが、ひとりできたんは誉めてやろう」

「そ、そっちは、どうして――」

ハナコーの連中を指さした。ゴンドーは彫りの深い顔にうっすら笑みを浮かべて、

「心配せんでええ。こいつらに手はださせん。勝負を見届けにきただけじゃ」

ゴンドーの太い首と広い肩幅を見ると、あらためて恐怖が湧いた。

こんな男とタイマンを張るとは、この期におよんでも信じられない。

「さあ、かかってこい」

ゴンドーがおごそかにいった。

「先に五、六発、殴らせちゃる」

いよいよだと思ったら下腹が冷たくなって、奥歯がカチカチ鳴りはじめた。ゴンドーを殴りにいくどころか膝頭が震えて、まともに歩けるかどうかも怪しい。

「こんのなら、こっちからいくぞ」

ゴンドーが身構えて河原の石がジャリッと鳴った。

「ちょ、ちょっと待って」

　ぼくは舌をもつれさせて叫んだ。

「な、なんで、タイマンなんかしなきゃいけないの」

「なんちゃ」

「ぼ、ぼくがなにをしたっていうんだよ」

「わしの女を寝取ったやないか」

「そ、そんなことしてないよ」

「どうでもええ。おまえみたいな性根の腐った奴は好かんのじゃ」

　ゴンドーは大股で近づいてきた。

　とっさに身をひるがえして、橋の下から抜けだした。

　落し穴をまたいで川べりに立つと、恐怖で腰が抜けそうになった。

　むろん落し穴に誘導するためだが、やはり罠にはめるのはまずい気がした。どのみち勝てないのなら、汚い手段は使うべきではない。正々堂々と負ければいい。

　殴られてもいいから、ひきかえそうと思ったとき、どすんと大きな音がした。

　ゴンドーの胸から下が河原に沈んでいる。

「落ちたぞ。やれッ」

　屋守の声がした。橋の上を見あげると、みんなは欄干から身を乗りだして石を投げはじめた。石はゴンドーの頭や顔にぶつかって、あちこちに血がにじんだ。

「堂南のガキどもやッ」

ーはよ橋にあがれ。ひとり残らず、ぶち殺せッ」

ハナコーの連中が罵声をあげて、いっせいに駆けだした。

「待てッ」

ゴンドーの声にハナコーの連中は足を止めて振りかえった。

降り注ぐ石つぶてを浴びながら、ゴンドーは平然とした顔で、

「手ェだすな。好きにやらせちょけ」

やがて石が尽きたのか、みんなの姿が橋の上から消えた。と思ったら、須藤と鳴海が欄干から顔をだした。須藤と鳴海は、ふたりがかりでコンクリートブロックを抱えあげている。いくらなんでもやりすぎだと思ったが、

「これがとどめや。食らえッ」

ふたりは叫ぶと同時にコンクリートブロックを投げ落とした。

コンクリートブロックはゴンドーの頭に命中し、鈍い音とともに砕け散った。ゴンドーの顔は血で真っ赤に染まって表情もさだかでない。

もしかして死んだのかもしれない。死なないまでも大怪我だろう。救急車を呼ぶべきかと焦っていたら、ゴンドーは穴の縁に両手を突いて、勢いよく飛びだしてきた。

ゴンドーは靴底に貼りついたベニヤ板を剝がすと、河原に放り投げて、

「今度は、おれの番やの」

血まみれの顔で、にやりと嗤った。

思わず身震いがして涙目になった。コンクリートブロックで頭を割られたうえに五寸釘を踏み抜いても平気とは、やはり怪物だ。計画が失敗した以上、逃げるしかない。

ぼくは転がるように走りだしたが、たちまち首根っこをつかまれた。

強引に前をむかされたと思ったら、強烈な一発が鼻にきた。

ごりッ、と鼻骨が潰れる感触があって地面に膝をついた。

鼻の奥に棒が突き刺さったような激痛とともに、塩辛い血液が口のなかにあふれた。喉を鳴らしてそれを飲みこんだ瞬間、テニスのラケットにできそうなくらい巨大な靴底が目の前にあった。

ぼくは棒のように倒れて、河原に背中を打ちつけた。

ふふん、とゴンドーは鼻を鳴らして、

「百鬼剛志郎ちゃ、でたん強そうな名前やが、名前負けもええとこじゃの」

ゴンドーは、ぼくが立ちあがるのを待ってから、みぞおちに拳を叩きこんだ。胃袋が裂けたかと思うほどの激痛に、吐き気がこみあげる。

体をくの字に折って嘔吐していると、多羅尾の台詞を思いだした。

死ぬ気になれば勝てる、と多羅尾はいった。

このままやられ続けたら、ほんとうに死ぬだろう。

どうせ死ぬのなら、すこしでも反撃したい。そう思ったら不意に恐怖心が消えた。

「うおおおッー

ぼくは生まれてはじめて雄叫びをあげて、ゴンドーに突っこんでいった。ゴンドーはよけようともせず、腹で拳を受けた。

力の限り殴ったが、鋼鉄のような腹筋はびくともしない。

正拳突きが風を切って、ぼくの顔面をとらえた。そのまま倒れかけたところに、すくいあげるような蹴りが下腹にきて体が宙に浮いた。そこにもう一発、回し蹴りがきた。車に撥ねられたような衝撃に吹っ飛んで、あおむけに倒れた。

格ゲーの三連コンボみたいだと思いつつ、あまりの激痛に意識が薄れかけた。

「死ねッ」

ゴンドーは無表情でいって、ぼくの顔の上で足を振りあげた。

逃げようにも、もう体が動かない。この一撃で殺される。

恐怖に耐えきれず失神しかけたとき、どこからか陽子が飛びだしてきた。

「もうやめりッ」

陽子は叫んで、ぼくの上に覆いかぶさった。

ゴンドーは宙で足を止めた。あれほどくるなといったのに、陽子はどこかで様子を見ていたらしい。彼女はゴンドーをにらみつけると、

「自分より弱い相手をやっつけて、なんが楽しいと」

「なんも楽しゅうない」

ゴンドーは宙で足を止めたままいった。

「家にゴキブリがでたら、楽しゅうないでも殺すやろが。それとおんなじじゃ」

「あんたがゴキブリやん。暴力しか能がないくせに、ひとに迷惑ンじょうかけて」

「なんちや、きさんッ。このガキと一緒に踏み殺すぞ」

「殺したらええやん。殺して刑務所いき」

「なし、そこまでこいつをかばう」

「好きやけよ。悪い？」

「嘘をつけ。こげな根性なしのどこがええんか」

「あんたみたいな大バカタレより、百鬼くんのほうが百倍ええわ」

「なら、しゃあないの。おどれも殺しちゃろう」

ゴンドーがふたたび足を高くあげた。

次の瞬間、陽子はぼくを抱き寄せると、いきなり唇を重ねてきた。彼女の甘い吐息とやわらかい唇の感触に、全身の痛みも忘れて恍惚となった。

どのくらいそうしていたのか。

魂が体から抜けだしたような気分で、頭のなかは空っぽだった。

陽子がゆっくり唇を離して、ようやくわれにかえった。

彼女は肩をすくめて、はにかんだ。いま頃になって顔が火照るのを感じながら、あたりを見まわすとゴンドーの姿がない。

河原のむこうに、ハナコーの奴らを従えて歩く長ランの後ろ姿が見えた。

10

GT380

窓の外から、ワシワシワシワシと気ぜわしいクマゼミの声が聞こえてくる。

ぼくはリビングでインスタントラーメンを啜っていた。キッチンの戸棚で見つけた「マルタイ屋台ラーメン」で、コクのある豚骨スープが旨い。

祖母は朝から買物にでかけて、家にはぼくしかいない。

ラーメンを食べながらテレビのワイドショーを観ていたら「あなたの知らない世界」というコーナーがはじまった。視聴者から寄せられた心霊体験を再現ドラマにして、新倉イワオという放送作家が解説している。

未来にいた頃は心霊現象をはじめ、オカルト的なものはバカにしていた。けれども、ぼく自身がタイムスリップという信じがたい現象を体験したのだから、幽霊がいたって不思議はない。

そういう心理状態のせいか、なまなましい再現ドラマを観ていると、しだいに怖くなってきてテレビの電源を切った。ラーメンを食べ終えて体は熱いのに、腕に鳥肌が立っている。

祖母が買い置きしていたマイルドセブンで食後の一服をしていると、大きいほうを催してトイレに入った。和式トイレにもすっかり慣れて、タバコを吸いながら用を足すらいは平気になった。洋式のほうが楽なのはたしかだが、足腰が鍛えられた気がする。

ゴンドーとの決闘から四日が経った。

きのうまでは傷の痛みと熱で身動きできなかったが、ようやく体力が回復してきた。とはいえ、目のまわりにはパンダみたいな青タンが残っているし、アザだらけの体はあちこちが痛む。しかし気分は悪くなかった。

ゴンドーにはボコボコにされたけれど、はなから勝てる相手ではない。逃げずに戦ったおかげで仲間うちの株があがった。

決闘の翌日、ゲッキョク部のみんなが見舞いにきた。ぼくの体調を気遣ってか、それ以降は顔をださない。牌の音がしないのは静かでいいが、元気をとりもどすにつれて、そろそろ退屈してきた。

いちばんの楽しみは、陽子が毎日見舞いにくることだ。

陽子には感謝してもしきれない。彼女が原因でゴンドーにからまれたとはいえ、あのとき助けにきてくれなかったら、いま頃は赤紫川の河原に花束が置かれていただろう。ゴンドーはなにもいってこないから、陽子のことはあきらめたらしい。これからは誰にも遠慮しないで堂々とつきあえる。

あれからずっと陽子とのキスを思いだしては、うっとりしていた。

しかし欲望は次から次へと湧いてくる。彼女とキスをするという第二のミッションは、またしても思わぬところでクリアしたから、いよいよ第三のミッションを達成しなければならない。

陽子が見舞いにきたときがチャンスだったが、きのうまでは痛みと熱のせいで、なにもできなかった。体は衰弱しているくせに、そっちの機能は万全だった。

第三のミッションのことを考えると頭が熱っぽくなって、下半身が痛いほど突っ張ってくる。決行をいつにするかが問題だが、失敗は許されない。

そのときのムードを損なわないために、青タンがひいてからがいいだろう。けれども、とりあえず応急処置が必要だった。

トイレをでるとティッシュを用意して、パジャマのズボンとパンツを脱いだ。リビングのソファに寝そべると、陽子とのキスを思いだしつつ作業にとりかかった。

とたんに玄関でチャイムが鳴った。

たったいま妄想していた当人が見舞いにきたらしい。あわてて服を着て玄関にいったが、硬直したものはすぐに萎えない。

突っ張った下半身に気づかれないよう、及び腰でドアを開けた。

とたんに汗だくの顔をした祖母が入ってきて、力が抜けた。

祖母は買物袋を両手にさげて、ふうふういっている。ぼくは溜息をついて、

「いちいちチャイム鳴らさなくても、鍵持ってでんじゃないの」

「こげん荷物があるけん、自分で開けられんやろ。はよこれ持って」

祖母は買物袋を押しつけてくると、ぼくの下半身を顎でしゃくって、

「あんた、ズボンどうしたんね」

ぎょっとして下を見ると、ズボンを後ろ前に穿いていた。

あわてて穿いたせいで前後をまちがえたらしい。祖母から受けとった買物袋をその場に放りだして、トイレに駆けこんだ。

祖母にはゴンドーとの決闘も、金龍寺一家に追いかけられたことも話していない。ただ父のノートにあった地図のことが気になった。

あの地図には丸印の下に「金」の文字が書かれていた。その場所を探しにいったせいで井戸に落ち、タイムスリップがはじまったのだ。

いま考えると「金」とは、金龍寺一家の「金」だったのだろう。父がどういう意図で、そんな場所に印をつけたのか知りたかった。

「門字に金龍寺一家って、ヤクザの事務所があるね」

食事のときにそれとなく切りだしたら、祖母は眉間に皺を寄せて、

「あんた、またあそこにいったんかね」

「またって、通りがかっただけだよ」

「とぼけなさんな。あんたは小学校六年ンとき、金龍寺一家にいって子分にしてくれて頼んだやろ。ヤクザ屋さんがうちまで送ってくれたやないの」

「そんなことあったかな」

「ヤクザ屋さんに説教されたんを忘れたんかね。子どものくせに盃なんか欲しがったらいけんて――」

それで金龍寺一家のある場所に印をつけた理由がわかったが、おかげで息子は大変な目に遭った。祖母のいうとおり、とんでもない父だ。

トイレでズボンを穿きなおしてリビングにもどった。

祖母は暑い暑いといいながら「三ツ矢サイダー」をコップに注いでがぶ飲みしている。

祖母はコップを置くと大きなげっぷをして、

「そういやあ、さっき秀丸くん見かけたよ」

「どこで」

「筒井屋の近所よ。あの子と一緒やった」

「あの子って誰？」

「圭子ちゃんよ。なかよう手ェつないどったけ、声かけんやったけど」

圭子は——母はとっくに東京へ帰ったと思っていた。

それがこっちにいたうえに、秀丸と手をつないでいたとはどういうことなのか。

あんた、と祖母はぼくをにらんで、

「圭子ちゃんとは、ちゃんと別れたんやろね」

「別れるもなにも、最初からつきあってないよ」

「嘘いいなさい、この女たらしが。まあ、あんたなんかとつきあうより、秀丸くんのほうがずっとええやろ。これからはもう浮気せんで、陽子ちゃんを大事にせないけんよ」

二階にあがって考えこんでいると、このあいだの屋守と秀丸の会話を思いだした。

「ひとつだけ心配なことがある。百鬼が未来におったとき、圭子ちゃんは母親やったんやろ。百鬼がこの時代におったら、将来どうなるんかのう」

屋守がそういうと秀丸は強い口調で、

「そんなん気にせんでええよ。百鬼がいうとるのが、ぜんぶほんととは限らんし、タイムスリップちゅうこと自体がそもそも変なんやけ。このままほっといてええよ」

秀丸は、圭子がぼくの母だというのを否定したそうな口ぶりだった。自分の交際相手が友人の母親だとは考えたくないから、ああいう発言をしたとすれば説明がつく。どこでどうなったのかわからないが、秀丸は母とつきあっている可能性が高い。

だとしたら、未来はどういうふうに変化するのだろう。ぼくがこの時代にいるという時点で大きなパラドックスがあるものの、なんとなくこのままでいいと思っていた。

しかし秀丸と母がつきあっているとなると、あらためて不安が湧いてくる。自分の母が秀丸の彼女という気持悪さもあるが、それ以上に未来が気がかりだった。

もし順調に交際が進んで、将来ふたりが結婚したらどうなるのか。

ふたりのあいだに生まれるのは、むろんぼくではないはずだが、母が母でなくなるとすると、いまのぼくはいったい誰から生まれるのだろう。

この時代に生きている限り、どう考えても母とは結婚しそうもないし、したくもない。だが未来のぼくが生まれるためには、父であるぼくと母が結婚するしかない。

ということは、母がぼくと結婚しないのが確定した瞬間に、いまのぼくは消えてなくなるのではないか。そんな恐怖におびえたが、解決の手段はどこにもなかった。


夕方になって陽子が見舞いにきた。

ぼくが歩けるようになったのを見て、彼女は目を輝かせると、

「よかった。だいぶ元気になったね。これ、おみやげ」

茶色い紙袋を差しだした。紙袋のなかにはカップ入りのアイスクリームが入っていた。ピンク・レディーがCMをしている「宝石箱」というアイスだが、カップは三つある。

「ひとつは、おかあさんにあげて」

陽子にいわれて一階に持っていくと、祖母は礼をいいにきて、

「陽子ちゃん、いつもありがとうね」

　祖母は一階にもどればいいものを、その場でアイスを食べはじめた。

「このバカ息子はケンカで寝込むくらいしか能がないけど、陽子ちゃんのことは好きみたいやけ、ひまなときは遊んでやってね。ほら、あんたたちもはよ食べな、溶けてしまうが」

　ぼくは舌打ちをしてアイスの蓋を開けると、

「よけいなこといわなくていいよ」

「よけいなことばっかりしようのは、あんたやろが。さっきも、なんしよったんか知らんが、この子はズボンを――」

「わあー、もういい。わかった」

　思わず大声をあげて、そのあとの台詞をさえぎった。

　祖母が一階におりると、ラジカセのスイッチを入れて陽子の隣に座った。

　FM放送からサザンオールスターズの「いとしのエリー」が流れてくる。番組のDJは三枚目のシングルだといったが、こんな昔にデビューしていたとは知らなかった。

「これ、いい曲ね」

　陽子がそういって肩を寄せてきた。髪の甘い香りとともに彼女の体温が伝わってくる。

　昼間に個人的な作業を中断したせいで、たちまち頭に血がのぼってきた。

　青タンがひくまで我慢しようと思っていたが、もしぼくがこの世から消えてしまったら、陽子ともお別れだ。心残りがないように、やりたいことはやっておいたほうがいい。勝手な理屈をつけて陽子ににじり寄った。

イモムシが這うような手つきで肩に手をまわしたが、拒絶するそぶりはない。一階に祖母がいるのが邪魔だが、夜まで待っていたら陽子が帰るかもしれない。

その前になんとかしたいのに、なんとかする段取りがわからない。第三のミッションとは、ぼくにとってアルファベットのGの次を意味するが、いきなりハードルをあげるのも考えものだった。

音楽を聞いているふりをしつつ、陽子の胸に粘っこい視線をむけた。

未来で見たAVを思いだすと、まずはこのふくらみに触れるのが定番の気がする。いや、その前に濃厚なキスをすべきだろう。いかがわしい考えに耽っていたら、鼻息が荒くなって心臓がばくばくしてきた。

陽子の反応が怖いけれど、ここまできたらやるしかない。

おずおずと陽子に顔を寄せたとき、「いとしのエリー」が終わって、小林幸子の「おもいで酒」という曲が流れだした。このラジオ番組は、どうしてポップスと演歌を一緒に流すのか。このままでは初体験の記憶に紅白歌合戦の巨大衣装が重なってしまう。

しぶしぶ立ちあがってラジカセをいじっていると、

「モモキくうん」

屋守の声がして、つんのめった。外が騒がしいからゲッキョク部の連中も一緒らしい。

断るまもなく祖母が応対にでて、汗臭い男たちがぞろぞろ二階にあがってきた。

「あらー、陽子ちゃんおったんかあ。邪魔して悪かったのう」

「すまんすまん。ふたりきりのとこに割りこんで」

須藤と鳴海がにやつきながらいったが、遠慮する気配はまったくない。みんなドカドカとあぐらをかいて、せまい部屋を占領した。

急で悪いけど、と屋守がいって、

「あした海いくぞ」

「海？」

「おう。おまえがゴンドーを撃退したお祝いじゃ」

「気持はうれしいけど、急すぎるよ。まだ体も痛いから、べつの日にしない？」

「もうすぐ盆やろが。盆になったら泳げんけの」

「なんで泳げないの」

「盆になったらクラゲがでるし、あれもでるけの」

「あれって、なに？」

幽霊よ、と大法がいった。

「盆に泳いだら、幽霊に足ひっぱられて溺れるちゃ」

幽霊といわれて、昼間の再現ドラマを思いだした。

とたんにピーピーピーと音がして肝を潰した。その音は大法の口から聞こえてくる。なにか丸いものをくわえていると思ったら、フエガムというガムらしい。

「海いったあとは、ディスコいくぞ。ミリオンクイーンじゃ」

「滝野が雀荘で大勝ちしたけ、みんなのぶんをおごっちゃるち」

ふッ、と滝野が嗤って前髪を掻きあげた。

ミリオンクイーンといえば秀丸と前を通ったことがあるが、そういえば秀丸がいない。

屋守によれば、きょうは家の用事があるといって断ったという。

「でも、あしたはくるぞ。みんなも彼女連れてくるし、陽子ちゃんもおいでよ」

「あたしはいいけど――」

陽子は迷っている様子で、ぼくの顔を見た。どうしようか迷っていると、陽子の水着姿が頭に浮かんで反射的にうなずいた。


海にむかって出発したのは、翌日の午後だった。

目的地の海水浴場は、車で四十分ほどの距離らしい。須藤は紫色のＧＴ３８０、鳴海は日章旗のペイントをしたＣＢ４００Ｔ、大法はピンクのラッタッタというバイクに乗ってきた。三人とも彼女をうしろに乗せている。

須藤の彼女が純子（じゅんこ）、鳴海の彼女がゆかり、大法の彼女は妙子（たえこ）という名前だった。

純子はいかにもヤンキーらしい赤茶けたカーリーヘアで、アイシャドーが濃い。

ゆかりは鳴海とおそろいの特攻服を着て、なぜかマスクをしている。妙子は大法をひとまわりちいさくしたような顔と体型で、ふたり乗りの原付はいまにも壊れそうだった。

秀丸が母を連れてきたら厄介だと思っていたが、ひとりでやってきた。

「きのう、かあさんと――いや圭子ちゃんと逢っただろ」

みんなに聞こえないよう耳打ちすると、秀丸は目を白黒させて、

「な、なし知っとんか」

「うちのばあちゃんが――いや、かあさんがおまえらを見かけたんだよ」

秀丸は顔を真っ赤にして下をむいた。

「もしかして、つきあってるのか」

「ま、まあの。ぜったい誰にもいわんどってくれ」

思ったとおり、ふたりはつきあっていた。

詳しく事情を聞きたかったが、みんなの前では話せなかった。

ぼくと陽子と秀丸と滝野は、屋守が運転するケンメリという白い車に乗った。やけに車高が低いと思ったら改造しているという。

それよりも高校生で車の免許がとれるのか疑問だった。しかしよく考えたら、屋守は何年も留年しているから、とうに十八歳を超えている。

「未来にシャコタンはないんか」

屋守にそう訊かれたが、よくわからない。屋守は続けて、

「未来の車はかっこええんやろのう」

「どうかな。デザインはそれなりに洗練されてると思うけど」

「若い奴らは車とかバイクとか乗らんのか」

「あんまり。この時代ほど興味は持ってないかな」

「興味ないでもええが、夏休みは海やら山やらいくんやろ」

「そうでもないよ。ニートやひきこもりも多いし」

「なんかそれは」

　ニートやひきこもりについて説明すると、屋守は舌打ちして、

「仕事もせんで、つぁーらんのう。そいつらは外でらんで、なんしよんか」

「ネットとかゲームとか——」

「ゲームかあ。たいがいでインベーダーも飽きるやろ」

「そういうのじゃなくて、未来は３Ｄだよ。すごくリアルでバーチャルっていうか、仮想現実の世界で遊べる。ゲームで恋愛だってできるんだ」

　ひとしきり未来のゲームについて説明したが、屋守は想像がつかないらしく、

「ようわからんけど、リアルさでいうたら現実の世界にゃ勝てまい」

「そりゃそうだよ」

「なら、外にでて現実の世界で遊んだほうがおもろいやんか。女だって、ゲームの作りもんと恋愛するより、本物のほうがええぞ」

「そういえば、彼女はどうしたの」

「くるはずやったけど、ゆうべキャバレーの帰りが遅なってのう」

どういう生活なのか知りたくなくて、それ以上は訊かなかった。滝野におなじ質問をすると無言で牌をツモる手つきをしたから、やはりそれ以上は訊かなかった。

やがて車は海水浴場に着いた。

小学校六年の遠足で湘南にいったきり、海にはいってない。それだけに白い砂浜と青く澄んだ海は新鮮だった。

みんなは水着に着替えて、いっせいに海へ飛びこんだ。

陽子の水着は露出度の高いビキニを期待していたが、おとなしめのワンピースだった。もっとも、スク水を連想させる清楚な雰囲気なのに、でるところはでて凹むところは凹んでいる。それがかえって艶かしくて頭がくらくらした。

ぼくの水着は、家のタンスにあったオヤジ臭い海パンだった。青白くて痩せたぼくが穿くとブカブカで、なにかの拍子に中身がはみだしそうになるのが怖い。

陽子の水着姿を見ていると、中身が突っぱってくるのにも困惑した。そんなときは海に駆けこんで、股間がおとなしくなるのを待つしかない。

海中でしゃがんでいると、秀丸がこわばった表情で近寄ってきて、

「おまえは、この時代におるつもりなんやろ」

「まあ、そのつもりだけど」

「なら、圭子ちゃんが自分のかあちゃんやったとか、もういわんどってくれ」

「わ、わかったけど、なんで？」

「圭子ちゃんが傷つくけよ。未来ではどうやったか知らんけど、いまはおれの彼女なんやけ――」

秀丸の真剣な表情に圧されてうなずいた。でものう、と秀丸は溜息まじりにいって、

「圭子ちゃん、けさの飛行機で東京帰ったんよ」

ぼくは安堵しつつ、エンレンは大変だね、といった。秀丸は訝しげな表情で、

「エンレン？」

「遠距離恋愛ってこと。こっちと東京じゃ、なかなか逢えないだろ」

「でも圭子ちゃん、来月の連休にまたこっちくるって。おれもバイトでガンガン稼いで東京いくぞ」

「すごい情熱だな」

「そらそうよ。はじめて彼女ができたんやけ。外国だっていくわい」

秀丸はそういってから狼狽した表情になった。いつだったか、前の彼女とは別れたと見栄を張ったのは嘘だったらしい。秀丸は唇にひと差し指をあてて、

「いまの話も、ぜったい秘密やけの。おまえしか知らんのやけ」

「わかったよ」

「よし。やっぱり、おまえは親友や」

秀丸は急に笑顔になって右手を差しだした。

ぼくは、さっきまで股間を押さえていた手で握りかえした。

秀丸は本気で母とつきあうつもりらしい。未来がどうなるのかはべつにして、いつまで交際が続くだろうか。

遠距離恋愛も問題だが、秀丸はワルぶっているわりに純情だから、母のあっけらかんとした性格に振りまわされそうな気がする。といって、ぼくが母のことでアドバイスをするのも変だから、とりあえずふたりの交際を見守ることにした。

ぼくたちはさんざん泳いだあと、海の家でかき氷とスイカを食べた。海の家のラジオからはゴダイゴの「銀河鉄道９９９」という曲が流れてくる。

それからビーチボールで遊び、海の家にもどってラムネを飲み、サザエのツボ焼や焼トウモロコシを食べた。ラムネの青い瓶にはビー玉が入っているが、どうやって入れたのか気になった。

海を満喫して帰路についたのは、夕暮れどきだった。

ケンメリで海沿いの道を走っていたとき、

「ちょ、ちょっと停めて」

不意に秀丸が叫んだ。屋守がわけを訊くと秀丸は腹をさすって、

「海で冷やしたみたいで、腹が痛なった」

「もうちょい待て。トイレがあるとこで停めちゃるけ」

「そんな余裕ないちゃ。どこでもええけ停めて」

秀丸は必死の形相でいう。

屋守がケンメリを路肩に停めると、秀丸は腹を押さえて道路脇の草むらに駆けこんだ。先に走っていた須藤たちもバイクを停めて、こっちにもどってきた。

「どしたんか、秀丸は」

須藤が訊いたとき、草むらからピーゴロゴロと盛大な音が響いてきた。


夜になって大倉に着いて、みんなでミリオンクイーンにいった。

若者が踊るクラブなら、未来にいたときテレビやネットで知っていた。けれどもディスコについては、なにも知らない。

イルミネーションがぎらぎらしたエスカレーターで二階にあがると、アフロヘアの男性従業員が一同を出迎えた。従業員は青いサテンの開襟シャツを着て、白いパンツの裾がラッパのように広がっている。秀丸によれば「パンタロン」というらしい。

薄暗い店内に入った瞬間、大音量の音楽が鼓膜を震わせた。

モザイク状にライトが点滅するフロアで、大勢の若者たちが踊っている。

男たちの髪型はお決まりのリーゼントやパンチパーマで、服装はアロハや開襟シャツが多い。むろんシャツはボトムにインしている。

フォーマルっぽい装いでは、エンブレムの入った紺色のジャケットや玉虫色のスーツ

が目につく。秀丸は彼らを指さして、

「紺色のはアイビー、玉虫色はコンポラよ」

天井で巨大なミラーボールがまわり、壁面は鏡張りだ。従業員に案内されて、ボックス席の真っ赤なソファに座ったが、みんなはすぐに席を立っていく。

もう踊りにいくのかと思ったら、飲みものはフリードリンクで料理はバイキング形式だという。店内の奥にフードコーナーがあって酒や料理が置いてある。

みんなは皿を手にしてフライドチキンやフライドポテト、ナポリタンやポテトサラダといった料理をとってきた。

酒は陽子とおなじマイタイというトロピカルなカクテルにした。

マイタイは妙に甘いし、料理はどれもチープな味だが、はじめてのディスコに気分は高揚していた。呑みはじめてまもなく、聞きおぼえのある曲がかかった。

「おッ、ブギー・ワンダーランドや」

須藤が叫ぶと、彼女の手をひいてフロアにでていった。

鳴海も彼女と一緒に踊りはじめた。

「この曲、未来でも聞いたことあるよ」

そうつぶやくと、屋守がブルーハワイというカクテルを呑みながら、

「アース・ウィンド&ファイアーの曲よ」

屋守はオカルトだけでなく音楽にも詳しい。

イントロが鳴るだけで「これはビージーズ。恋のナイト・フィーバー」とか「アバのダンシング・クイーン、ちょっと古いの」とか「アラベスクか。ハロー・ミスター・モンキーやの」とか、いちいち曲名を教えてくれる。

大法は彼女と料理を食べまくり、滝野はウイスキーのロックを浴びるように飲んでいる。彼らはディスコの用途がちがうらしい。

「そろそろ、おれだんも踊りいこうや」

秀丸にうながされて、陽子とフロアにでていった。けれども、どうやって踊ればいいのかわからない。まだ体が痛いのに無理して泳いだせいで、足元がふらふらする。

「はよ踊らんか。未来にもディスコはあるやろ」

「似たようなのはあるけど、いったことないから――」

「適当でええんよ。おれが手本を見せちゃる」

そういう秀丸もディスコははじめてのようで、背中をどつかれた猿みたいな動きだ。陽子はどこでおぼえたのか、慣れた様子で踊っている。

屋守と滝野、大法のカップルもフロアにでてきた。まだ踊る決心がつかずに突っ立っていたら「ジンギスカン」という能天気な曲がかかった。

とたんにみんなは整列して、いっせいにおなじ振り付けで踊りはじめた。盆踊りかラジオ体操みたいなノリだが、ひとりでじっとしているわけにもいかない。前にいる客をまねて懸命に踊っていると、しだいに楽しくなってきた。

しばらく踊ってボックス席にもどると、急に照明が暗くなった。スローな曲がかかったと思ったら、屋守がすかさず「メリー・ジェーン」だと解説して、

「チークタイムじゃ。陽子ちゃんといってこい」

みんなにはやしたてられて陽子とフロアにもどったが、むろんチークダンスも知らない。恐る恐る彼女と手をつなぎ、もう一方の手を腰にまわした。

そのままの姿勢で固まっていたら、

「もっとくっつかなきゃだめよ」

いわれるままに体を密着させると、またしても股間が張りつめてきた。陽子にそれを気づかれるのが怖くて離れようとしたが、彼女はさらに体を押しつけてきて、

「――好きよ」

耳元でささやいた。

チークタイムが終わって席にもどったが、熱に浮かされたように頭がぼんやりしていた。陽子から直接好きだといわれたのは、これがはじめてだ。

ようやく陽子がほんとうの彼女になった気がする。周囲の目がなかったら、そこらじゅうを走りまわって、思いきり叫びたかった。

夢を見ているような心地でフロアを見つめていると、リーゼントっぽいショートヘアで派手なメイクの女が踊りはじめた。肩から胸元があらわなラメ入りの黒いドレスは、太ももまで深いスリットが入っている。

「あたし、昔はあんな感じやった」

陽子が黒いドレスの女を指さした。ぼくは目をしばたたいて、

「い、いまとぜんぜんちがうじゃん」

「うん。あの頃はツッパってたから。いま考えたら恥ずかしいよね」

「そんなことないよ」

「なら、いまとどっちがいい？」

「そりゃ、いまのほうがいいけど——」

大人っぽい陽子も見てみたかったが、ぼくと釣合いがとれなくなりそうだった。陽子はすこし酔ったのか肩にもたれかかってきて、首筋に熱い息がかかった。

とたんに背筋を電流のようなものが走って、下半身が反応をはじめた。

この調子だと、今夜こそ第三のミッションを達成できるかもしれない。いや、なんとしても達成すべきだろう。幸い祖母は今夜も店にでている。このディスコをでてから家に誘って、一気にミッションをクリアしよう。そんな下心で胸が高鳴ったとき、

「おいッ」

どこからか尖った声がした。

あたりを見まわすと、店の奥にパンチパーマの男がふたりいた。パンチパーマはいいかげん見慣れたが、やけに人相が悪い。ふたりは大股でこっちにむかってくると、

「こらきさんッ、こないだはやってくれたのう」

「おやっさんの錦鯉をどうしてくれるんかッ」

どこかで見た顔だと思ったら、金龍寺一家の連中だった。

「やばいぞ。店をでよう」

屋守が緊張した面持ちでいった。

みんなは急いで席を立って早足で歩きだした。が、男たちが追ってくると駆け足になった。ぼくも陽子の手をひいて走った。

店を飛びだしてエスカレーターを駆けおりたとき、上から秀丸の声がした。

「待ってくれえ」

秀丸は逃げ遅れたらしく、下りのエスカレーターの上でもたついている。

「なんしよんか。捕まるぞッ」

須藤が怒鳴ると、秀丸は顔をしかめて両手で腹を押さえながら、

「ちょう待って。また腹が痛なったちゃ」

金龍寺一家のふたりが店から飛びだしてきて、ひとりが秀丸の襟首をつかまえた。

同時に、もうひとりが腹に拳を打ちこんだ。秀丸は背中をまるめてエスカレーターの手すりにもたれかかった。

次の瞬間、秀丸は足を踏みはずし、頭から落下した。階段状の踏み板に頭を打ちつけながら、エスカレーターのいちばん下まで転げ落ちた。

「秀丸ーッ」

「大丈夫かッ」

みんなは口々に叫んで秀丸に駆け寄った。秀丸はうつ伏せに倒れたまま動かない。死人のように青ざめた顔の下に、じわりと血溜まりが広がった。


秀丸は救急車で病院に搬送された。

病院まで付き添いたかったが、警官に事情を訊かれたせいで手間どった。金龍寺一家のふたりが警察に連行されたあと、みんなはようやく病院に駆けつけた。

秀丸は包帯だらけでベッドに寝かされていた。ビニールのチューブが鼻に差しこまれ、腕には点滴の針が刺さっているが、意識ははっきりしていた。

「おれ、殴られたらしいけど、ぜんぜん記憶ないんよ」

秀丸は不思議そうな表情でいった。

記憶にあるのはジンギスカンを踊ったところまでで、それ以降はまったくおぼえていないという。思ったよりも怪我が軽そうなのに安堵したが、担当の医師は険しい表情で、ぼくたちを廊下に連れだした。

「事故の記憶がないのは、逆行性健忘やから心配ない。問題は、脳と臓器に深刻な損傷があることや。いまは薬で治療しとるが、体力が回復するまで手術はできん。ただ手術をしても部位からいって成功率は低い。手術中に亡くなる危険性もあるし、うまくいっても後遺症が残る」

「後遺症？」

「ずっと寝たきりか、死ぬまで通院が必要になるやろう。しかし、いまは動揺させたらいかん。このことはぜったい本人に伝えんでくれ」

それを聞いた瞬間、目の前が真っ暗になった。

秀丸の両親と担任の南雲が廊下を走ってくるのが、涙でかすんで見えた。

南雲にはさんざん叱られた。

ゲッキョク部の面々は廊下にならばされ、嵐のようにビンタを浴びた。これが二十一世紀なら、未成年の飲酒で軽くても停学だろうが、特に処分はしないという。

「おまえらが処分されたら、秀丸が責任を感じるだろう」

南雲の言葉に、ぼくたちはうなだれた。

「しっかり看病してやれ。友情は人生の酒だ」

南雲はそういい残して踵をかえした。

病院をでてみんなと別れたあと、陽子とふたりで夜道を歩いた。

会話は途切れがちで、ふたりとも地面に視線を落としている。

人生最高の一日になるはずが、最後の最後でどん底に落ちてしまった。秀丸に重傷を負わせたのは金龍寺一家の奴らだが、ぼくにも責任がある。あの井戸を捜そうとして、金龍寺一家の本部に忍びこまなければ、きょうの事故はなかったのだ。

未来では自分の母とはいえ、秀丸にとってははじめての彼女である。それなのに、もうデートもままならないとは、あまりにも残酷だ。

母に知らせるべきかと思ったが、秀丸が彼女とつきあっているのは誰も知らないし、母を動揺させたくない。

この時代にきてはじめて、親友と呼べる仲間ができた。

陽子というかけがえのない恋人もできた。けれども秀丸があんな目に遭うのなら、この時代にタイムスリップしないほうがよかったのかもしれない。

ぼくがあの井戸に落ちなければ、タイムスリップは起こらなかった。いや、それ以前に父の地図を見て、門字までいったのが失敗だった。もっといえば祖母の見舞いにいかず、東京に残ればよかったのだ。

次々と過去をさかのぼって悔やんでいたら、陽子が溜息をついて、

「いまさらいうても仕方ないけど、早めに帰ればよかったね」

「ぼくのせいだよ。金龍寺一家に関わるきっかけを作ったんだから」

「百鬼くんのせいやないよ。こんなことになるとか、誰も予想できんもん」

「ぼくは未来からきたのに、なんの役にもたたなかった。二〇一六年の記憶なんていらないから、きょうなにが起きるか、前もってわかったほうがよかった」

「お願いやけ、自分を責めんで」

「でも悔しいんだ」

「なんぼ悔やんでも、いったん起きたことはどうしようもないやん。そんなことより、秀丸くんを助ける方法を考えな」

ぼくはうなずいたが、どうすれば秀丸を救えるのか見当がつかなかった。

翌朝、ゲッキョク部の連中と秀丸の見舞いにいった。

医師によれば、内臓の状態が思わしくなくて、手術は当分できないという。

秀丸はみんなの顔を見て笑顔になったが、しきりに自分の怪我を気にしていた。重傷なのに、それほど苦しがっていないのは薬が効いているせいだろう。

「まだ具合が悪いんやけ、無理すんなよ」

「そうよ。手術したら治るんやから、じっとしとかな」

誰もが気休めをいうしかなかったが、いたたまれずに早々と病室をあとにした。

病院をでてから、みんなで駅前の喫茶店に入った。屋守が嘆息して、

「手術せんと死ぬし、手術しても死ぬかもしれん。命が助かっても後遺症が残るっちゃ最悪やの。おれだんは、どげしたらええんか」

大法は珍しくなにも食べずにテーブルに顔を伏せている。注文をしない理由を訊くと、

「秀丸がおらな、食欲も湧かんけのう」

ふう、と滝野が溜息をついて、

「こんなことなら、たまには負けてやればよかった」

「おれもそう思う。秀丸にまちっとやさしくするんやった」

「パシリんじょうやらせて、申しわけなかったのう」

須藤と鳴海が肩を落としてつぶやいた。

「秀丸は腹が痛いちいうとったんやけ、先に帰せばよかったの」

「そんなんいうても、ひとりじゃ帰らんやろ」

そういやあ、と須藤がいって、

「あいつ、前はしょっちゅう腹くだしとったけ、中学ンときのあだ名はピッコロやったのう」

ピッコロといえば大魔王だが、この時代にはまだドラゴンボールは存在していない。

そんなことを考えていたら、ピッコロという名前をほかでも聞いたような気がした。

すぐには思いだせなかったが、しばらく考えていると不意に記憶が蘇った。

未来で父の墓参りにいったとき、父の墓に手をあわせている中年男がいた。そのあと祖母の見舞いにいって、中年男の特徴を口にしたら、

「ああ、そいつはピッコロじゃ」

と祖母はいった。祖母はさらに、

「剛志郎の友だちたい。ここにも、よう顔ばだす」

ともいった。もしかして、あの男は秀丸ではなかったのか。

背丈は秀丸とおなじくらいだし、顔にぶつぶつニキビの痕があった。頭はハゲあがり、

顔は猿みたいに皺が多かったが、三十七年も経てば老けていて当然だ。秀丸は剃りこみを気にしているから、すでにハゲそうな兆候もあった。

考えてみれば、秀丸にはじめて逢ったとき、前にも顔を見たような気がした。そんな気がしたのは、ふたりが似ていたからだ。

あの中年男は、未来の秀丸にちがいない。

つまり、ぼくがいた未来では、秀丸は無事に生きている。しかも祖母がピッコロというあだ名で呼んでいたのだから、父とも交流があったのだ。

ということは――。

さらに考えこんでいると、ある方法が脳裏をよぎった。それは唯一の解決策に思えたけれど、同時につらい選択でもあった。だが、ほかに秀丸を助ける方法はなかった。

「ひとつだけある。秀丸を助ける方法が――」

そうつぶやくと、みんなが顔をあげた。どげな方法か、と屋守が訊いた。父の墓参りで未来の秀丸に逢った話をすると、須藤と鳴海はほっとした表情で、

「ちゅうことは、秀丸は大丈夫なんやの」

「なら安心や。おまえは将来ハゲになるて、秀丸に教えちゃろうや」

「いや、安心はできない。いまのは、ぼくがいた未来での話だよ」

「おまえがおった未来？」

「ぼくがいた未来と、これからの未来がおなじとは限らない。秀丸がぼくの父の墓参り

をしていたのは、ぼくがタイムスリップしていない状態だけど、ぼくはいま一九七九年にいる。それによって未来が変わるかもしれない」

「意味がようわからんの」

「ぼくはいまの時代を百鬼剛志郎として生きてるけど、未来では剛志郎の息子の百鬼悠太だ。ぼくが生まれるためには、ぼくの母――圭子ちゃんと父の剛志郎が結婚しなきゃならない。でも、ぼくがこの時代にいる限り、それは実現しない。もし結婚したって、ぼくと圭子ちゃんのあいだに、ぼくが生まれるはずがない。ってことは未来がどうなるか、ぜんぜんわからないんだ」

パラドックスやの、と屋守がいって、

「それで、秀丸をどうやって助ける？」

みんなの目がこっちに集中した。ぼくは大きく深呼吸をして、

「ぼくが二〇一六年の未来にもどるんだ。ぼくがいた未来では秀丸は無事に生きてたんだから、ぼくがタイムスリップ以前の状態にもどればいい」

「その場合、こっちの世界はどうなるかの」

「時間の流れは正常になるから、パラドックスは解消されて、ぼくが一九七九年にタイムスリップしたこと自体が消えると思う。ぼくがこの時代にいないのなら、あの井戸を捜しにいくこともないし、金龍寺一家と揉めることもない。だから秀丸はあんな怪我をせずにすむんだ」

「ちゅうことは、おまえの記憶はなくなるわけか」

「そうなるだろうね。ぼくはこの時代のことを――みんなのこともおぼえていないし、みんなもぼくのことはおぼえていない。ぼくが一九七九年の四月二日から体験したことは、すべて消滅する。またそうでなきゃ、パラドックスが起きるよ」

「二〇一六年にもどれる保証はあるんか。タイムスリップしたら、とんでもない未来やったとか、過去にもどりすぎて戦国時代や原始時代にいったら大事やぞ」

「どうなるかわからない。でも、やってみるしかない」

「危険な賭けやが、おまえのいうとおり、ほかに秀丸を助ける手段はなさそうやの。けど陽子ちゃんのことはどうするんか」

「あきらめるしかないよ。ぼくは――この時代にいるはずのない人間なんだ」

「おまえは、それでええんか」

「よくはないけど、どうしようもない。陽子ちゃんには今夜話してみる」

みんなは顔を見あわせた。屋守は険しい表情でまぶたを閉じると、

「未来にもどるんなら、あの井戸に入るんやろ。また金龍寺一家にいくつもりか」

「うん」

「組の連中が手ぐすねひいとるのに、どうやって井戸までいく？」

「どうやってでも、いくしかない。ただ、みんなに迷惑はかけない。ひとりでいくよ」

「ひとりでヤクザ相手に戦うちゅうんか。殺されるんがオチやぞ」

「わかってる。それでもやるよ」

「なら、おれも一緒にいこう」

屋守はまぶたを開けると、ぎらぎらした目でみんなを見まわして、

「百鬼を未来にかえすためだけやない。秀丸の敵討ちや。おまえらはどうする？」

「いくに決まっとうやないか」

「ヤクザやら、ぶちくらしちゃる」

須藤と鳴海が叫んだ。

「ヤクザぶちくらしたら、あの池の鯉で鯉コク作ろうや」

と大法がいった。ふッ、と滝野が嗤って、

「たまには運動するのも悪くねえな」

みんなの言葉に目頭を押さえていると、屋守がぼくの肩を叩いて、

「泣くんはまだ早い。まだ未来にもどれるかどうかわからんぞ」

みんなで話しあった結果、決行はあしたの夜になった。

その夜、ぼくの部屋に陽子を呼びだした。

いうまでもなく、未来にもどる決心を伝えるためだ。陽子を傷つけないよう言葉を選びながら事情を説明したが、未来にもどるのは彼女と別れるのとおなじだ。陽子にそれを告げるのは、たまらなく切なかった。

計画をすべて話し終えると、陽子は暗い表情で溜息をついて、

「ほんとにやる気なん」

「うん。もう逢えなくなるのは、すごく悲しいけど――」

「あたしだって悲しいよ。本気で好きになったとに」

「ごめん。でも秀丸を助けるには、これしかないんだ」

「あたしもそう思う。ただ百鬼くんのおとうさんは、まだ若いのに亡くなったんやろ。百鬼くんも未来にいったら、おとうさんとおなじように――」

「それはないと思うよ。ぼくが未来にもどったからって、とうさん自身になるわけじゃないから。むしろいまみたいに、ぼくが剛志郎として生きるほうがおかしいんだ」

「たしかにそうね」

「ぼくが未来にもどったら、本物の百鬼剛志郎と入れかわるはずだ。だから、みんなは父と友だちになってるんじゃないかな。未来では秀丸が墓参りにいってたくらいだし。ただ、いまのぼくとは、だいぶ性格がちがうと思うけど」

「ちゅうことは百鬼くんのおとうさんは、いま未来におると？」

「いままで考えなかったけど、その可能性はある。もしそうだったら、とうさんは大変だよ。ぼくと反対に一九七九年の高校生が、二〇一六年にタイムスリップしたんだから」

「百鬼くんのおとうさんって、すごい不良やったたんやろ。そんなひとが百鬼くんと入れ

かわったら、まわりのひとも大変なんやない。おかあさんとか友だちとか――」

「やばいな。未来じゃ大騒ぎになってるかも」

未来でみんなを手こずらせている父を想像したら、吹きだしそうになった。みんなは突然ぼくが凶暴な性格になったのに驚いているはずだ。父は父で、二〇一六年の文化についていけずに悩んでいるだろう。

それを口にすると、陽子はやっと笑顔を見せた。

「やっぱり、二〇一六年に帰んなきゃ。とうさんを困らせるのも気の毒だし」

「わかった。未来にもどって秀丸くんを助けて」

「ありがとう」

涙を見せてはいけないと思ったが、熱いものがこみあげて胸が苦しくなった。

「でも、ぼくが陽子ちゃんに声をかけたのに、最後にこんなことをいうなんて――」

「百鬼くんが決心したんやったら、それに従う。あたしは百鬼くんの女やけん」

ぼくは嗚咽をこらえて陽子を抱き締めた。

翌日の夜、ぼくたちは金龍寺一家の本部にむかった。

できるだけ仲間を増やそうと、ゲッキョク部の面々は昼間のうちに同級生に連絡した。けれども集合場所の大倉駅には誰もこなかった。

相手がヤクザとあっては、怖じ気づいて当然だ。

門字に同行したのは屋守、須藤、鳴海、大法、滝野の五人だったが、彼らがきてくれただけで満足だった。陽子は自分もいくといい張った。しかし彼女を危険にさらすわけにはいかず、ゆうべのうちに別れをすませた。

唯一の心残りは、祖母になにも話していないことだった。

祖母に事情を説明しても理解してもらうには、かなりの時間がかかるだろう。下手に心配させて引き止められたら困るから、黙っていくしかなかった。

金龍寺一家に着くと、みんなで塀のまわりをチェックした。

組員に見つからないよう忍びこめれば、それに越したことはない。だが、このあいだ侵入した裏口は鍵がかかっていた。

こうなったら強行突破じゃ、と屋守がいった。

「インターホン鳴らして、金龍寺一家の奴が門を開けた隙に、みんなで飛びこむんや」

「でも、でてきた奴が邪魔するやろう」

と須藤が訊いた。ええやんか、と鳴海がいって、

「そいつは、おれだんが始末しよう」

六人は正面にまわり、屋守が門のインターホンを押した。

「どちらさん？」

男の声が答えたが、返事をせずに電柱の陰にひそんでいた。

まもなく門が開いて、若い男が訝し気な顔を覗かせた。

次の瞬間、須藤と鳴海が飛びかかった。ふたりは男の口をふさぎ、首を絞めあげた。気絶した男を道路の隅に横たえると、みんなは忍び足で門のなかに入った。

「よし、一気に井戸までいくぞ」

屋守の声を合図に、全員が爪先立って走りだした。

暗い庭を横切って池の前をすぎると、天狗の像と井戸が見えてきた。もうすぐだと思ったとき、突然あたりが明るくなった。暗くて気づかなかったが、庭のあちこちに照明があって、それらがすべて点灯している。

「またおまえらかッ。性懲りもなくきやがって」

罵声とともに、ごつい体格の男たちが建物から飛びだしてきた。

「ガキやけちゅうて容赦すんな。ひとり残らず、ぶち殺せッ」

男たちは十人近くもいて、すさまじい形相で走ってくる。

こらいけんッ、と須藤が叫んで、

「どうするんか、百鬼ッ」

「逃げるんやったら、いましかないぞ」

鳴海がいったが、ぼくはかぶりを振って、

「やるさ。ヤクザやら、全員ぶちくらしちゃる」

思わずこっちの方言がでた。

大変な状況にもかかわらず、みんなは顔を見あわせてから、いっせいに笑った。

みんなの笑顔にはげまされて、先頭にいた男に殴りかかった。

喉元を狙って拳を突きだすと、男は首を押さえて地面に倒れた。自分にそんな力があるとは意外だったが、次にむかってきたのは身長が百八十を超える大男だった。

「こいつはまかせろッ」

屋守が叫ぶと大男の胸に体当たりした。

続いて須藤と鳴海が、大男の脇腹にかわるがわる強烈なパンチを見舞った。

滝野はどこから持ってきたのか、鮮やかな手つきで麻雀牌を次々に投げつけた。牌は両目に命中して大男はふらふらになった。そこに大法が突進してきて、大男を張り手で池に突き落とした。

六人は協力しながら必死で戦ったが、組員たちは仲間を呼んだらしく、続々と応援がくる。倒しても倒しても人数は増え続けて、二十人近くになった。

さすがに太刀打ちできず、たちまち劣勢になった。

ぼくは三人の男に囲まれ、庭の隅に追いつめられた。絶体絶命のピンチに焦っていたら、男たちのあいだを縫って小柄な男が飛びだしてきた。

男は、あッというまに三人を殴り倒した。その顔を見て目を見張った。

「――多羅尾くん」

「助っ人にきたぞ。おまえがバカやっとうって、クラスの奴に聞いたけんの」

「ありがとう」

胸が熱くなるのを感じながら、頭をさげた。

「なあに、これもケンカの練習よ」

多羅尾の応援で、ぼくたちはふたたび勢いづいた。

とはいえヤクザだけあって男たちは強かった。ゲッキョク部の六人は、ひとりまたひとりとねじ伏せられて、しだいに身動きがとれなくなった。

多羅尾もとうとう男たちに捕まった。

ぼくは地面に押し倒され、ボコボコに殴られた。このままやられてしまうのかと思ったら、悔しさで涙がにじんだが、なすすべはなかった。

ぼくは戦闘服の男ふたりに両手両足を押さえつけられ、地面で大の字になっていた。

やがて白いスーツの男が足元に立った。雰囲気からして組の幹部らしい。

「よう暴れてくれたのう。わしらも舐められたもんじゃ」

男は小指の欠けた手で刀傷のある頬を撫でながら、こちらを見おろしている。

「こないだは、おやっさんの錦鯉を干物にしやがって。ガキやけ手加減すると思うたら、大まちがいやぞ。だいたい、おどれらはなにしにきたんか。殺されにきたんか」

「そんなんじゃない。井戸だよ」

痛みと疲労にあえぎつつ答えた。白スーツの男は眉間に皺を寄せて、

「井戸がどうしたんか」

「井戸に入りたいんだ」

「はあ？　井戸やら入ってどうするんか」

「未来にタイムスリップするんだ」

ぼくの手足を押さえている男たちが大声で笑いだした。

白スーツの男も乾いた声で嗤って、

「おまえはアホか。くらしあげられて頭おかしなったんか」

そのとき、妙なアイデアが浮かんだ。

いままでは組員たちを倒すことで頭がいっぱいだった。が、ここにきた目的はタイムスリップであって、必ずしも彼らと戦う必要はない。どんな手段であれ、ぼくが井戸に入ればいいのだ。ということは、こいつらを利用して未来にもどれるかもしれない。

ぼくは腫れあがった唇を舐めて、

「あんたたちは頭にきてるんだろう。おれたちにヤキを入れるのか」

「ヤキくらいじゃすまさん。ぶち殺しちゃる」

「だったら、ぼくを井戸に放りこめよ」

「なんちや、きさんッ」

「ぼくを井戸に落とせっていってんだよ。殺すっていったのはハッタリか」

「こいつは、やっぱり頭がどうかしとうの」

「びびってんのか、こらッ。悔しかったら、やってみろッ」

懸命に挑発していると、ぼくの両足を押さえていた男が舌打ちをして、

「やかましい。そんなら井戸に叩きこんじゃる」

「やりましょうよ。兄貴」

ぼくの両手を押さえている男が白スーツの男にむかっていった。

うまくいきそうな気配に固唾を呑んでいると、

「バカか。おやっさんが大事にしとう井戸に、こんな薄汚いガキを入れられるか」

白スーツの男はにべもなくいって、背後の組員たちを振りかえった。

「おい。誰かドライバー持ってこいッ」

ドライバーとはネジ回しだろうか。

ネジ回しでなにをするのかと思っていたら、ひとりの組員がゴルフクラブを持ってきた。計画の失敗に落胆すると同時に、背筋が冷たくなった。

男は、ぼくの顔の上でゴルフクラブを振りかざして、

「おい兄ちゃん、お望みどおりヤキ入れちゃるわ」

「――ちょ、ちょっと待って」

弱気なところは見せたくないが、叫ばずにはいられなかった。ゴルフクラブでぶん殴られると思ったら、いまさらのように体が震えだした。

「どうしたんか。死にたいんやなかったんか」

ぼくは激しくかぶりを振った。

「もう遅いわ。こいつで頭カチ割りゃあ、井戸やら入らんでも、すぐ死ねるど」

「やめろッ」

「百鬼に手ェだすなッ」

みんなの怒鳴り声が遠くで聞こえたが、白スーツの男は無視して腰をひねった。

「兄ちゃん、これでしまいじゃ」

ゴルフクラブが風を切る音に、思わずまぶたを閉じた。

次の瞬間、どすッ、と鈍い音がした。

恐怖に全身が硬直したが、痛みも衝撃もない。

もしかして、もう死んだのかと思ったら、

「あいかわらず、弱虫やの」

頭上でドスのきいた声がした。

まぶたを開けると、ゴンドーが立っていた。白スーツの男は白目を剝いて地面に倒れ、口から泡を吹いている。ぼくは思いがけない展開に目を見張って、

「ど、どうしてここに――」

「わしンとこに陽子がきたんじゃ。おまえらの加勢してくれちゅうての」

「陽子が？」

あのバカが、とゴンドーはいって、

「てめえの都合がいいときだけ、わしを利用しくさって。どうしようもない女じゃ」

ぼくの手足を押さえている男たちは、あっけにとられた表情で目をしばたたいた。が、

ようやくわれにかえったらしく、

「兄貴になにしくさるんじゃ」

「ぶち殺すぞ、きさんッ」

罵声をあげてゴンドーに飛びかかった。その隙に急いで体を起こした。

ゴンドーは、ふたりの男を蚊か蝿のように一瞬で叩きのめして、

「わしひとりでじゅうぶんやけど、念のためにうちの連中も連れてきたわい」

ゴンドーが右手をあげると、ハナコーの男たちが雄叫びをあげて、なだれこんできた。

それを見たとたん、また涙腺がゆるんで鼻水が垂れてきた。

ぼくは目と鼻を拳でこすって、ゴンドーに頭をさげた。

「ありがとう。応援にきてくれて――」

「おまえみたいな弱虫は目障りじゃ。未来かなんか知らんが、とっとと帰れ」

ハナコーの連中が応援に加わって、大乱闘がはじまった。

ゴンドーがいるうえにこっちは大人数とあって、組員たちはじりじり後退している。

ゲッキョク部の面々や多羅尾も元気づいて、ふたたび乱闘に加わった。

ぼくも体の痛みをこらえて戦ったが、われにかえると相手がいなくなっていた。

いまのうちに井戸に飛びこめば、未来にもどれる。

みんなともっと一緒にいたかったし、きちんと別れも告げたかったが、そんな余裕は

ない。迷いを振りきって井戸にむかったとき、

「もうやめんかッ」

すさまじい怒号が空気を震わせた。組員たちがぎょっとした表情で動きを止めた。

仲間たちも殴りあいをやめて、声のほうへ視線をむけた。

静まりかえった庭に、白髪で着物姿の男が入ってきた。

歳は七十代前半くらいで杖をついている。男の背後にボディガードらしい黒いスーツの男が四人付き添っていた。

おやっさんや、と誰かが叫び、組員たちは緊張した面持ちで地面に正座した。

「いっぱしのヤクザが、子ども相手になにをしとるんか」

着物姿の男はドスの利いた声でいうと、あたりを見まわして、

「わしは組長の金龍寺正勝（まさかつ）じゃ。なんでこうなったか、わけを聞こう」

しばらく沈黙が続いたが、幹部らしい男が立ちあがって金龍寺のところにいった。

金龍寺はいきなり杖をふるって、男を張り倒すと、

「おまえらやない。そこの子どもらに訊いとるんじゃ」

ぼくたちは思わず顔を見あわせた。

みんなは、おまえがいけといいたげに目配せをする。事情を話してもバカにされるだけだと思ったが、黙っていても埒があかない。

おずおずと金龍寺のそばにいくと、鋭い眼光におびえつつ事情を話した。金龍寺は黙

って聞いていたが、話が秀丸のことになると険しい表情になって、

「堅気に手をだすとは、もってのほかじゃ。その秀丸とかいう同級生を殴ったふたりは厳重に処罰しよう。ちゅうても、おまえらにも責任がある」

「はい」

「うちの庭に勝手に入ったうえに、大事な鯉を殺しよった」

「ご迷惑をおかけして、申しわけありませんでした」

「ここは、おまえら堅気が出入りするところやない。今後は気ィつけい」

深々と頭をさげると、金龍寺はうなずいて、

「タイムスリップちゅうのは、わしにはようわからんが、うちの井戸が昔から神隠しの井戸と呼ばれとるんはたしかじゃ。それほど井戸に入りたいんなら、好きにせい」

騒ぎを聞きつけたのか、パトカーらしいサイレンの音が近づいてきた。

ただ、と金龍寺は続けて、

「おまえのいうたことや、昔からの言い伝えが事実やとしたら、うちの井戸はやっぱり神隠しの井戸じゃ。ちゅうことは、おまえは井戸に入ったとたん、消えてしまうやろ」

「たぶん、そうなると思います」

「消えてどうなるか知らんけど、仲間とはそれきり逢えんようになるの」

「はい」

「なら今生の別れもゆっくりしたかろう。こんなあわただしいときやのうて、日をあら

ためてはどうか。おまえの準備ができたら、いつでもここにきていい。うちの若いもんには、いっさい手をださんよう、わしからいうておく」

「ほんとですか」

「わしは任俠に生きる男じゃ。嘘はいわん」

ふたたび頭をさげて踵をかえした。

金龍寺の言葉を伝えると、みんなは歓声をあげた。パトカーのサイレンが一段と大きくなった。金龍寺は門の方向を指さして、

「はよ帰れ。もうすぐ警察がくるぞ」

今回の件は警察に黙っておく、と金龍寺はいった。ぼくたちは急ぎ足で歩きだした。

金龍寺一家の門をでたとき、道のむこうから陽子と祖母が駆けてきた。

翌日から、新たな戦いがはじまった。

今度の相手はヤクザではなく、残された時間だった。

いろいろ考えた末、未来へ帰るのは一週間後に決めた。それまでのあいだ、秀丸に苦しい思いをさせておくのは申しわけなかった。

だが、どうしてもやっておきたい作業があった。

午前中は秀丸の見舞いにいき、午後からは自分の部屋で作業をすることにした。不慣れな作業だが、すべてを伝えるためには、できるだけ入念にやりたかった。

けさ病室に顔をだすと、秀丸は神妙な顔をして、

「おまえに、あやまっとかないけんことがある」

「なにを」

「あれは梅雨の頃やったかのう。雑魚町でチンチン電車おりて、おまえと別れてから、こっそりあとをつけた。そしたら、おまえが陽子ちゃんと逢うとったんよ」

「じゃあ最初から、つきあってるのを知ってたんだ」

「おう、おれは彼女おらんやったけ、うらやましいでのう。それで厭がらせしちゃろうと思うて、みんな連れて、おまえんちへ麻雀しにいったんよ。すまんやったのう」

「いいよ、そんなこと」

「おれの怪我が治ったら、圭子ちゃんも入れて四人でデートしようや」

「うん」

ぼくが未来にもどれば、秀丸は圭子とつきあえなくなる。それを思うとつらかったが、この時代にとどまったところで、秀丸が回復しない限り、ふたりは交際できないだろう。

秀丸には病状はもちろん、ぼくの計画も伝えていない。

秀丸はいくぶん不安そうな表情で、

「圭子ちゃん、まだおまえのことが好きなんかのう」

「それはない。いままで黙ってたけど、ぼくとケンカしたときに彼女がいったんだ」

「なんちいうたんか」

「秀丸くんのことが好きだって」

「ほんとかッ」

秀丸は目を輝かせた。嘘をつくのは後ろめたいけれど、秀丸にさびしい思いをさせたくない。ぼくがこの時代を去るまでは、圭子は母ではなく秀丸の彼女なのだ。

未来へもどるにあたって、いちばん手こずったのは祖母だった。

ぼくは父の剛志郎ではなく、その息子の悠太だとなんべんいってもわからない。

「このバカが、またシンナー吸うたんかッ」

ぼくがこの時代にきたときとおなじで、出刃包丁を持ちだしてくる。

ゲッキョク部の連中や陽子に説得してもらったが、タイムスリップという現象がいまひとつ理解できないようだった。ぼくだってよくわからないのだから無理もない。

とはいえ、ぼくがいなくなるのは理解したらしく、二階に日本酒の一升瓶を持ってくる。こっちは作業で忙しいのに、祖母は湯吞みに注いだ酒をぐいぐいあおって、

「妙なことばっかりしよらんで、あんたも吞み」

「ぼくは高校生だよ」

「関係あるか。息子がおらんごとなるちゅうのに、吞まずにおられるかい」

「ぼくは息子じゃなくて孫だってば。いまのぼくがいなくなっても、とうさんが息子になってるはずだから、さびしくなんかないよ。ぼくのことはおぼえてないんだし――」

「やかましい。あんたはあんたやないの」

「そりゃそうだけど――」

「たとえ、おたがいなんもおぼえとらんでも、なんぼ時代が移り変わっても、あんたとあたしがここにおったちゅう事実は永遠に変わらん」

「ここにおった事実？」

「そうよ。現にあたしとあんたは、ここにおるやないの」

「うん」

「どげな人間だって、いずれ死ぬ。みんな死んだら、なんもかんも忘れてしまうけど、この世におったんはたしかやろう。わかったら呑めッ」

祖母は有無をいわさず、湯呑みを差しだしてくる。祖母の言葉は胸に沁みたが、うっかり酔っぱらって作業を中断するのもしばしばだった。祖母まで酔って収拾がつかないときは、ゲッキョク部の連中を呼びだして酒の相手をさせた。

けれども太刀打ちできる者はなく、ひとり残らず撃沈された。

「最後の夜は、うちの店に全員おいで。タダで思いきり呑ませちゃるけ」

祖母の提案で、みんなと送別会をすることになった。それはよかったが、酔っぱらって未来にもどれなくなりそうなのが不安だった。

ゲッキョク部の連中とは、最後の麻雀を半チャンだけやった。

みんなはぼくを勝たせようとして、ちいさい手でしかあがらず、ぼくがリーチをかけると、なんでも振りこんでくる。

滝野は積みこみをしているようで、毎局のようにいい手がくる。

オーラスの配牌が九連宝燈（チューレンパオトウ）の聴牌だったのには、さすがにバカバカしくなって、

「もうやめよう、こんなので勝ってもしょうがない」

「なしか。みんなは、おまえを喜ばせようと思うちょるのに」

と屋守がいった。大法が食べかけの「クッピーラムネ」を差しだして、

「これでも食うて落ちつけ」

「いや、いらない。ていうか、オーラスくらい誰かあがってよ」

第一ツモの束を投げやりにツモ切りすると、

「お言葉に甘えて、ロンだ」

ふッ、と滝野が嗤って牌を倒した。

国士無双（コクシムソウ）の十三面待ちだった、ぼくは空になった点棒箱を振って、

「げえ、結局ラスになったよ」

「悔しかろうが。次の半チャンやってもええぞ」

と屋守がいった。

「もういいよ。時間がない」

「なら、この続きは未来でやるか」

「えッ」

「みんなであの井戸入って、二十一世紀にいこうかのう」

「それだけはやめて。またパラドックスが起きるし、みんなは――」

「みんながどうしたんかちゃ。いいかけてやめるな」

「みんなは、二十一世紀にむいてないよ」

そういったとたん、須藤が立ちあがって、ぼくを畳に押し倒した。

「調子に乗りやがって。誰が二十一世紀にむいてないちゃ」

屋守と大法が、ぼくの両足首を持って股を広げ、鳴海がそこに足を突っこんできた。

「食らえッ。最後の電気アンマじゃ」

強烈な股間の振動に、ぼくは笑い転げながら悲鳴をあげた。

陽子とは、毎晩逢って別れを惜しんだ。

ぼくの部屋でいろいろなことを語りあったが、未来の話をすると、

「二十一世紀って、あんまり楽しそうやないね」

陽子はさみしげな顔でいった。

「学校の授業やと、二十一世紀は科学が発達して、みんな幸せってイメージやん。でも百鬼くんの話を聞いとうと、だいぶちがうみたい」

「テレビやパソコンやスマホとか発達してるところもあるんだけど、世の中の雰囲気は

暗いかも。個人情報のあつかいがうるさくて、それが漏れたらストーカーや詐欺の餌食になる。この時代みたいに、電話番号や住所が簡単に調べられたら大変だよ」

「変なの。未来はワルソがすくないちいうたのに、悪人は多いと？」

「この時代とくらべたら、見た目で不良ってわかる奴はたしかに減ってる。ただ見た目はふつうでも、性格が陰険な奴が増えてるのかも。ネットやスマホを通じて、悪質なデマや誹謗中傷が瞬時に拡散するから」

「なし、そうなるんやろ」

「匿名で発言できるせいだと思う。顔の見えない連中が操作した情報に、みんなが踊らされてる。ほんとは少人数なのかもしれないけど、たくさん発言があると、大勢の意見に感じてしまうんだ」

「匿名なんて卑怯やん」

「そう思うけど、どうしようもない。たった一度のミスでも社会的に再起できなくなったり、ちょっとしたことでバッシングを受けたりするから、不寛容社会って呼ばれてる。この時代と物価はそれほど変わんないのに、みんな生活は楽じゃないし――」

「そんな未来やったら、希望が持てんね」

「うん。でも未来にいるときは、それほど意識しなかった」

「この時代とくらべて、なんがちがうんやろ」

「なんでも便利なんだけど、なにかが足りない気がする」

「みんなが便利になったら、それがふつうになるんやないと」

「そう。だから、みんな忙しいよ。ネットにスマホにゲームに、便利でおもしろいものはいっぱいある。そのぶん、ひとと逢う機会がすくないんだ」

「ひとと触れあえんのは、さびしいな」

「ネットもスマホも、ひととひととをつなぐツールなんだけど、じかに誰かと話す機会が減るって欠点があるよね。コンビニやネット通販も便利で早いけど、誰とも喋らずにすんじゃうから、他人と話すのが苦手なひとが増えてる」

「百鬼くんがいうたニートとか、ひきこもりとか？」

「うん。この時代ほど楽天的な奴はすくないよ。若者はみんな将来に不安を持ってる。だから就職に安定を求めるんだ。ゲッキョク部のみんなが二〇一六年にいったら、完全に浮いちゃうだろうね」

「いまの時代——一九七九年がそんなにいいとは思わん。けど、みんなが幸福にならんのやったら、これ以上便利にならんでええ気がする」

「ぼくもそう思う。でも未来に帰ったら、またパソコンやスマホいじるんだろうな」

「あたしたちのことは忘れてしまうんやね」

「でも、ぜんぶは消したくない。そのためにずっと作業をしてる」

「あたしだって、百鬼くんのこと忘れとうない」

「ごめん」

「なんであやまると。百鬼くんは、なんも悪くないよ」

「将来に希望は見えないし、友だちもいない。そんな時代だけど、もどるしかない」

「わかっとう。ただ、ひとつだけ約束して」

「なに？」

「未来にもどってから、もしこの時代の記憶が残っとっても、あたしを捜さんで」

「記憶は残ってないと思うけど、どうして？」

「あたしが生きとったら五十すぎのおばさんよ。歳とった姿を見られとうない」

「わかった。でも、きっとすてきなひとになってると思うよ」

「またお世辞いうて。そんなにあたしのことが好き？」

「やけん、好きっちいいようやん」

いきなり方言でいうと陽子は笑いだして、ぼくも笑った。

それから抱きあって唇を重ねた。


最後の日々について、もっと詳しく書きたいが、もう時間がない。

これから祖母の店で送別会があるからだ。そのあと、ぼくは未来に帰る。

この一週間、必死で書いたけれど、これだけを都合よく未来へ残せるかわからない。

これもパラドックスとして消滅しているかもしれない。それとも十六歳の少年が書いたフィクションだと、歴史が見逃してくれるだろうか。

もしきみがこれを読んでいるのなら、ぼくの計画は成功した。

もっとも、きみはなにもおぼえていないだろう。

自分がタイムスリップしたなんて、とうてい信じることはできないだろう。

しかしこの物語は、断じて父の創作ではない。

ぼくの——すなわちきみの体験だ。

きみがこれを読んでいるということは、ぼくは二〇一六年にもどったのだから、過去は修正された。つまり秀丸は助かったのだ。

二〇一六年のいま、きみとおなじように、みんなもすべてを忘れて生きているはずだ。

祖母やゲッキョク部の面々、そして陽子も——。

あれから、みんながどういう人生を歩んだのか知らないし、知りたいとは思わない。

ただ一九七九年というはるかな過去に、こんな時代があったことを、こんな仲間たちがいたことを、きみに伝えたかった。

ここに書いたささやかな物語を信じるか信じないかは、きみの自由だ。

最後まで読んでくれただけで、ぼくはじゅうぶん満足している。

あ、それから、もうひとつ。

第三のミッションが達成されたかどうかは、きみの想像にまかせる。

三十七年後のぼくへ　百鬼悠太

ぼくはノートを広げたまま、大きな溜息をついた。

東京から新幹線で大倉に着いたのは、きのうの夕方だった。父の墓参りをして祖母の見舞いで病院にいったあと、母とふたりで父の実家に泊まった。

きょうはいい天気だが、外にでる気がせずにパズドラをしていた。母はさっき祖母の見舞いにいって、父の実家にはぼくしかいない。

スマホのバッテリーを充電しているあいだ、退屈して二階にあがった。

二階には、父が高校生まで使っていたという部屋がある。勉強机の引出しを開けると、エロ本やシンナーの空き瓶やテストの答案にまじって、このノートがでてきたのだ。

どのページをめくっても、筆圧の強い下手な字がびっしりならんでいる。

ぼくの字にそっくりなのが不気味だが、いったい誰が書いたのか。ノートの最後のページは破りとられているから、父が書いたという地図があったのだろう。

この物語が事実だとしたら、いまここにいるぼくは一九七九年からタイムスリップして、二〇一六年にもどってきたことになる。むろん、そんな記憶はまったくない。

ぼくの恋人だったという陽子や、ゲッキョク部のみんなのことも知らない。父が手のこんだ創作をしたか、べつの誰かが書いたのかと思ったが、それでは説明がつかない。

ノートにはいまの生活や家庭環境といった、ぼくしか知りえない事実が書かれている。

しかもきのう大倉に着いてから、この部屋に入ってノートを見つけるまでの経緯もまったくおなじだった。

　ぼくが二歳のときに死んだ父が、そんなことを予知していたとは思えない。となると、この物語を書いたのは、ぼくの可能性が高い。

　しかし書いた記憶はないから、夢遊病のような状態で無意識のうちに創作したのか。それにしたって、これだけ長い文章は一日や二日では書けない。

　もっとも合理的なのは、この物語を事実として受けとめることだ。

　やはり、ぼくはタイムスリップしたのかもしれない。

　記憶にこそ残っていないが、このノートを読んでいるあいだ、ぼくはたしかに仲間たちとの時間を共有した。一九七九年という時代を生きていた。

　窓の外に目をやると、三月の澄んだ青空が見える。

　三十七年前のあの日も、きょうのような晴天だった。

　ノートのなかで祖母がいったとおり、たとえ記憶がなくなっても、すべてが移り変わっても、その時代を生きたひとびとが存在したという事実は永遠に残る。

　大きな視点で見れば、時代なんて瞬間でしかない。

　いま生きているひとびとだって、たちまち過去へと消え去っていく。

　あるのは、いつも現在だけだ。

　ならば未来も過去も区別はない。

陽子も、そしてみんなも――あのときの姿のまま、胸のなかで生き続ける。

「信じるよ。百鬼」

ぼくはひとりごちてノートを閉じた。

巻末付録

一九七九年をより深く知るための注釈

文春文庫編集部

　本文中に出てくる人物、モノ、できごとに、簡単な注釈をつけました。一九七九年をリアルタイムで知らない方にも、知る方にも、お楽しみいただければ幸いです（冒頭の数字は登場するページ。また、［　］内は福澤徹三さんによる解説です）。

1

18　体が白くて耳だけ黒い犬の置物　日本ビクター（現ＪＶＣケンウッド）のトレードマーク。犬はニッパーという実在のテリアで、原形は絵画。亡き飼い主の声が聞こえる蓄音機に耳を傾ける姿が描かれたもの。［当時はどこの家にもあった。いまも人気があるらしく、ネットオークションではそこそこの値段がついている。］

29　アグネス・ラム　一九五六年生まれ。ハワイ出身。七五年来日。日本人好みのキュートな顔立ちと豊満なバストで男子の絶大な支持を受けた〝元祖グラビアアイドル〟。

八三年引退。［八〇年代中頃から後半にかけて、彼女の裏×××が法外な価格で売買されているという噂が流れた。］

29　横長の三角形の旗　いわゆるペナント。かつての国内旅行土産の定番。他人に渡すものというより、自分の記念品として壁に貼るなどした。［小中学生の頃、同級生の部屋にはたいていあったが、なんのために貼ってあるのか当時から意味不明だった。］

30　平凡パンチ　六四年創刊の青年週刊誌。平凡出版（現マガジンハウス）刊。女性グラビア、ファッション・車情報などで、『週刊プレイボーイ』（集英社）とともに若者文化をリードした。八八年休刊。［当時の子どもにとっては、大人の雑誌という印象。中一のとき、はじめて書店で買ったときは緊張した。］

30　幸福ゆき　国鉄広尾線（北海道）の愛国―幸福間の切符のこと。七三年、「新日本紀行」（NHK）で採り上げられたのをきっかけに、「愛の国から幸福へ」なるラッキーアイテムとして全国的な人気を博した。広尾線は八七年廃線。［おなじ頃、銭函駅（北海道）の切符も、縁起がいいとしてブームになった。］

32　ビニールに包まれた本　ビニ本。アンダーヘアが透けるような薄い下着を穿いた女性を撮影した、成人向けヌード写真集の通称。立ち読み防止のためにビニール袋で包装し販売され、男子中高生の性的妄想を著しく喚起した。ヘアが解禁されて久しい現在の眼から見ても、味わい深いエロさがある。八〇年頃が最盛期といわれる。［深夜、両親の目を盗んで自販機で買うときのスリルは、いまだに鮮明である。］

33 シンナー　本来は塗料を薄めるための揮発性の溶剤だが、吸引することで陶酔感を得られるため、少年少女の間でビニール袋に入れて吸う〝シンナー遊び〟が蔓延、社会問題となった。強い中毒性があり、中枢神経に悪影響を及ぼす。［中学生の頃、プラモデルの製作に使っていると、だんだん楽しくなった。］

42 いまでは遅すぎたァ　西城秀樹の「激しい恋」（七四年）の歌詞。［ファンたちは「やめろといわれても」のあとに「ヒデキー」と合の手を入れるのがお約束だった。］

43 ズームイン朝　七九年三月、つまり本作に描かれている時期に始まった平日朝の情報番組『ズームイン!!朝！』（日本テレビ系）。メイン司会者は徳光和夫・福留功男（八八年〜）・福澤朗（九八年〜）。振りかぶってからテレビカメラを指さして放つ「ズーム、イン！」が決めゼリフ。二〇〇一年『ズームイン!!SUPER』に衣替え。［オープニング曲が聞こえてくると、「ああ、もう起きなきゃ」とつらくなった。］

2

46 ドラえもん　藤子不二雄（藤子・F・不二雄）作。子どもたちの間で一番人気のマンガであり、アニメ化の待望久しかったが、七九年四月、ついに放映開始（テレビ朝日系）。第一話は「ゆめの町ノビタランド」。ドラえもんの声はもちろん大山のぶ代。実は七三年にも一度アニメ化されていた、という意外な事実に当時の子どもたちは驚いた。［『パーマン』にもでてくるコピーロボットが欲しかった。いまでも欲しい。］

48　千円札　伊藤博文の千円札は六三年発行開始。裏面の絵は日本銀行本店。その後夏目漱石（八四年〜）を経て現在の表面肖像は野口英世（二〇〇四年〜）。［子どもの頃の高額紙幣といえば、この千円札。五百円札と百円札もあった。］

49　チンチン電車　路面電車の通称。本作の舞台のモデル、小倉には、西鉄北九州線北方線という路面電車が営業していた。八〇年廃止。現在は同区間に北九州モノレールが走っている。［高校の通学から通勤にも使っていた。］

50　フェンダーミラー　現在、自動車外部についている後方確認用の鏡はドアミラー（前席ドアの付け根にある）が主流だが、八〇年代前半まではボンネット前方に取りつけるフェンダーミラーしか認可されなかった。フェンダーミラーは見た目がダサイ、とする向きもあるが、後方確認にはドアミラーより視線移動が少なく有利といわれる。ゆえにタクシーは今もフェンダーミラー車が多い。［昭和の時代、正月はほとんどの車がフロントに「しめ縄」をつけていた。］

50　ディア・ハンター　七八年米国映画。日本では七九年公開。第五十一回アカデミー賞作品賞、監督賞他受賞。監督は、二年後の『天国の門』で莫大な赤字を出し、ユナイテッド・アーティスツを倒産に導いてしまったことでも知られるマイケル・チミノ。［マイケル・チミノ監督といえば『イヤー・オブ・ザ・ドラゴン』も名作である。］

56　ちりちりにパーマ　パンチパーマのこと。139頁参照。［発祥は北九州市小倉北区の『ヘアサロン永沼』の理容師、永沼重己氏である。三十年以上にわたってわたしの髪をカットしているのは、永沼氏の弟子である。」

57　**学生服**　ヤンキーが好んで着る変形学生服は、学ランは長ラン（着丈が著しく長い）、短ラン（短い）、ズボンはボンタン（ワタリ幅が広い。バナナ型）、ドカン（極太）などが代表的。59頁以下も参照。［貧乏だったわたしはノーマルな学生服で、すべてのポケットに穴があいていた。］

59　**直毛のリーゼント**　アイパーのこと。140頁の秀丸解説参照。［アイパーは一度かけたが、くせ毛なので長持ちしなかった。コテが熱い。］

70　**メガネが鼻にずり落ちた男**　大村崑。彼が瓶を手にし、「元気ハツラツ！」のコピーが躍るオロナミンCのホーロー看板は、ハイアース（水原弘）、アース渦巻（由美かおる）の看板とともに、かつては日本中どこでも見られた。［当時はオロナミンCを飲んだら、元気がでると思っていた。「おいしいですよ！」というコピーのバージョンもあるらしい。］

72　**スマートボール**　ピンボールから発展したゲーム機。パチンコに似ているが、台は垂直ではなく斜めに据えられている。手動で玉を撃ち出し、数字が書かれた穴を狙う。得点に応じて景品がもらえた。［幼い頃、父と一緒に何度かやった。玉がでてくるときのドンガラガラという音が印象的。］

75　**大平正芳**　第六十八代、六十九代首相。言葉を発する前置きに「アー」「ウー」とつける癖は盛んにものまねされた。八〇年六月、首相在任のまま死去。享年七十。［あだ名は「鈍牛」。桜井長一郎が正月番組でものまねをしていた頃が懐かしい。」

3

84 **ザ・ベストテン** 七八年に始まったランキング形式の歌番組（TBS系）。開始時の司会者は黒柳徹子と久米宏。西城秀樹の「YOUNG MAN（Y.M.C.A.）」は一位獲得記録を九週まで伸ばした（歴代三位）。ちなみに歴代一位は「ルビーの指環」（寺尾聰）の十二週。歌謡曲黄金時代の掉尾を飾り、八九年放映終了。［ランキングボードのパタパタいう音が耳に残る。初代ボードは千五百万円だとか。］

86 **非情のライセンス** 天知茂が主演の刑事ドラマ（七三〜八〇年 テレビ朝日系）。原作は生島治郎の「兇悪」シリーズ。天知茂扮する型破りな会田刑事の活躍が人気を博した。［天知茂の眉間の皺に痺れた。主題歌『昭和ブルース』の暗さは尋常ではない。］

100 **ノストラダムスの大予言** ノストラダムスの予言集に作家・五島勉が独自の解釈を施した『ノストラダムスの大予言』（祥伝社ノン・ブック）。「迫りくる1999年7の月、人類滅亡の日」というセンセーショナルな副題がつけられた同書は、七三年に発売されるや、またたく間に百万部を突破する大ベストセラーとなり、大きな社会的影響を与えた。当時の子どもたちは皆、鳴海のように人類が滅亡する一九九九年から自分の生年を引いて「ぼくは〇〇歳で死ぬのか……」とため息をついた。［のちに封印された同名の映画（七四年）がある。海外版は入手可能らしい。］

104　インベーダー　タイトーが七八年に発売したアーケードゲーム「スペースインベーダー」。悠太の記憶にあるとおり、シューティングゲームの元祖というべき存在。筐体は喫茶店などに置かれた。大人も子どもも巻き込んだ大ブームを巻き起こし、数多のエピゴーネンを生んだ。高得点を出すための裏技〝ナゴヤ撃ち〟は有名。［高校時代は金が惜しくてほとんどやらず、その後「ギャラクシアン」にはまった。］

113　11PM　ウイークデーに放映されていた深夜番組。六五年放映開始（日本テレビ系）。七九年当時の司会者は大橋巨泉（月・金）、藤本義一（火・木）、愛川欽也（水）。四十代以上の男性なら、一度はオープニングの「シャバダバ、シャバダバ〜」というスキャットに股間を熱くした経験があるはず。「裸の報告書」をはじめとするお色気企画を、親の目を盗んでいかに視聴するかが男子の大問題だった。九〇年放映終了。［高校生の頃、自室のテレビはモノクロだったので、カラーでは観られなかった。］

114　トルコ風呂　個室付き特殊浴場、いわゆるソープランドの旧通称。そこで働く女性はトルコ嬢と呼ばれた。八四年、東大に留学中のトルコ人学生が名称の変更を訴え、東京都特殊浴場協会は新しい通称を一般公募、ソープランドに落ち着いた。［はじめていったのは十八歳のとき。軽く二十歳は年上の女性だった。］

4

116〜118　GGB／ゴリラマン／交通整理おじさん／五百円おばさん　［実在の人物。昭和から平成にかけて北九州市小倉駅周辺に出没したが、現在の消息は不明。みどりのおじさんは噂のみで未確認。」

121　ピンク・レディー　七六年にデビューしたミー（根本美鶴代）とケイ（増田惠子）の女性デュオ。阿久悠（作詞）、都倉俊一（作曲）の黄金コンビで「ペッパー警部」「S・O・S」「ウォンテッド（指名手配）」「UFO」「サウスポー」などの大ヒットを放ち、七〇年代後半を象徴する女性アイドルとなった。土居甫（はじめ）による振り付けも独特で、幼稚園児も真似するキャッチーさを持っていた。大人から幼児まで巻き込んだ大ブームを起こしたという点で、空前絶後の存在。オリコンシングルチャート首位獲得六十三週（歴代二位）。八一年解散、のち再結成。［関連グッズが豊富で、人形から弁当箱、筆箱や下敷き、蚊取り器や自転車まであった。］

128　セーラー服と機関銃　作中で陽子が読んでいたのは、七八年発売の主婦と生活社・21世紀ノベルス版。八一年には角川文庫版が発売された。同年、相米慎二監督で映画化され、主演の薬師丸ひろ子をアイドル女優の一番手に押し上げた。［映画版で薬師丸ひろ子がマシンガンを乱射したあと「快感」とつぶやくシーンが有名。］

136　白昼の死角　村川透監督、夏木（夏八木）勲主演。原作は光クラブ事件をモチーフにした高木彬光の経済推理ものの名作。本来、高校一年生がデートで観る映画ではない。［「狼は生きろ豚は死ね！」のコピーが印象的。もともとは石原慎太郎の戯曲タイトル。］

139　トゥナイツ、トゥナイツ　世良公則&ツイストの「銃爪（ひきがね）」。『ザ・ベストテン』で一

位を獲得すること十週（歴代二位）。［歌詞中の「おまえの体は泣いている」を、ずっと「萎えている」だと思っていた。］

149　ぶらさがり健康器　今もホームセンターなどで売っているこの商品、七八年にテレビの通販番組で採り上げられるや、爆発的ブームとなった。しかし、つかまってぶら下がるだけ、といういまひとつ継続意欲の湧きにくい健康法だったため早くに飽きられ、多くの家庭で洋服掛けと化した。［洋服掛けだけでなく、首吊り自殺にも用いられた。］

5

154　算命占星学入門　占い師・和泉宗章の七八年の著書（青春出版社プレイブックス）。『11PM』で採り上げられ、大ベストセラーとなった。十二年間のうち二年間めぐってくるという、天の助けが得られない期間＝天中殺を唱えた。［わたしの母も読んでいた。和泉宗章はのちに自身の占いを全否定した。］

157　エマニエル夫人　七四年のフランス映画。主演はシルビア・クリステル。あまり露骨な性描写をしない〝ソフトポルノ〟の代名詞的存在。ハードコアとは一線を画すオシャレな雰囲気が日本でも妙なウケ方をし、多くの女性客を呼んだ。［日活の『東京エマニエル夫人』や東映の『五月みどりのかまきり夫人の告白』といった亜流を生んだ。］

159　サタデー・ナイト・フィーバー　七七年のアメリカ映画。週末、ディスコで踊ることが生き甲斐の主人公を演じるのはジョン・トラボルタ。彼が右手人差し指を天に突き上げているメインビジュアルは幾多のパロディを生んだ。翌年日本でも公開されるや、ディスコブームが巻き起こった。音楽はビージーズ。［かつて地元には「レッドスコーピオン」「サウザンドクイーン」「ＵＦＯ」「ワンダーランド」といったディスコがあった。］

162　サッチャー　マーガレット・サッチャー。英国初の女性首相（七九〜九〇年在任）。通称 Iron Lady＝鉄の女。二〇一三年死去。［首相としての最後のスピーチで、モンティ・パイソンの「死んだオウム」というコントになぞらえて他党を批判した。］

167　口裂け女　七〇年代末を象徴する都市伝説。その特徴については地域によってさまざまなバリエーションがあるが、共通するのはまず「私、きれい？」と話しかけてくること。当時の小学校で、児童に対し「口裂け女はいません」という呼びかけがおこなわれるほど、彼女の噂は猛威を振るった。［貸本マンガで活躍したマンガ家の好美のぼるは『口裂け女』と『眼裂け女』を書いた。］

175　カリフォルニア・コネクション　阿木燿子作詞、平尾昌晃作曲。水谷豊主演のドラマ『熱中時代・刑事編』主題歌。当時水谷は二十六歳。［水谷は『熱中時代・刑事編』で共演したアメリカ人のミッキー・マッケンジーと結婚、その後離婚した。］

6

198　中岡俊哉　作家。心霊現象、超常現象、宇宙人、怪獣等々について数多の本を著し、

七〇年代のオカルトブームを牽引したひとり。二〇〇一年死去。［『恐怖の心霊写真集』（七四年刊）に戦慄した同級生多数。］

211　プレイガール　六九〜七六年放映のテレビドラマ（東京12チャンネル系）。出演は沢たまき、應蘭芳、緑魔子、真理明美、桑原幸子ほか。保険調査員を演じる彼女らの繰り出すアクションと、それに伴うパンチラなどのお色気が特徴。［オープニングの唇のマークが印象的。タイトルロゴは『週刊プレイボーイ』を流用。］

7

217　時間よ止まれ　七八年三月発売。オリコンチャート三週連続一位。七五年にキャロルを解散し、ソロに転じた矢沢にとって初の大ヒットとなった。［資生堂アクエアビューティーケイクのCM（七八年）で流れた。当時の記憶をたどると、ヘアリキッドやコロンの香りを思いだす。］

219　南沙織　沖縄県出身。七一年、十七歳のときに「十七才」（作詞・有馬三恵子／作曲・筒美京平）でデビュー。天地真理らとともに〝元祖アイドル〟として語られる存在。そのエキゾチックな容姿と伸びやかな歌声には、今もって熱烈なファンが多い。結婚当時は二十五歳。前年、学業（上智大学）専念を理由に引退表明していた。［小学生のときファンだった。愛称はシンシア。］

224　復讐するは我にあり　七九年の日本映画。今村昌平監督。原作は、六三〜六四年に起きた連続殺人事件に材を取った佐木隆三の小説。主演の緒形拳の鬼気迫る殺人犯ぶりは圧巻。第三回日本アカデミー賞最優秀作品賞ほか受賞。名作だが、悠太の感想通り、これも高校一年生がデートで観る映画にはふさわしくない。[最初の殺人は福岡県京都郡苅田町で起きた。犯人の西口彰の正体を見破ったのは、当時十一歳の少女である。]

232 **あたり前田のクラッカー** 現在も前田製菓から販売されている菓子。六〇年代、コメディ番組『てなもんや三度笠』の中で、藤田まことが懐からクラッカーを取り出して「俺がこんなに強いのも、あたり前田のクラッカー！」と見得を切るCMがあり、流行語となった。今も、〝当然〟の意を表するときに口走るおじさん多数。[『てなもんや三度笠』に珍念役で出演した白木みのるは、実業家として成功している。]

232 **念力でスプーン曲げる** イスラエルの超能力者ユリ・ゲラーの得意技。七四年初来日。さして力を入れる風もなくクッと曲げる鮮やかさにお茶の間は驚愕。彼がテレビで披露するたび、子どもらは力ずくでカレースプーンをひん曲げ、お母さんに怒られた。[その後、スプーン曲げ少年として関口淳や清田益章たちがメディアをにぎわせた。]

235 **山口百恵** 五九年生まれ。七三年デビュー。七〇年代女性アイドルの代表格。八〇年、俳優・三浦友和との婚約を発表し引退表明。二十一歳の若さだった。以後現在に至るまで、公の場には姿を現していない。[「ひと夏の経験」（七四年）の「あなたに女の子のいちばん大切なものをあげるわ」という歌詞はインパクトがあった。もっとも、なにがいちばん大切かは主観の問題である。]

243　太陽にほえろ!　七二年から八六年の長きにわたり放映された刑事ドラマ（日本テレビ系）。七曲署捜査第一係長役に石原裕次郎。相次ぐ刑事たちの殉職シーンが長尺シリーズの大きな山場だった。本作で描かれているのは第三百六十三話「13日金曜日・ボン最期の日」（七九年七月十三日放映）。ボンこと田口刑事役は宮内淳。次話「スニーカー刑事登場!」では、ボンに憧れていたスニーカーこと五代刑事（山下真司）をフィーチャー。番組史上最高視聴率四〇%を記録した。［松田優作演じるジーパン刑事が死にぎわに「なんじゃこりゃあ!」と叫ぶのが有名。］

247　ウォークマン　携帯用カセットプレイヤーの始祖。七九年に初代機「TPS-L2」発売。発案者は当時のソニー名誉会長・井深大。須藤の言うとおり、ヘッドフォン付属で三万三千円という価格は、当時の高校生には高嶺の花だった（七九年の大卒初任給は十万九千五百円）。ウォークマンが提案した「歩きながら聞く」という新しい音楽鑑賞のスタイルは、若者の生活に絶大な影響を与えた。現在も、携帯用デジタルオーディオプレイヤーとしてそのブランド名は健在。［ウォークマンが買えないわたしは、バカでかいラジカセを持ち歩いていた。］

8

254　竹の子族　圭子は「すっごくナウい服」というが、今の目からは何ともいいがたい。毎週末、原宿の歩行者天国では、サテン地の派手な衣裳で踊る竹の子族と、それを見物に来たギャラリーでごった返した。定番の曲は「ハロー・ミスター・モンキー」（アラベスク）、「ジンギスカン」（ジンギスカン）、「怪僧ラスプーチン」（ボニーM）等々。有名な竹の子族出身者に俳優・歌手の沖田浩之がいる。［沖田浩之は九九年に自殺。］

260　沢田研二　愛称ジュリー。七一年のザ・タイガース解散後、PYGを経てソロに転じる。八〇年代前半までの約十年間、「危険なふたり」「時の過ぎゆくままに」「勝手にしやがれ」「憎みきれないろくでなし」「サムライ」「TOKIO」「ス・ト・リ・ッ・パ・ー」等々のヒットを放ち、その圧倒的な個性と歌唱力で音楽シーンをリード。九〇年代初頭までシングル総売上枚数歴代一位を保った。［ドラマ『寺内貫太郎一家』で、樹木希林が沢田のポスターにむかって「ジュリーィ！」と身悶えする姿が印象に残る。］

283　あばれはっちゃく　七九〜八五年放映のドラマシリーズ第一作『俺はあばれはっちゃく』（テレビ朝日系）。「イタズラとケンカなら誰にも負けない」主人公のはっちゃくこと桜間長太郎役は歴代五人の子役が務めた。父親（東野英心）がはっちゃくを張り飛ばし、「てめえの馬鹿さ加減にはなあ、父ちゃん情けなくて涙が出てくらあ！」と嘆くシーンがお約束。［東野英心の父は、ドラマの初代水戸黄門だった東野英治郎である。］

285　関根恵子　女優の高橋恵子のこと。五五年生まれ。七〇年『高校生ブルース』に主演。十五歳ながらヌードを披露するという衝撃的なデビューを飾った。七七年に自殺未遂騒動を起こし、休業明けの七九年七月、舞台初日前日に、プレッシャーからタイに逃亡、再び大騒動となった。翌年復帰。八二年映画監督の高橋伴明と結婚。現在も活躍中。

［主演二作目の『おさな妻』（七〇年）の「初めての夜がこわい！　それでもあなたの妻になります！」というコピーが怖い。］

286　関白宣言　さだまさし最大のシングルヒット曲。同年、この曲をモチーフにした映画も公開された。主演はさだの実弟、さだ繁理。［発売当時、複数の女性団体から歌詞の内容が女性蔑視だと騒がれた。］

9

296　ＴＶジョッキー　日曜午後のバラエティ番組（日本テレビ系）。七一〜八二年放映。後継番組はビートたけし司会の『スーパージョッキー』。［ＴＶジョッキーで「奇人変人コーナー」の優勝者の賞品は、白いギターとＥＤＷＩＮのジーンズだった。］

317　ジュディ・オング　台湾出身の歌手。幼少時に来日。六六年、十六歳で歌手デビュー。「魅せられて」（作詞・阿木燿子／作曲・筒美京平）は第二十一回日本レコード大賞を受賞する彼女最大のヒットとなった。同曲の衣裳である、手を広げるとレースが翼のように広がる白いドレスは、子どもたちがシーツなどを使って盛んに真似した。［ワコールのＣＭソングであり、ＣＭには映画『エーゲ海に捧ぐ』の映像が使われた。］

10

327　あなたの知らない世界　『お昼のワイドショー』（六八〜八七年　日本テレビ系）の

ワンコーナー。その妙にウェットかつリアリティある心霊現象再現ドラマにトラウマを植え付けられた者は数知れず。［放送作家であり心霊研究家としても知られる新倉イワオの解説が、シリアスな語り口で怖さを倍増させた。］

337 GT380　スズキ製の中型バイク。通称サンパチ。鳴海の乗るホンダ・CB400T（ペットネームは「ホークⅡ」）とともに、暴走族が好む〝族車〟としての側面があった。ちなみに大法の愛車「ラッタッタ」は、ホンダの原付「ロードパル」の通称。［「ロードパル」のCM（七六年）はソフィア・ローレンの出演で話題を呼んだ。］

338 ケンメリ　四代目日産スカイライン（七二〜七七年生産）の愛称。同車の宣伝コピー「ケンとメリーのスカイライン」に由来する。歴代スカイラインで最も売れ、現在でも程度のいい中古車には高値がつく。ちなみに現行スカイラインは十三代目。屋守のいう「シャコタン」とは、漢字で書くと「車高短」。サスペンションを加工して車高を下げること。車体底面が縁石に擦れるギリギリまで下げるのがシブい……らしい。［当時はカーステレオの高音を最大に効かせ、アラベスクやノーランズの曲をシャカシャカ響かせて走るのがトレンドだった。］

342 銀河鉄道999　ゴダイゴのヒット曲。作詞・山川啓介、作曲・タケカワユキヒデ。七九年公開のアニメ映画『銀河鉄道999』主題歌。同作のラスト、鉄郎（野沢雅子）とメーテル（池田昌子）の別離の場面で、鉄郎の「メーテル！」という絶叫と城達也のナレーションに続き、この曲が絶妙のタイミングで流れ出すシークエンスは感涙必至。

［『銀河鉄道999』原作者の松本零士は同郷で、高校の先輩である。］
344　アース・ウインド&ファイアー　六九年結成、米国のファンクバンド。七〇年代ディスコブームの象徴。代表曲は「宇宙のファンタジー」「セプテンバー」「ブギー・ワンダーランド」等々。全盛期のアルバムジャケットを手がけたのは長岡秀星。メンバー変更を経て現在も活動中だが、リーダーのモーリス・ホワイトは二〇一六年死去。［当時はパンチパーマだけでなく、アフロヘアも流行した。］
345　ジンギスカン　ウッ！　ハッ！　というイントロからして踊り出したくなる、すこぶるコミカルかつノリのいい曲。歌っていたのは西ドイツのポップグループ、ジンギスカン。モンゴルの英雄ジンギスカン（チンギス・ハン）の蹂躙ぶりを讃えた、わりと物騒な歌詞。［ジンギスカンに続いて「めざせモスクワ」も大ヒットした。］
346　メリー・ジェーン　ロックグループ、ストロベリー・パスのアルバム「大鳥が地球にやってきた日」（七一年）に収録されていたバラード。作曲ならびにメインボーカルはつのだ☆ひろ（当時角田ヒロ）。つのだのソウルフルな歌声が醸し出すロマンティックな雰囲気ゆえ、ディスコブーム当時はチークタイム（男女が頬を寄せ合って踊る時間。つまり密着タイム）の定番曲として重宝された。［心霊研究家としても知られるマンガ家のつのだじろうは、つのだ☆ひろの兄である。］

文春文庫

おれたちに偏差値はない
堂南高校ゲッキョク部

定価はカバーに表示してあります

2017年1月10日　第1刷

著　者　福澤徹三
発行者　飯窪成幸
発行所　株式会社 文藝春秋

東京都千代田区紀尾井町 3-23　〒102-8008
TEL　03・3265・1211
文藝春秋ホームページ　http://www.bunshun.co.jp
落丁、乱丁本は、お手数ですが小社製作部宛お送り下さい。送料小社負担でお取替致します。

印刷製本・大日本印刷

Printed in Japan
ISBN978-4-16-790770-9